嫡女策

3

風文創 044

西蘭 著

風文創 044

目錄

第七十一章　杭瑩婚事

安京城北是連綿數百里的岳山，不甚高，起伏波動的丘陵掩映下，是瑰麗的皇家避暑勝地，周邊點綴著各個世家大族的別院，平日都是寂寥安靜的，一到夏暑之日，則開始熱鬧起來。二月的節氣裡，一般沒有人會來這裡。

岳山偏西一帶有一座小巧精緻的莊院，在這黎明的灰濛中有燭火閃耀，分外惹人注目。不過眼下岳山僅有的駐守的人還在睡夢中，沒有人發現。

院子裡的空地上傳來噠噠的馬蹄聲，乍一看，十來匹高頭駿馬整齊排列著。

這麼早去打獵？不太可能吧。

「吱呀」一聲響起，房門大開，十來個黑衣人簇擁著為首的年輕男子出來——

杭天曜。他自己亦是一身黑衣，只是料子好些，繡著金色的暗紋，一頭黑髮用金冠豎起，很是精神。鴉青色的天空下，能模糊看到他完美的五官輪廓，濃眉入鬢，深色的眼眸泛著幽藍的光芒，高挺的鼻梁堅毅果敢，唇色卻是殷紅的。

「主子，咱們繞西邊走會多耽誤一天時間吧？」說話的是站得離杭天曜最近的一個清秀男子，不過他渾身上下給人一種凜冽的氣息，如二月的春風。

杭天曜沒有看他，翻身上了最中間那匹馬，聲音低沈似鐵。「那樣隱蔽些。」

男子抓著頭，笑嘻嘻道：「小的不正是怕主子念著少夫人嗎？咱們早去早回才好。」他笑起來倒是少了些陰鬱的感覺。

「你皮癢了是不是？走。」杭天曜輕瞪了他一眼，率先揚鞭策馬，一時間有沈篤的馬蹄聲震動山林。

他們沿著向西的小道疾馳，太陽漸漸昇了起來，驅散了林中的霧氣。一路上沒有作任何停留，直到未時三刻的時候，抵達安京城西的小城——衛城，大家稍事歇息，用了點午飯，便轉道往南，卻多了幾車北方特有的毛皮等貨物。

這日，天朗氣清，風荷的身子大好了。她寫完字，放下筆，雲碧已經打了水過來替她洗手。

風荷一面用帕子擦著手，一面抬頭問道：「嬤嬤，葉舒姊姊那邊有什麼消息嗎？」

葉嬤嬤坐在杌子上做針線，聞言笑道：「少夫人不問我倒是忘了，年紀大了這記性就不好。昨兒白天，舒丫頭派了莊子裡兩個婆子過來採買一些東西，順便去給老奴傳了句話，說是已經按照少夫人送去的圖紙開始破土動工了，沒有意外的話，到五月的時候就能住人了呢。還有加上新買的那個莊子，兩邊都著手準備春耕了，先種一畦快熟的菜蔬，讓少夫人放心。

「少夫人寬厚慈善，對傭工的待遇比其他地方都好，今年一開年，就有許多附近的農人來報名，不過幾天，新莊子的人手就招足了。舒丫頭照少夫人的意思挑了幾個清秀勤謹老實的鄉下男孩兒，正放在莊子裡先調教一番，少夫人什麼時候得用只管去領人就好。」

原來風荷想到自己手裡有不小一筆銀子，白放著沒什麼用，有心再開幾家店鋪，苦於一時人手不趁手，便先擱著。鄉下的孩子老實肯幹活，不過欠缺些見識而已，有葉舒兩口子調教，想來不到三個月就能勉強濟事了，她是時候考慮店面之類的事情了。

這一次，絕不能小打小鬧，得弄出點意思來才成，免得眾人都以為她是個窮酸的欺上頭，何況也該為將來籌劃了。

她頓時露出笑顏，取了茶吃。「葉舒姊姊手腳倒快。什麼時候我與太妃告個假，咱們出去逛逛，免得成天窩在屋子裡都要發霉了。」

「那敢情好，就怕娘娘不肯。」雲碧還沒拍手慶賀一番，又想到如今是在杭家，她們行動不得自由，王府規矩又多，只怕太妃不同意。

「妳呀，一聽出去玩就高興得什麼似的。平兒我出不去，妳還有自己家有哥哥，難道也不能出去？妳要想出去，與我說了，下邊還能不放不成，什麼時候也能明白點。」風荷笑指著雲碧，怒其不爭的樣子。

雲碧亦有些赧然，卻辯解道：「少夫人是我主子，我不伺候主子自己出去玩，天下沒有這樣的理，便是能出去我也不去，勢必要跟著少夫人才有意思。」

葉嬤嬤聽了，點頭笑道：「這話說得是，不愧少夫人疼了妳一場。」

「嬤嬤別被她唬了，她是怕自己出去銀錢不夠使，攛掇著我去了當個冤大頭。」雲碧最是個急性子的，三句話不合就能弄得滿臉紫脹，偏風荷就愛逗著她玩。

果然，雲碧一聽，真個惱了，跺著腳道：「少夫人也忒瞧不起人了，不過幾兩銀子，我還是出得起的。我這就去把自己的體已都送來孝敬少夫人。」說完，便甩了簾子跑出去。

看得風荷好笑不已，一個沒撐住撞翻了桌上的茶盞，好在那茶已經涼了，不礙事。

葉嬤嬤口裡罵著雲碧，手下放了針線，要過來給風荷換衣。

風荷先拿帕子擦拭了緞裙上的殘水，推著葉嬤嬤笑道：「嬤嬤別慌，不過一條裙子而已，咱們又不是穿不起，讓丫鬟進來弄吧。」

恰好沈烟、含秋幾人被風荷打發去給太妃王妃送東西了，雲暮又帶著小丫頭們做針線，離得遠了沒聽見，倒有一個青緞比甲的小丫頭掀了簾子進來。

風荷識得她是上回自己改了名字的秋菡，便對她招手笑道：「快過來，去我房裡，西邊有一排紫檀木的櫃子，靠裡邊那個中間的裡頭有一條煙霞裙，妳去替我取來。」

秋菡從不在上房伺候，愣了一愣，笑嘻嘻應了，不過一小會兒就取了裙子過來。

彼時雲碧抱著自己的體已小匣子進來，忙伺候風荷換了裙子，風荷打趣她道：「都是妳，一聽妳那些體已就把我喜得摔了茶盅，那可是宮中的。」

雲碧理了理風荷的衣裙，方才撇著嘴道：「我的姑奶奶，妳要多少都拿去吧，往後我也不敢要月銀了，免得姑奶奶摔了茶盅還要我賠，我身家性命也不值這麼個東西啊。」

葉嬤嬤聽得又笑罵了一句「貧嘴」，秋菡在一旁立著，心下羨慕，少夫人待人真是和善，什麼時候自己也能與幾位姊姊一樣，跟少夫人有說有笑的呢。

風荷看看時辰不早，便道：「咱們去太妃房裡吧。」

葉嬤嬤與雲碧倒是很快應了，只有秋菡有些不明所以，小心翼翼地看著風荷。

風荷發現了，住了腳，溫和地問她：「有什麼不懂的，可以問我或是問妳這些姊姊。」秋菡抿了抿唇，小手握著拳，輕聲問道：「這都快用午飯了，少夫人為何還要去前頭呢？」說完，她又不好意思的低了頭，深恨自己不守規矩，打聽主子的事。

「雲碧，妳教教秋菡。」風荷越發和氣，拍了拍她的肩。

「就因為要用飯了，少夫人才要過去。妳想，妳父母是不是總喜歡兒女守在自己跟前呢？」除了焦急生氣的時候，雲碧性子還是不錯的，從來不對小丫頭使氣白眼之類的。

秋菡訝異地喔了一聲，隨即不好意思地笑了，摸著自己的頭道：「多謝少夫人和姊姊教誨，奴婢明白了。老人都喜歡人多，這樣熱熱鬧鬧的才有一家人的感覺。之前少夫人病著，如今少夫人好了，少爺又不在，少夫人去與太妃一同用飯，太妃必然高興。」

風荷對她投以鼓勵的眼神，笑著領了眾人去前頭。才出了院門，就遇到去太妃院裡送東西回來的沈烟、淺草，風荷令她們先回去吃飯，回頭再去太妃那裡換雲碧和秋菡，二人忙應了。

沈烟又道：「奴婢方才過去之時，沒有見到太妃娘娘，東西交給了娘娘跟前的楚妍姊姊。娘娘那邊，好似有客人在。」

「哦？知道是誰嗎？」風荷挑眉，太妃輕易不見客，那來的一定是有些身分的人了。

「後來奴婢兩人出來時見到了迴廊上等候的幾個婢子，其中有一個是大少夫人跟前的安菱，另外幾個應該是客人家的下人，奴婢見她們好似與安菱姊姊很熟悉的樣子，餘下卻不知了。」沈烟只是說了自己看到的，沒有說自己推測的，她相信少夫人一聽就會想明白。

風荷略怔了半刻，很快點頭，去了前邊。

她從後門進去，順著小甬道繞到太妃住的正院前邊，恰好瞧見寡嫂劉氏與一位年紀比她略大些的夫人並肩出來，劉氏的面色不大好看。幾人還沒有走出院門，風荷就聽見劉氏壓低但微含惱怒的聲音。「嫂子，妳為何之前先不與我商量一番，哄著我陪妳來見了太妃，竟說那樣的話，這種事好歹先試探試探啊，弄得現在我都沒臉見太妃娘娘。」

原來那位夫人是劉氏的娘家大嫂，永安侯夫人。永安侯為人一向低調，只是盡心辦好聖上交代的事，難得與誰家交好，除了幾家至親都是一視同仁的。當年劉氏嫁過來不足一年，大少爺杭天熤就沒了，她年輕輕守了寡，身下沒個倚靠的，頗得太妃垂憐。而她性子亦是安靜，每日在房裡吃齋唸佛，等閒不出來，連娘家那邊都不甚走動。

風荷眼中，劉氏一直是溫和有禮的，行事說話絕不越過道德對女子的要求，難得有這樣薄怒之時。這永安侯夫人究竟對太妃說了什麼，以至於劉氏會這般反常？

「姑奶奶，話不是這麼說的。妳一向膽小不敢擔事，我便是說了頂多得妳幾句勸阻，還不如直接見了太妃呢。妳怎麼就沒臉了，溫兒可是妳嫡親的侄子，何曾丟了妳的臉？妳要是個幹練的，我還能不與妳商議，妳看看妳，杭家明堂正道的大少夫人，每日茹素朝佛，有什麼意思？」這永安侯夫人的性情倒與她夫君截然不同，是個說話爽利的，只是稍嫌有些刻薄了。

風荷只聽到什麼侄子這句，那二人已經去得遠了，她就回身向房裡走去。丫鬟忙迎了上來，並往裡邊報去。

太妃本在沈思，見了她進來換了笑顏，待她行了禮，拉著她坐道：「不是才遣了人給我送了菜過來，怎麼又親自來了？」

「左右祖母只有一個人吃飯，也吃不了多少，孫媳惦記著祖母這裡廚子做的好菜，就跟著祖母一起用吧，兩個人還能多用些。」風荷獻了茶給太妃，嬌笑相向。

太妃想起孫子不肯回家，冷落了這個孫媳婦，便有幾分歉疚，這可是她當初怕董家反悔請的聖旨呢，攬了風荷強笑道：「老四不在，妳一個人怕是悶得慌，在祖母這兒亦是一樣的。」

「祖母說的什麼話，男子漢大丈夫的，自然在外邊有許多事要料理，豈能天天在家陪著媳婦，說出去也沒有這樣的理。祖母這是疼愛孫媳，但孫媳真不怪四爺，四爺如此還不是把孫媳當作自己人看待，不然也不會與孫媳拌嘴了。祖母安心享福，四爺不會教祖母失望的。」風荷的神色瞧著認真無比，不像撒謊假裝的樣子。

這話說得太妃有幾分動容，心中更怨孫子沒福分，語氣頗為蕭瑟。「妳這話當真，難得妳還這麼看他，往後他若敢教妳受了委屈，祖母絕不容他。」

風荷鄭重的點頭，握著太妃的手。「四爺與我都年輕，偶有意見不合也是常理，孫媳怎麼會怪他呢，我們可是要扶持著一輩子的，往後還有許多孝敬祖母的時候呢。光顧著與祖母說話，該是祖母用飯的時候了，祖母好歹疼我，賞我幾口飯吃吧。」

她說得可憐，聽得太妃心都化了，忙拍著她的手道：「走，咱們吃飯去，吃飽了才有勁。妳這鬼丫頭，自己送了兩個菜來，就想換我一桌子的好菜，果是個會過日子的。」

「還不是祖母調教得好，孫媳行事都是跟祖母學的，只望能沾沾祖母的福氣。」風荷攙起太妃，笑顏如花，聽得太妃與下邊伺候的人都大笑起來。

一老一少說得開心，飯用了不少，太妃試著道：「妳可知方才是誰來了？」

風荷暗暗心喜，太妃這是信任她了，忙坦誠地道：「我過來時遠遠看到大嫂陪著一位夫人出去，奈何只有背影，我看不清是誰，不過隱約聽見大嫂好似喚那人嫂子什麼的。這麼說起來，可是永安侯的夫人？」

太妃見她果然都不瞞自己，越發喜歡，笑道：「妳猜對了，正是呢。聽說她先去見了妳大嫂，後來妳大嫂帶了她過來給我請安，卻不知有話說。」

風荷笑得眉眼彎彎，一面給太妃捏肩一面道：「祖母見多識廣，大家有不懂的來請教祖母也是常理。」

「就妳會說話，不過這次可是料錯了。妳知道妳五妹妹多大年紀了嗎？」太妃又氣又笑，啐了一口。

「我去年進門時聽說五妹妹十三，現在過了年就是十四，論理不小了，莫非、莫非……」她話說一半，就不再言語，雖然知道太妃打算告訴她，但她不能太急切。

太妃嘆了氣，霎時有些意興闌珊。「正是此意。妳五妹妹與我到底隔著一輩，上頭還有她父王母妃，她又不比老四，這種事原不該我操心。但妳是知道的，妳父王與母妃都是孝順人，凡事都聽我的聲氣辦，瑩兒坦率討喜，我自願意為她終身幸福出一把子力氣。永安侯府與我們算得上門當戶對，家教也好，看妳大嫂就知了。我聽人提過他們家的嫡公子，是個好學溫潤的佳公子，年貌都配得上。」

風荷細細聽著，卻見太妃不再說了，這麼好的條件，依理太妃該高興才是，難不成還有什麼問題？

不等她問，太妃已經繼續說了起來。「只一件不好，他們家的公子自小身子偏弱，太醫時常出入他們家，如今年長好了些，但沒有大好，節氣不對、受了刺激就容易犯病。瑩兒如花年紀，我怎麼捨得叫她去受苦，若有個好歹，豈不是我這老婆子害了她？可是，偏偏妳大哥，他走得太早，他們永安侯的小姐在我們這兒白白消磨了青春，一想及此，我那拒絕的話就開不了口。」

想到自己寄予厚望而早逝的孫子，太妃就忍不住落下淚來，不管怎麼說，杭家對劉氏總是虧欠的，哪裡能直截了當拒絕她娘家的提親。當然，劉氏對此事或許並不是很看好的，她越發這樣，杭家便越發自慚。

風荷聽得有些皺眉，這事的確不好辦。不過她眼下奇怪的是，不都說永安侯爺是個正直的人嗎？劉家這樣做不管是不是真的喜歡杭瑩有心結親，外人看來都像是要脅杭家。

杭家不答應這門婚事，容易被人冠上一個知恩不報的名聲，外人是不管真相的，能給杭家臉上抹黑就是件好事了。如果杭家同意，對杭瑩而言，太委屈了，她好歹是王府郡主，怎麼能隨便配給一個病秧子呢，王妃心裡怕是一千個一萬個不願意。

會不會是永安侯夫人自己的主意呢，她也是在貴族圈裡混了一輩子的人，會做出這麼糊塗的事，兒子的婚事都沒有與夫君商議？這不太可能吧。

風荷覺得，對於這個隔母的小姑子的婚事，她還是不要搭理的好，一個不好就得兩頭不討好，她何必呢？何況，王府多少長輩，輪不到她來說話。

但太妃傷心，她總是不能置之不理的，多少勸上幾句。「祖母，您疼愛孫子女是大家都看得真真的，不過正如祖母所說，五妹妹有父王母妃，他們心中自有決斷。小侯爺的身子只是傳聞，究竟如何還要母妃發話，咱們想的不過是五妹妹過得好罷了。」

「妳說的何嘗不是？妳母妃一向是個有主意的，何必要我這麼個老婆子到處出頭呢。說起來，瑩兒確實不小了，是該好好相看相看了，再兩年也就要出門了。」太妃不由頓了頓，她老了，一切還是交給小輩們去張羅吧，她只管守好了老四與他媳婦就好。

見太妃心下放下了此事，風荷又引著她說笑了幾句，屋子裡的氣氛漸漸好了起來。

偏偏接下來府裡事多，不是這家王妃誥命大壽，就是那邊誰家公子小姐大婚，王妃忙得腳不沾地，太妃一直沒有機會與她說起。

一日晚間，風荷與太妃用了晚飯，兩人拉了三夫人周嬤嬤打馬吊玩兒。

太妃手氣極佳，一會子風荷就輸了一吊錢，便鬧著不玩了。「哎喲，我再不敢玩了，連財神爺都看顧祖母，瞧瞧，這一頓飯工夫，我的銀子就全進了祖母的箱子，再玩下去明兒連買個胭脂水粉都要求祖母施捨了。」

「端惠，快給我擰妳們少夫人的嘴，財神爺都來了，財神爺會看上妳這幾個小錢。」眾人大笑，太妃拍著桌子叫端惠。

端惠亦會湊趣，果真上前扳著風荷的肩膀道：「少夫人，這可是娘娘的令，您好歹疼疼奴婢，別讓奴婢不得交差。」

風荷笑著躲開，起身繞到三夫人身後，喚道：「三嬸娘，您快救救我吧。祖母調教的人兒，一個個人精，我若不給她打那就是不疼她了，我還得巴巴送上去給她打了，那才是體貼下人的好主子呢。」

「妳呀，怨不得母妃疼妳，這一張嘴，我的心都軟了。要母妃饒了妳還不簡單，讓妳家沈烟去把妳的體己都搬來，我保管母妃立時對妳眉開眼笑的，明兒還要賞妳好吃的呢。」三夫人愛憐地撥了撥風荷耳邊的髮絲。

「原來三嬸娘與祖母是一路的，竟是哄我乖乖拿銀子呢，然後祖母賞我一碗粥，我還感激涕零呢。」風荷歪在三夫人懷裡，揉著她的胳膊。

太妃笑得見牙不見眼，連連叫端惠去把自己房裡案上的黑漆小鎖櫃拿來，端惠抿嘴去了，一會子抱了一個簡單大方的小櫃子過來。也不等太妃吩咐，就自己掏出身上的鑰匙開了鎖，揭開上面的紫色絨布，屋子裡頓時金光閃閃，裡邊赫然一尊小金佛。

小金佛雕成彌勒佛的樣子，抱著自己肚子笑得嘴都歪了，異常精緻，衣褶縐紋都栩栩如生，足有兩、三斤那麼重。

別人還沒怎麼著，風荷先就看得雙眼放光，笑嘻嘻抱起了小金佛，還直嚷：「真重，這值不少銀子，而且這麼好看，我喜歡。祖母，是不是賞給我的啊？」

太妃在她俏生生的臉蛋上捏了一把，笑道：「就是給妳這個小氣鬼的，輸我幾個大錢，就要換我一個小金佛，真是會做生意。」

風荷一聽，也不欣賞了，趕忙包了起來，衝沈烟道：「妳們幾個，別伺候我了，先把它送回去鎖好，路上小心，別叫人瞧見了。」

沈烟最是個會聽主子話的，連櫃子一塊兒端了，還笑著與端惠道：「好姊姊，借我們使使，回頭與妳送回來。」然後行禮退下，生怕太妃反悔一般的。

太妃更是大笑，指著沈烟幾人的背影與三夫人道：「不愧是老四媳婦手底下的人，一個個把她們乖得。又不是什麼金貴東西，統共也值不了幾個錢，我不過覺得立意好一直收著，倒入了她的眼。」

「祖母笑話孫媳，孫媳可不是看重了那幾兩金子，孫媳是感動於祖母對孫媳的疼愛之心。祖母便是賞給一根筷子，我也要好好帶回去，心裡念想祖母的時候掏出來看看呢。」風荷正色說著，卻把一干人哄得越發笑起來。

「說什麼惹得母妃這麼高興，可見我們是來晚了。」這是王妃的聲音。今天是錦安伯老夫人的六十六歲大壽，因為三少夫人是錦安伯家的女兒，兩家是姻親，看在三少夫人的面上走動還算頻繁。這不，王妃親自帶了三少夫人去賀家給老夫人祝壽，用了晚飯才回來。

太妃幾人稍稍坐正了身子，與她們說起方才之事，連王妃都看著風荷笑了，道：「人都說人與人相處要靠投緣，母妃與老四媳婦不就是上天安排的緣分嗎?當日母妃興興頭頭去宮裡求了賜婚旨意下來，自從老四媳婦進了門，母妃看得親孫女一般，老四媳婦也是真心孝順母妃，我算是相信了這句話。」

王妃可能喝了一點酒，面色比平時更紅潤一些，顯得光彩照人。

「妳這麼一說恰解了我心中的疑惑，我初見到她便覺得眼熟討喜得很，沒想到合了這個說法。」看到站在王妃身後的杭瑩，不由伸了手笑道：「過來坐祖母身邊，玩了一天累不累？」

「不累，小姐們都和氣，下人伺候得也周到。」杭瑩乖巧的靠著太妃坐，笑語嫣然。

不過，風荷在抬頭的一瞬間卻看到王妃眼裡一閃而過的不悅，快得下一刻她都以為自己看錯了，心下便有些懷疑。再看賀氏，進來之後除了行禮就沒有說話，神情比往日更恭敬小心幾分，難道在賀家發生了什麼事？

大家說了幾句話，依著往常的情形，王妃就會帶人告辭，但今晚似乎有些異樣，久久沒有說要走，一味笑看著大家說話，偶爾插一、兩句。

風荷琢磨著，王妃應該是有事與太妃說，或者跟賀家有關，起身告辭。「祖母，孫媳怕那幾個丫頭毛手毛腳的碰壞了祖母的好東西，孫媳想自己回去看看。」

屋子裡誰都不是傻瓜，太妃亦是猜到王妃有話說，笑著允了，接著三夫人、賀氏一併告退，順便帶走了杭瑩。周嬤嬤回自己家去，端惠領著小丫頭守到了門外。

太妃略皺皺眉，嘆道：「什麼事？說吧。」

王妃語氣一如往常的恭敬，但說起話來稍快了一些。「母妃，媳婦聽錦安伯老夫人話裡話外的意思，好似看中了五丫頭，特問了些五丫頭的事，其中還兩次提到她的嫡孫。媳婦估計，他們或許會再來探咱們家的口風，應該不會太久。」

太妃輕輕哦了一聲，有些許驚訝，明明滅滅的燭火映出她眉梢眼角的小細紋，頭上的白髮愈加顯眼，有些許憔悴的意外。為什麼最近都盯著瑩兒來了呢？雖說到了年紀，但大家似乎比預料的更加心急。永安侯府不說了，怎麼錦安伯府都湊了進來，他們家的身分配自己家是偏低了一些，按理不會這麼冒失才對啊。

她看著王妃有點緊繃的臉色問道：「此事妳怎麼看？」

「母妃，不是媳婦看不起他們家，實在是他們家的情形不太合適。一來，咱們家素日低調，但終歸是王府，國舅家，他們求娶咱們的嫡女有些不合常理。二者嘛，他們府上的嫡子並非長子，聽說當年錦安伯夫人生了老三媳婦後一直不育，在他們老夫人的授意下，他們家出了個庶長子。

「媳婦就瑩兒這麼一個女兒，原還想多留幾年呢，她性子單純，人情世故上比起她那幾個嫂子都差了不少，媳婦擔心她應付不了錦安伯家的複雜形勢。這件事情，老三媳婦似乎不知，媳婦也沒與她明說。母妃覺得，咱們應該怎麼辦呢？」

其實王妃話中已經拿定了主意，這麼問不過是等太妃一句答應而已，她相信太妃不會打算把杭瑩許給賀家。

太妃有什麼看不出來的，而且她對賀家也不滿意，庶長子，嫡次子，日後這家裡怕是難以和睦，尤其他們家又非上層親貴。能與杭家嫡系結親的，多半都是王府、國公府、侯府，風荷與曲彥是例外。

當年自己同意把杭芸許給曲彥，不但是看中了曲彥的人品才學，也看中了他們家人口簡單，更關鍵是皇后非常看好曲家，顯然曲家怕是被皇上列入了自己的陣營裡去。杭家此舉，算替皇上招攬了曲家，又為女兒得了個好歸宿，還贏得一片好名聲。

她淡淡地述說：「有一件事情，我沒得機會與妳細說。前幾日，永安侯夫人來了我這兒，妳是知道的，她其實也是來替兒子探瑩兒婚事的。他們家可說是門當戶對，可惜那位公子身子不大好，但礙著大媳婦，我沒有多說，妳看著呢？」

王妃果然不知情，身子動了動，迅速抬眼看了太妃一眼，很快低頭斂聲道：「媳婦都聽母妃的意思。」她這麼說，並沒有完全放心，太妃待劉氏的感情她是一點一滴看在眼裡的，她有點擔憂，太妃可別為了劉氏把女兒嫁給一個病秧子啊。永安侯小侯爺才命顯著，奈何身子不爭氣，不然可說是良配了。

「妳呀，瑩兒是妳親女，妳望著她好是做母親一點心意，我還能怪妳不成。何況我難道不是瑩兒的祖母，就不會為她著想了。」太妃對王妃這一點最不受用，明明不樂意還是一副小媳婦的樣子，太妃還是喜歡爽快人的。

王妃有點誠惶誠恐，眼圈發紅，輕聲顫道：「母妃，媳婦沒有別的意思。媳婦是覺得對不起老大媳婦，她這十多年來不好過。」

太妃對這個回答可以接受，點頭讚道：「妳有這個心就夠了，總不能讓瑩兒跟著受苦吧。其實，我另外看中了一個人，永昌侯府的韓小侯爺，風華正茂、才學出眾、品性良善，實在是瑩兒的良配。以韓小侯爺的年紀，理應婚配了，究竟卻不清楚。」

在聽到韓穆溪的時候，王妃眼中明顯一亮，她怎麼就沒想到，這果然是一個極般配的好人選。京城王孫公子中，韓穆溪絕對是口碑最好的一個了，家世清白，唯一的嫡子，讀書上進，騎射功夫不錯，而且不與誰家子弟特別親近，但從不得罪人。這樣的好苗子去哪裡找？他今年應該有十七、八了，會不會早就定了親呢？王妃有點心急了。

太妃略掃了一眼王妃的氣色，就知她對韓穆溪是極滿意的。杭家與韓家是多少年的世交，兩家關係一直不錯，不然當年也不會為老四定下韓家的小姐了，可惜那小姐福薄，不過若不是這樣老四就不能娶風荷，太妃覺得自己心眼稍微有點壞了。現在杭家與韓家也算姻親，五房老爺娶的就是韓家堂族的女兒，但這到底隔了一層。

如果韓穆溪娶了杭瑩，那這姻親才是落到了實處，太妃不僅是為孫女的幸福，更為杭家百年之計。日後韓穆溪繼承侯爺位，韓家應該會更好才對。什麼時候去韓家探探口風呢？

王妃瞧太妃不說話，只得主動提道：「母妃，咱們要不什麼時候請永昌侯夫人過來賞花，再過段時間園子裡的桃花就開了。」

「這不好，咱們家是女方，主動不得，想法子給他們遞個話頭，讓他們明白，自己來提親才是正理。若是那韓小侯爺另有婚配，也不至於影響到瑩兒的清譽。」太妃想了想，這個事不能急，反正瑩兒年紀不大，女孩子出嫁前要拿拿身分，以免嫁過去被人看不起。

王妃立時反應過來，微微紅了臉，她今天是不是酒喝得多了，沒有平時穩重呢，看來酒這個東西輕易少沾。而且以她對韓家的瞭解，只要他們小侯爺沒有定親，對這件婚事一定是十分看好的，畢竟瑩兒在京城的閨譽不錯，又有杭家做靠山。

她訕訕地笑道：「兒媳莽撞了，母妃慮得是。此事要不要與王爺說一下呢？」

「自是要說的，也聽聽他的意思。咱們只知道內院之事，朝堂上的事兩眼一抹黑，什麼都不知，有他在外頭看著更好些，如果王爺都覺得好那必是可行了。」
太妃對這個兒媳永遠存著一個隔閡，但不礙著她們表面婆媳和睦，尤其在兒女的婚事上，她對這個兒媳還是放心的，總不至於拿兒女終身幸福開玩笑。
太妃是祖母，雖然最疼的是杭四，可其他的也是她孫子女，她心眼裡都是一般疼愛的。
過了不幾日，永昌侯夫人親自下了帖子，請杭家一干女眷三日後過去賞花，說她們園子裡開了好大一片桃花，還叫夫人小姐們都去。
太妃與王妃接到帖子，都是笑吟吟的，看來韓家得到了自己家的暗示，主動出擊了。如果去韓家杭瑩不出什麼意外的話，兩家的親事就能定下來了。不過，太妃與王妃又要顧慮著怎麼推掉另兩家的意思，尤其是永安侯家不好辦。
杭天曜說了短則十天半月的，可是這都過了大半個月了，還是沒有一點消息，風荷有一點點擔心。
恰遇這幾日是春闈，董華辰要去赴考，她便打發了沈烟回董家給董華辰送東西。
「杭天曜」難得回來，直接去了純姨娘房中，風荷想了想，命雲暮去茜紗閣請了他回來。
茜紗閣一干人不由有些發愣，最近時日，少夫人與少爺幾乎碰面都作不識，今兒是哪裡不對，居然叫人來請少爺，難道是少夫人服了軟？大家有了一點看好戲的心情。
「杭天曜」小小緊張，對那幾個妾室，甚至太妃，他都能應付自如，他就是杵著這個少夫人，惹惱了她，主子非得讓他好看不可。

風荷揮退了所有人，屋子裡只剩下他們二人，嚇得他後退站遠了幾步。

風荷好笑，指著椅子道：「你可是爺們，又不是下人，總不成站著與我說話吧。」

「杭天曜」摸了摸自己的頭，挪到了最遠的那個椅子上坐下，小聲說了一句：「多謝少夫人賜座。」

「他有消息說幾時回來嗎？」風荷也不拐彎抹角，直截了當問道。

「依小的看怕是一時回不來。」他小心翼翼瞄了風荷一眼，繼續說道：「照往常慣例，回來之前三天都會給小的傳信，這次還沒有收到信。」

風荷低頭沈思，杭天曜究竟有什麼秘密呢，連這麼下三濫的招都能想得出來，他應該不會有什麼危險吧，她對守寡暫時不感興趣。默了須臾又道：「如果得到他即將回來的消息，你要稟報給我，咱們這場戲還得演下去呢。」

「杭天曜」點了點頭表示清楚，是呀，總不能讓人以為他們突然和好了吧，這得慢慢來。

「你挺聰明的嘛，常去純姨娘、柔姨娘房裡。」風荷輕笑著，純姨娘單純，柔姨娘有孕，最不易看出來他的不對，若是端姨娘這樣從小伺候的就容易露出破綻了。

他聞言嘻嘻笑道：「都是主子調教得好，往後還要少夫人多多提攜。」

風荷笑罵道：「去吧，小心些，出了事我可保不住你。」

這次見面的結果是少爺對少夫人成見更深，也沒回純姨娘房裡，直接出府去了。

第七十二章 侯府之約

天邊下起了淅淅瀝瀝的小雨，這是今年春天頭一場雨，下透了才好呢。青石的磚面因了雨水的浸潤油油的，大樹下有剛冒出頭的小草，碧綠碧綠的，分外可愛。如果沒有意外的話，過兩天園裡桃花的花骨朵就該慢慢綻放了，柳樹的芽兒嫩黃嫩黃的，配在一起嬌豔又鮮亮。

一襲藕荷色白邊繡玉蘭的披風裹在風荷身上，她站在廊上含笑看著丫鬟們嬉鬧，一個冬天把這些小丫頭們都拘壞了。

下人房裡，落霞與錦屏相對而坐，懨懨地望著外面的雨景。

「姊姊，妳倒是說句話呀，難不成咱們真這樣當一個粗使丫鬟一輩子？少夫人惹惱了少爺，少爺都有近一個月沒有留宿這裡了，便宜了銀屏那個蹄子，在茜紗閣許是日日都能見到少爺呢，她又是個狐媚性子，還不知哪一日就到了咱們頭上去呢。以她的心氣，到時候不知要怎生磨搓我們倆呢。

「我是個沒用的，不得少夫人待見，與銀屏那蹄子關係不是很好，這樣一輩子也罷了。姊姊豈能比我，原先在老太太房裡之時，銀屏見了姊姊都是要稱一聲姊姊的，如今妳看她，姨娘還沒有掙上，見了姊姊就鼻子不是鼻子眼睛不是眼睛的，我替姊姊屈得慌。姊姊針線好，會伺候人，何必這樣埋沒了呢，也該少夫人跟前掙點臉面回來，家裡的嬸子聽了也歡喜歡喜啊。」

落霞說話時的俐落勁與見到杭天曜之時的柔媚溫軟完全是兩個人般，一張俏臉上布滿了不忿，頗有些恨鐵不成鋼的意思。

錦屏掃過她身上，粉黛不施衣衫素舊，自從四少爺不肯回房之後，落霞打扮的心腸就沒了，整日活也不乾巴巴望著外頭。這會子說著銀屏的壞話，可她最近去銀屏那裡走動得極為頻繁，每日都要尋點由頭過去一番，看來是銀屏想要獨占恩寵，不願分一杯羹，才惹惱了落霞吧。

垂頭想到家中老父母，還在老太太手底下幹活呢，她的心就沒來由的縮起來。她原是不想跟著少夫人陪嫁來的，後來發現少夫人待人和善，對她們幾個老太太那裡來的也並不特別防備，覺得這麼著也不錯。只是，她雖愚鈍，老太太那點心思還是看得透透的，老太太豈是白白把她們給的少夫人。銀屏、落霞二人生得好些，定是衝著少爺去的；自己長相平庸，幹活還算勤快，估計是奔著少夫人去了。

所以，她不敢太張揚，不敢表現得過好，引起少夫人的關注。如果能這麼默默地終老在王府或是將來能平平安安配個小廝，她就心滿意足了，她就怕不但自己沒有好結果，還要連累了家中的爹娘。

她只是淡淡說了一句。「少夫人待我們不差，月銀、賞賜都是與大家一樣的，我覺得挺好。」

落霞被她氣得一個倒仰，自己費了半天唇舌，這個不爭氣的錦屏就這麼一句話，她都不能換個別的詞啊。落霞不過是想攛掇著錦屏去銀屏那裡為她說上幾句話，自己與銀屏一向不和，而錦屏與那賤蹄子卻是從小一處長大的，情分頗好。她跺了跺腳，咬牙罵道：「姊姊，妳忒不爭氣了，妹妹對妳真是失望至極。」

然後，她故意做出哀怨的樣子來，一搖一搖地掀了簾子出去，錦屏知道她定是去茜紗閣了。

院門外一個小丫鬟風風火火闖了進來，都等不及溫婆子進來通報，一眼瞧見風荷立在廊上，一面跑著、一面喊道：「少夫人，柔姨娘不太好，少夫人快去看看吧！」

風荷大驚，也顧不得責備她不守規矩，急急問道：「怎麼回事？妳說清楚點。」

小丫頭只穿了一件夾襖，打了一把油紙傘，在雨中凍得有些瑟瑟發抖，哭喪著臉回道：「近幾日，柔姨娘時常孕吐，少夫人請了太醫來看，都說是正常的，好生調養著就好。今兒一早起來，略吃了一點粥，就吐了個精光，方才居然、居然暈過去了。」

這都五個月了，胎象應該早就安穩了才對啊，為何柔姨娘會這般不正常？風荷來不及細想，看到沈烟幾個已經打了傘出來，扶著她們的手穿著繡鞋就往外快走，一路吩咐丫鬟去請太醫。

不管這個孩子是不是杭天曜的，外人都當是杭天曜的，若在他不在的時候出了什麼事，自己有理也說不清，何況太妃可是盼著呢。雖然大婚當日診出柔姨娘懷有身孕，太妃心中不大痛快，畢竟這是打臉的事，讓人與新媳婦怎生交代。為了風荷的面子，太妃待柔姨娘一直不冷不熱的，沒有過多關心，但如果孩子出事了，太妃必然是心疼的，說不定會怨自己呢。

尤其是王妃，柔姨娘可是她的人呢。

茜紗閣裡有些混亂，丫鬟們跑進跑出卻不知為了什麼，端姨娘和純姨娘都在柔姨娘房裡，柔姨娘躺在床上，閉著眼睛，臉上發白，樣子不大好。

「不要圍著妳們姨娘，除了寶簾，其他丫鬟都在外面聽候，把窗子打開透透氣。端姨娘、純姨娘，妳們先在隔壁坐坐，想來太醫很快就要到了。」風荷一進屋，就看見幾個丫頭圍著柔姨娘，忙打發了她們。

端姨娘和純姨娘向來聽話，聞言都行禮退下，一會兒太醫過來她們本就不合適留在這裡。

寶簾嚇得小臉白白的，臉上都是淚痕，如果柔姨娘的孩子出了什麼事，她是第一個逃不掉干係的。

風荷略略掃視了屋子一眼，裝飾不算華麗但絕對香豔，明面上沒有看到任何違例的東西，這個柔姨娘倒是心機不少，以杭天曜對她的寵愛，違例的東西應該賞了不少才是，她倒會藏拙。屋子裡有淡淡的幽香，不像胭脂水粉的香味，像是花香，風荷抬頭瞄了一眼，窗檯上擺著兩盆快謝了的花。

風荷雖愛養花，但僅限於荷花、蘭花、水仙、玉蘭、桂花幾樣尋常的，都是香氣清淡或者高雅的，對其他太過豔麗或太香的花都不太喜歡。

「那是家裡暖房種的嗎？好似沒有見過。」難道是杭天曜從外頭買來的，開得這樣好。

寶簾以為風荷責怪她們沒有拿去孝敬，連忙解釋起來。「去年底的時候，有一個外放的官員進京時孝敬了不少咱們北邊少見的花卉來，王妃說年輕人都愛花兒朵兒的，就作主賞賜給了幾位夫人姨娘們。少夫人那裡好像是兩盆建蘭。因為我們姨娘有了身子，房裡不能薰香，又素來愛這些，王妃就把這兩盆極香的花送了來。這兩日已經開敗了，還是有淡淡的香味。」

風荷聽了，也沒有多想，就問起柔姨娘怎生就不好了。

「或許是姨娘的身子弱些，現在身子重了太過疲倦，最近一直嘔吐，少夫人請來的幾個太醫都說是無妨。今兒早起只吃了一點燕窩粥，回頭就吐了，姨娘面色不太好看，沒想到直接暈了過去，其他的奴婢都不知道啊。」說著，寶簾的腿肚子又開始打顫，伺候不力這個罪名是鐵定的了。人家都是頭三個月吐，這柔姨娘怎麼越來越不省事呢。

與小丫頭說的一樣，還是等太醫看了再說吧，自己又不是大夫。

恰好此時，太醫匆匆趕了過來，微涼的天氣裡都帶了些汗。風荷讓寶簾給柔姨娘收拾好了，自己才退到了外邊。來的是太醫院新來的年輕太醫，低著頭不敢看，請了脈，不由搖頭，心脈有點急促，但其餘的一切正常，身子沒有什麼不對的地方，好端端的怎麼就會暈了？

他診了左手又換右手，無奈的搖頭，嘆息著出來。風荷隔了屏風詢問：「楊太醫，孩子和母體怎麼樣？」

「不好說啊。母體心脈急促，胎兒必受影響，只是晚生才疏學淺，看不出究竟，貴府還是另請高明吧。」杭家，他惹不起，出了差錯不說他的官帽，性命都難保，還不如推了。

風荷更是驚異不已，太醫不肯診病？如果沒有什麼大問題，太醫必不會這般，那樣對他的醫術有礙，她微微驚呼道：「是不是哪裡不對，楊太醫直說無妨。」

楊太醫世代學醫，好不容易混到了太醫院，也是有不錯醫術的，常在王公府邸走動，只得說道：「正是因為什麼都正常，晚生才不敢說。孕期內心脈略快些也是有的，照理說五個月的身子應該是最穩定的時候，不該發生這樣的情況。小生斗膽問一句，孕婦近來都吃了些什麼？」

寶簾聞言，得到風荷的示意，就細細回想起來，把柔姨娘日常食用之物都說了一遍。

太醫越發蹙眉，杭家是百年望族，有經驗的嬤嬤多了去，吃食上沒有任何問題，他再次說道：「晚生看來，或許是時令改變，或許是孕婦心裡緊張，身子的確沒有問題，調理得極好，想必這回應該醒了。」

風荷沒有辦法，請他開個調養的方子，命人賞了送出去，又叫人去外邊請幾個積年的老大夫來。

直鬧到午錯時分，依然沒有一點進展，都說無妨，有幾個連方子都不肯開，而柔姨娘早在太醫離去之時就醒了。

寶簾把太醫和大夫的話一五一十與她回明瞭，她也覺得可能是最近思慮太過的原因，便沒有多心。

風荷囑咐丫鬟好生伺候，自己攜了方子去給太妃請安。太妃聽後，也沒當回事，還說可能是時令問題，小五媳婦最近也一直有些孕吐之症。

隨後幾天，柔姨娘的身子反好了些，孕吐之症都輕了，風荷漸漸放心。

第二日，就是赴永昌侯府之約的日子了。昨兒下了一日雨，到晚間才止住，今兒卻是春陽和煦，春風柔和，是個賞花遊春的好日子。

太妃興致頗好，說自己悶了幾個月，正想走動走動，說了也去，如此大家更是高興。

太妃、王妃之外，杭瑩是必去的，餘下就是風荷、賀氏帶了女兒丹姊兒、二房的六少夫人袁氏、五房夫人帶了女兒杭茵，一干人等浩浩蕩蕩去永昌侯府。一路上百姓看見，都說到底是世交老親，關係就是好。

永昌侯府是當年一塊兒分封的幾個侯府中名聲最響的，若不是這些年魏平侯府起來了，他們仍是一枝獨秀。尤其他們府上規矩森嚴，最守禮節法度，子弟都是盡心教育的。傳到這代永昌侯爺身上，更是愛才惜才的人，家中子弟學問都不錯，旁支裡有幾個中了進士舉人的。侯府夫人是江南望族蘇家的女兒，端莊執禮又不懦弱，把個侯府打理得井井有條。

侯爺嫡出二女一子，長女當年許給杭四之後就沒了，次女今年十五歲，也是要進宮選秀的，兒子韓穆溪是長子。另外一個庶女十三，一個庶子十六，都未婚配。

如果不是因為杭家出了一個皇后，杭瑩也是極有可能參加選秀的，但她姑姑已是皇后了，杭家不能太出風頭。

韓穆溪今年十八，未曾許親，這裡邊是有一段緣由的，關係著侯府唯一的一件不順心之事。

侯府老夫人健在，出身錦鄉伯司徒家，司徒家這些年子孫沒有得力的，伯爺是侯府老夫人弟弟，只愛煉丹修道，把家中之事慢慢荒廢了。如今在朝中頂多是個中等人家，子孫又不肯上進，仗著祖上積攢下的功名混日子而已，已經進不了京城一等貴族圈了。能說得上話的親戚就一個永昌侯府，是以這些年往來很密切，企圖靠牢了。

錦鄉伯有個孫女，芳華之年，因她是前妻所生，很不得繼室母親待見，一年倒有一半時間被侯府老夫人接來養活。老夫人對她與親孫女無異，又因她在家中委屈可憐，反而愈添了愛惜之情，一心要把她留在自己身邊，許給孫子韓穆溪，欲圖侯府能多多照應她娘家。

但一來錦鄉伯府已經沒落了，二來侯爺對伯府沒什麼好感，若不是礙著母親早與他們少了往來，自己兒子這般出息，正是有大作為的時候，怎麼能受未來岳家拖累呢。侯府夫人也不是很滿意這個兒媳婦，覺得身子嬌弱有命薄之相，難不成讓兒子娶個大佛來供著。

是以，一邊拿定了主意要娶，一邊就是不肯鬆口，以至於韓穆溪的婚事便一拖再拖，到了十八尚未許親。好在他聲名在外，常有那人家來探口風，不擔心。

這次，得到杭家的暗示，夫人與侯爺一商議，都覺得是門好姻緣，先前長女之亡只是巧合罷了，現在那個四少夫人不是一直好好的嗎，何來因為杭天曜的原因呢？兩人當即定下計較，請王妃過來落實了再去提親，順便讓兩個孩子相看相看。二人都是愛子之人，只怕韓穆溪他日有一點不滿，有心讓他自己看了，才好辦事，索性借了賞花之名請杭家女眷都來。

侯府老夫人先時不清楚，一聽氣得半死，大罵不孝子，又不能把此事傳出去，就打著主意壞了賞花之約。這不，前幾天才送了回去的侄孫女，今兒趕緊接了過來，而且要在杭家面前做出一副韓穆溪與司徒小姐已然定下鴛盟的情形，讓杭家主動拒婚。

侯府夫人總不能擋著老夫人去接人，只在心中氣苦，埋怨老夫人年紀大了，還只念著娘家不管親孫子的前程。

這邊廂，杭家眾人一到，理應老夫人親自帶著女眷接出去的，但她推說有點頭暈沒去，永昌侯夫人滿面通紅的一個人出去迎接，還得強自歡笑。

太妃一下轎，沒見到老夫人，就有些不大爽快，王妃臉色亦是變了一變。

永昌侯夫人忙笑著迎上去行禮解釋。「太妃娘娘好，王妃娘娘好。老夫人原高高興興地等著親家過來，還說要親自來迎接，誰知剛才可能是起得急了，有些發暈，卻怠慢了娘娘。」侯爺堂妹是五夫人，親家這聲不算叫錯。

太妃聞言，也沒疑心，笑著道：「行的什麼禮，都是一家子親戚。老夫人年紀大了，身子自然沒有年輕時輕便，咱們兩家還興這套不成？」王妃亦是笑著稱是。

永昌侯夫人長吁了一口氣，招呼著大家往裡走，又害怕老夫人一會兒會不會鬧出什麼么蛾子來，若她真那樣，自己做媳婦的不給她好臉色也怪不得自己了。這關係到兒子前程幸福，永昌侯夫人是絕不會手軟的。她可是蘇曼羅的堂族姑姑。

不等大家進正廳，老夫人就做出一副匆匆起身迎上來的樣子，杭家是王府、國舅之家，侯府惹不起，這點明白老夫人還是有的，可惜在娘家之事上太固執了。原也是老夫人母親去得早，自己這個長姊對弟弟疼愛萬分，時至今日都丟不開手。

太妃眼尖地看到扶著老夫人迎上來的兩個女孩兒作主子打扮，其中一個是侯府次女，她是見過的，另一個卻有些眼生，便有幾分疑慮浮上心頭。

風荷是第一次來，給侯府老夫人、夫人都見了標準禮。

老夫人顯見得是不大待見，想想自己乖巧懂事的大孫女，看看眼前這個丫頭，就覺得是她擠走了自己大孫女。

反是永昌侯夫人好一點，女兒命薄，與人家女兒什麼關係，那時候這丫頭還不到十歲呢，多問了風荷幾句。沒想到發現風荷說話討喜，行事穩妥，心中就有幾分喜歡，只當是看到了自己大女兒，跟太妃、王妃連連稱讚了幾句。

侯府次女閨名喚作韓穆雪，一對柳葉眉，眼睛又大又亮，偶爾會偷偷瞟風荷一眼，想來是想起自己姊姊，有點小小心結，每次一撞到風荷的目光就趕緊偏過頭去。瓜子臉，皮膚是健康的透著淡粉紅，一頭烏髮黑亮逼人，可能是因為她姊姊去得早，頗得侯爺、夫人寵愛，但並不驕矜，略有些大小姐氣派，還算好相處。

她與杭瑩、杭蓉是從前就認識的，很快說到了一處去，倒把那個時常來的司徒小姐冷落在一旁。

眾人見了面，吃了茶，永昌侯夫人就笑道：「虧了昨兒那一場好雨，把我們園子裡一半的桃花催開了，咱們是現在過去賞花呢，還是再歇歇？」

「我們家也種了不少，但這個時候還沒開，夫人是怎生料理的，這麼早就開了？」王妃深知太妃的身分不能太過客套，便自己撐起局面來。

「也不過就這麼著，咱們家的那幾棵品種是前些年從外地運來的，據說會比北邊一般的桃樹先開花，初時不大信，後來果真就早了半個多月，不然也不敢請兩位娘娘賞臉。」這些是夫人娘家江南的品種，經過園裡懂的人料理，雖沒有南邊生得好，這個時候也是很難得了。

太妃放下茶盞，對老夫人笑道：「我年輕時也愛個花兒粉兒的，如今年紀大了就不愛走動，每日與孫子孫女孫媳婦們一塊兒說笑解悶。聽媳婦她提起貴府上的桃花開了，很有些不信，特地來看的。」

老夫人不好太過冷淡，亦是熱情招待。「既這麼著，咱們先去園子裡賞了花，回頭就在園子裡擺上幾桌酒，大家樂呵一天。」

於是，一行人起身。主子丫鬟好幾十人，由永昌侯夫人在前領路。

永昌侯夫人出身名門望族，日常生活很是講究，把個園子打理得精巧雅致，有江南氣韻，大家都讚不錯。桃花確實開了，都是紅色粉紅色的，襯著綠油油的柳樹葉、草地，頗有一番天然野趣。

太妃等人並不是真心來賞花的，不過看了一小會兒，永昌侯夫人就說在亭子裡擺了酒，請過去歇腳。

這是個三座相連的亭子，很大，一邊做臨時的小廚房，燒個茶燉個點心什麼的，另外兩間就是酒席之所了。長一輩的坐在一處，年輕一輩的就坐在隔壁，大家方便說話。

老夫人對司徒小姐很看重，無論到哪裡都扶著她的手，時不時誇上兩句。「我這個侄孫女，別看與我隔著輩分，最是貼心，什麼想不到的都給我想到了。我常跟人說啊，若能得她長久陪在我身邊，那就好了。」

聽了這話，太妃與王妃對視了一眼，來了這段時間，二人都看出了點眉目，每次永昌侯夫人叫了杭瑩說話或是讚她幾句，老夫人就會拉出司徒小姐把話頭轉到了她身上。她們都是一輩子在公侯女眷堆裡混的，旁人一個眼神一個動作就能猜出對方心意，何況是老夫人這麼明白的暗示，兩人心中生了些許不快。

不過瞧永昌侯夫人尷尬的表情，也知她沒有這個意思，不過杭瑩是莊郡王府郡主，犯不著受這個氣，難不成還由得你們挑挑揀揀了。如果不是實在看好韓穆溪這個好苗子，太妃與王妃早就拂袖而去了。

永昌侯夫人很是不滿老夫人，很快接過話道：「母親疼愛侄女兒是正理，不過侄女兒年紀大了，表弟、表弟妹那裡定是有數的，而且母親這麼疼愛侄女兒，她便是出了門子也會常來孝順母親的，母親說是不是？」

老夫人被她氣得有些噎住，說不是就是指嫣兒以後不孝順自己，說是就是承認了自己不能在嫣兒的終身大事上作主。她從來都是個莊重的老婦人，這些繞彎子的話不大會說，只能作沒聽見。

司徒嫣聽懂了卻不得不假裝聽不懂，她早就明白了此行用意。她與韓穆溪打小相識，對這個京城人口中的翩翩佳公子芳心暗許，不然也不會願意常常過來奉承著老夫人。侯爺、夫人的心意她略略探聽了幾分，知道他們看不上自己的家世，未嘗不惱，但有老夫人給她作主，她還是有幾分把握的。

不過在得知杭家的意思之下，她緊張起來，杭家比自己，那是天壤地別了，尤其杭家郡主在京城的名氣不錯，如果他們肯把女兒嫁給表哥，自己的機會就渺茫了。所以，她今兒是作了十二分的準備的。

其他的小姐都在隔壁說笑，偏老夫人一味拉著她不放她過去，永昌侯夫人繼續道：「母親，嫣兒怕是想去與姊妹們說笑，咱們拘著她做甚，讓她也去鬆快鬆快。」

老夫人無法，放了司徒嫣。

不知是不是之前安排好的，韓穆溪來給太妃娘娘、王妃娘娘請安，還說是他父親交代他好生替母親照料客人的。

「晚輩見過太妃娘娘、王妃娘娘。」一寶藍底團花的長袍穿在他身上，自有一股別人比不了的儒雅飄逸氣質，加上他談吐有致，很得太妃與王妃的心。要不是老夫人的態度，這絕對是門好親事。

「快起來，喲，長這麼高了，這通身的氣派，到底是大家子出來的。」太妃笑咪咪地抬手示意他起身，越看越是滿意。

韓穆溪心中閃過輕微的猶疑，太妃對他好像很是熱情，他暗中瞟了自己母親一眼，發現母親笑得比平時歡快，他的猶疑更深了。

王妃讓丫鬟奉上見面禮，問道：「哥兒今年是十七還是十八了？」她一面與永昌侯夫人說話，一面又覷了韓穆溪一眼。

永昌侯夫人忙道：「這打過了年就十八了，我這做母親的難免要為他著急了。」

「咳咳」兩聲，老夫人打斷了夫人的話，夫人急急伺候她吃了一盞茶順順氣，她才招手對韓穆溪道：「你父親叫你回來的？都是小姐夫人們，也沒什麼用得著你的地方呢。」

韓穆溪走到她近前，彎身回道：「父親說，理應他親自來拜見兩位娘娘的，只因衙門裡實在脫不開身，就叫兒子回來幫著母親，順便給娘娘磕頭。」

「這方是正理，咱們兩家又是通家之好，你這幾位妹妹都是見過的，不必拘泥那起子俗禮。你妹妹們還說剛才沒看夠，正好你陪著一起去，也好有個照應，下人不至於怠慢了。」夫人對老夫人的不滿越發嚴重了，索性說話直接了些，她一向恭敬孝順，倒把她當軟柿子捏了，連她兒子的婚事都得為了那個不爭氣的舅舅家犧牲了不成。

韓穆溪恭恭敬敬地應了一聲是。夫人就張羅著喚了幾位小姐過來，讓韓穆溪與她們見了禮。太妃、王妃自然不會出言反對。

司徒嫣、杭莒與韓穆溪都是見過的，杭瑩還是多年前年幼之時見過一面了，二人對面行了禮。杭瑩不敢抬頭去看外男，面上薄薄一層緋紅，光是那個高大的身影就教她有幾分羞怯了，不過祖母母妃都不說話，她當然要依照禮節行事，不能墮了杭家的體面。

丹姊兒還是個孩子，一聽有花看就高興得很，哪裡管得著大人們之間的波濤洶湧。

韓穆溪是個細緻敏感的人，他相信自己的直覺沒錯，父母是故意讓他來見幾位小姐的，而其中只有杭瑩是比較陌生，難道是……他有些不敢想，眼神卻不自覺地往風荷那邊掃了掃，落入眼底的是一抹緋色的裙襬。他進屋之後，就知她坐在太妃身後，但沒敢多看，胸口卻有一樣東西熱辣辣的，那是上次他救了風荷之後，回去在自己懷裡發現的。他估計是風荷摔在他身上之後，髮髻上的珠花掉落了一粒，他鬼使神差就收了起來，沒有給任何人看。

很快，眾多下人就簇擁著幾個小主子去賞花，老夫人不死心，又囑咐了韓穆溪一句：「你表妹身子骨弱，你用心照看，別叫吹了風。」

「孫兒明白，何況還有這麼多丫鬟在呢。」他怔了一怔，祖母的心思他不用想都能猜到，但對這個柔弱的表妹他沒有一點男女之情，更不想祖母的話引起了別人的誤會。

看著年輕人走了，幾個夫人才重新有說有笑起來。如果沒有婚事這件事，老夫人是非常願意與杭家交好的，那對她兒子孫子甚至她娘家弟弟侄子們都有益。不過，她還是不願意接受杭瑩，杭瑩出身高貴，以後怕是個難伺候的主，老夫人覺得自己這輩子最窩囊的就是兒子娶了那麼個媳婦，弄得她手中沒有一點權力，還不是因為媳婦娘家來頭大嗎？

五夫人與永昌侯夫人這個堂嫂關係不錯，對於杭家與韓家結親，她是看好的，對她沒有壞處。

三少夫人賀氏寡言少語慣了，只是兢兢業業伺候著王妃，彷彿根本不知太妃、王妃的心思，也不知自己娘家的心思。

風荷覺得永昌侯夫人是個挺容易相處的人，既有大家夫人的氣度，又有江南世家的精緻，還不缺後院女人的手腕，難怪能把侯府治理得這麼好。如果杭瑩有這麼一個婆婆，日子頗為好過，至少後院不易生事，唯一不妙的就是老夫人了。這個老夫人與自己董家那老太太倒有那麼幾分相似，都喜歡用娘家女孩兒在夫家站穩腳跟，也不想想自己多大年紀了，還操這些心幹麼。

王妃有些不放心杭瑩，賀氏掛念著丹姊兒，但她不敢說走，風荷想了想，與其坐在這裡聽唇槍舌劍，不如起來走動一番，順便看看那幾位嬌小姐們都可好。便道：「祖母，我看那桃花真的很美，想再去看看，可以嗎？」她笑著搖了搖太妃的胳膊，又對王妃點了點頭，兩人馬上同意了。

太妃還拍了她肩膀一記，道：「我怎麼竟忘了，妳與她們一般年紀，哪裡坐得下來，去吧，順便看看妳幾位妹妹。」

永昌侯夫人忙道：「叫個丫鬟領路吧。」

「多謝夫人。」風荷笑著謝了。

一路過去，先經過了一片杜鵑花圃，接著是一個粉牆黛瓦的小院，然後竟有一個全用竹子建的小樓，雅致得緊。

風荷不由住了腳看，閣樓不大，只有一明兩暗三間小小屋子，上面一層只有一間，剩下的是個敞開的樓臺，夏日裡月夜下品茶賞月是個好地方。周圍幾株兩人合抱大的參天大樹，能把烈日遮得嚴嚴實實，確是個納涼的好去處，虧得想來。

領路的小丫頭是個靈巧的，夫人手下得用的人，一見風荷的樣子就知她喜歡，笑著解說起來。「這是前兩年我們少爺跟著夫人去南邊舅舅家走親戚，看到那邊成片成片的竹林，就突發奇想用來蓋了這麼個小樓。起初大家都覺得平常，不過別致些，後來才發現裡邊的大好處呢。」

「哦，什麼好處？」風荷抿嘴笑著，看來是個崇拜韓穆溪的丫頭，提起少爺來小臉上亮亮的。

「少夫人有所不知，這幾棵大樹把陽光都擋住了，夏天不曬，加上是竹子蓋的，尤其涼快，夏日裡進去蔭涼的，一下子就暢快起來。而且小樓後邊從湖裡引來活水，疊了太湖石，一放水的時候瀑布一般潺潺而下，能聽到水流打在石頭上的叮咚聲。用我們少爺的話說，一聽到那樣的水聲所有的煩惱都消了。」小丫頭說得更加起勁，這裡外人輕易不能進來，難得有個人這麼欣賞少爺的法子，她忍不住多說了幾句。

明月松間照，清泉石上流。這個韓穆溪倒是好興致好意境。看來，他遺傳了母親的性子，比起北方豪門大族的王孫公子來，他更像江南才名滿天下的風流才子。

風荷照著丫鬟的指點繞到後頭去看了看，足足疊了兩人高的太湖石，中間一條小縫隙，用來放水的。開了一個一丈方的小池塘，周圍一圈太湖石，形狀各異。左邊兩棵芭蕉，還沒有冒出新葉來。

風荷可以想像，夏天住在這裡是何等樣的一件享受，真如世外高人一般了，可惜韓穆溪勉強能在紛紛擾擾的京城尋一處容身所在，而自己連這麼個地方都沒有。她唯有苦笑，這樣的清閒安逸又能維持多久呢？

小丫鬟看著風荷的表情，以為她覺得一般，連忙指著小池塘道：「少夫人，池塘裡種了一株蓮花，每到夏季的時候葉子清圓，配著粉紅的蓮花，煞是好看。奴婢常聞得少爺站在這裡吟著什麼水面清圓，一一風荷舉的，只覺得好聽，又不知是何意思？」

自己似乎與韓穆溪挺有緣的，上次蒙他救命，現在發現他與自己有挺多共同的愛好，而且他也愛這句詞，風荷搖頭，暗笑自己也多愁善感起來了。

看著小丫頭苦惱的樣子，風荷輕笑道：「這裡很好，虧得妳們少爺能想來。咱們走吧，回頭叫妳們少爺看到心疼呢。」

「嘻嘻，少爺很大方的。」小丫頭摸了摸自己的頭，咧嘴而笑。心裡想著，少爺從來不吝惜財物，丫鬟們看上的，他隨手就給了，書除外。

往前不遠就是桃林了，風荷幾人到了那裡，卻不見人影，滿心不解。

恰好遇到自西北邊過來的一個小丫頭，問了才知，司徒小姐說湖邊有個臨水榭，沿著湖岸開了不少的探春花，引了眾人去那裡玩。

風荷一聽，心下有點不安，那個司徒小姐幾次看著韓穆溪的眼神傻子都能讀懂了，如果她清楚杭家今日過來的用意，會不會做出什麼舉動呢？別看司徒小姐生得嬌嬌氣氣文文弱弱的，風荷一看到她就沒來由聯想到凌秀身上去，不得不防啊。

她沒了觀賞園子的心情，讓小丫頭趕緊領路去湖邊臨水榭，要是杭瑩出點什麼事，這麻煩就大了。

事情沒有出她預料，的確出事了；但也出了風荷意料，出事的不是杭瑩而是司徒小姐。

就在距離臨水榭不到五十步距離的地方，風荷幾人聽到了嘈雜紛亂的叫嚷聲，她不及多想，提起裙子匆匆往前走。臨得近了，隱約聽到有丫鬟喊著——

「小姐，快救小姐！」

「司徒小姐落水了！」喊聲此起彼伏。

風荷疾走過去，韓穆溪已經救了司徒嫣上來，不過司徒嫣全身濕透，頭髮上、衣衫上都滴著水，衣服緊緊貼在身上，曲線畢露。

韓穆溪只有靴子沾了水，他雖然救人心急，但一把人救上來扔給丫鬟，就急急背過身去，看到未出閣小姐這副情狀，他一不小心得對人負責呢。

他的視線對上風荷的視線，愣了半刻，慌忙低下頭，耳根後爬上一團紅暈。

第七十三章　因何落水

這是一個不算大的湖，他們所處的地方就是一個三面環水大半建在水上的小榭，說是小榭其實也有三間屋子。

這樣突如其來的變故把幾位小姐都嚇懵了，她們都是深處閨閣，繡花針見了血都會叫半天的弱女子，幾時見到過這麼驚恐的情景。

丹姊兒年紀最小，平日一直被賀氏教養著跟在自己身邊，在王府裡都有些深居簡出的感覺，難得有這麼多人一起玩，正是開心的時候。現在一張小臉嚇得煞白，雙眼大睜著，不知所措的看著圍著司徒嫣的丫鬟們，她的嬤嬤反應過來緊緊摟著她，扳過她的頭不讓她看。她自己亦是很慌張害怕的，抱著嬤嬤的脖子哇地哭了起來。

韓穆雪與杭菬也好不到哪兒去，韓穆雪雖是主人，可她這時候只顧著發愣，根本不知怎麼辦？她方才與杭菬在臨水榭裡說著體己話，沒有注意外邊的情形，只知道司徒拉了杭瑩去看花，不明白好端端地就發生了這種事。杭菬雖年紀比她小些，倒是時常跟著五夫人看她料理家事，心中明白此刻應該先安置司徒小姐，可她一來是客人，二來腿肚子打顫，移不開腳，翕了翕唇沒有說話。

杭瑩離得湖邊最近，她的神色最不好看，俏生生的小臉雪白雪白的，眼中滿是驚恐，身子顫巍巍搖搖欲墜。

風荷知道這樣下去不行，那司徒小姐不被淹死也會被凍死的，眼下這裡只有她年紀大些，就想越俎代庖安頓了這幾位。

誰料，她尚未開口，一個穿湖藍色春衫梳著雙丫髻跪在司徒嫣腳下哭的丫鬟高聲哭道：「小姐、小姐，妳醒醒啊！妳若有個好歹叫我們怎麼活呀。小姐，妳與人遠日無仇近日無怨的，為何人心這麼恨呢，無故把妳推入水中。小姐自來身子嬌弱，這麼冷的天，怎麼經得住呀，奴婢卑賤，但也要替小姐問一句——杭小姐為何要這樣做啊？」

她說話之時，眼角時不時地瞟向杭瑩，而當時杭瑩離司徒小姐最近。

眾人都不可思議地一齊望向杭瑩，當時大家都沒有注意她們倆，沒有人看到事情經過。但韓穆溪與韓穆雪都不是笨人，很快就生了疑惑，杭瑩沒有理由這麼做呀，她與司徒表妹是第一次見面，根本不可能與人發生仇怨啊。而杭萏和丹姊兒更是不信，杭瑩心思純善，不會做出這樣狠辣的事情來。

杭瑩滿眼的震驚與憤怒，身子繃得緊緊的，下一刻就咕咚栽倒在地，但大家都看得出來她的表情中沒有慌亂。

這一點，風荷還是能夠信任杭瑩的，而且她早發現司徒小姐待韓穆溪不同，如果她知道今天的目的她這樣做就情有可原了。不過，還真是個狠得下心的主啊，能對自己下手的人往往都是冷情的人。

「住口。」風荷一聲嬌斥，喝道：「還不給我掌嘴。」

即便與杭瑩無關，再被這個丫頭鬧下去杭瑩的閨譽必然受影響，這對杭家可不是什麼好事，風荷絕不能容她敗壞杭家的名聲。

風荷的話一出口，沈烟已經迅疾地快步上前，用盡全力搧那丫頭的耳光，小小年紀就有這樣狠毒的心腸，留著也是個禍害。

而在她出手的同時，風荷幾步奔到杭瑩身邊，與杭菸、幾個丫鬟合力扶起了杭瑩。杭瑩並沒有暈過去，她只是被這突來的變故嚇到了，支撐不住自己的身子，見了風荷立時撲到她懷裡大哭起來。「四嫂，我沒有，我真的沒有。」

「別哭，別怕，四嫂相信妳。放心，不是妳做的，四嫂一定還妳清白。」風荷無奈地拍著杭瑩的背，輕聲細語撫慰著她，雖然她不喜王妃，但不得不說杭瑩是個好姑娘，在府裡從來不擺郡主的架子，也不會欺負別房的小姐。

韓穆溪兄妹沒有料到風荷會直接讓人對司徒家的下人動手，一時都有些尷尬，阻止不是，不阻止又不行。

杭瑩漸漸平靜了一些，風荷才騰出手來命沈烟住手。沈烟收了手，摸了摸自己手心，真夠疼的。

被打的丫鬟徹底呆住，直到沈烟放開她才猛地向後倒去，司徒家另幾個小丫頭趕忙接住了她，看著風荷的眼神似能吃人。其中有個膽大些的梗著脖子問道：「妳們杭家是王府又如何，不該這樣仗勢欺人，什麼時候我們伯府的人輪得到妳們教訓了。」

韓穆溪聽她對風荷不敬，潛意識地出口喝止。「住嘴。」

風荷對韓穆溪點了點頭，像似抱歉又像似感激，她把杭瑩交給跟來的嬤嬤手裡，一步步慢悠悠上前，冷笑道：「我不是教訓妳們，我是救妳們。妳們算是什麼東西，奴才而已，難道妳們主子沒有教過妳們尊卑有別嗎？皇室郡主，也是可以隨意辱罵質問的，妳們想想，這件事報上去，妳們有幾個腦袋夠砍的。別說妳們小姐，就是妳們老爺、夫人，都是要受牽連的。

「侯府與我們府上是世交，若不是看在侯爺、夫人的面子上，妳以為我會樂意救妳們？誣陷皇室郡主，這樣的罪名，能不能壓下去還是兩說呢，妳們嘴上不嚴謹些，傳出去連我們都有不是。第一個倒楣的就是妳們小姐，縱容下人誹謗主子，她還要不要見人了。

「我看妳們幾個也是忠心的，難道不知道司徒小姐眼下最需要的是梳洗宣太醫嗎？妳們在這兒鬧，鬧得越久，妳們小姐的身子就越撐不住，這樣的天氣，經了水，別說妳們小姐了，便是身強力壯的男子，能不能完好都說不準呢。都還杵著幹麼，還不送司徒小姐回房換衣裳。小侯爺，還得煩勞你去請一下太醫了。」

最後對著韓穆溪說話的時候，風荷臉上才露出淡淡的笑意。她在別人家裡責罰別人的下人，畢竟不是很理直氣壯的，總不能對著主人還拖著冷臉吧。

韓穆溪恢復了一向的清朗明瞭，吩咐丫鬟送司徒小姐回房，然後自己去前頭請太醫。

伯府的丫鬟雖然被風荷一番話嚇得哆嗦，但沒有照著她的意思去做，侯府的丫鬟也不等她們，直接上前攙扶著司徒嫣起來。司徒嫣沒有昏，一直都是清醒著，此刻卻不能再裝昏，只得假裝勉強甦醒的樣子，有氣無力地由丫鬟送回房。她幾次想開口說話，都被風荷打斷了。

風荷攬著杭瑩的肩膀對杭家三位小姐說道：「祖母與母妃都在等妳們呢，快去吧。含秋，妳帶人服侍小姐們過去，路上可別被什麼絆住了，叫幾位老人家憂心。」應該有丫鬟去前頭稟報了，幾位夫人很快就會趕過來，但風荷相信她們一定不想看到自己的女兒孫女受了驚嚇還留在這裡，不如把她們送過去倒好。

杭瑩愣了愣，抓著風荷的手嗚咽。「四嫂，我、我不能走。」她不能白白被人冤枉了，背著這個惡名離開。

「聽話，這邊的事情不會很快了結的，妳看妳妹妹、侄女兒都嚇壞了，妳是姊姊姑姑，是不是應該先把她們送到長輩身邊，都去吃點熱茶暖暖身子，妳瞧丹姊兒，臉色多難看。這裡的事情，有四嫂呢，四嫂不行，回頭祖母母妃難道不還妳一個清白？」風荷暗暗嘆了一口氣，杭瑩的確是個可愛誠實但不懦弱的好女兒，為何就托生在了王妃肚子裡呢，日後可別被這個母親連累了呀。

杭瑩聽罷不語，想了想，自己留在這兒只會給四嫂添亂，就照她說的先去稟報祖母和母妃吧。

送走了三位嬌小姐，風荷才轉身望著司徒嫣一行人遠去的身影，既然她落水與杭家有關，杭家不能沒人，自己還得等著太妃等人來呢。

韓穆雪靜靜地望著風荷處理一系列的事情，心底深處對她的排斥少了許多，甚至有一點親近之心。她與姊姊是不同的，姊姊溫婉柔順，而她明豔不可方物；姊姊端莊可親，而她雷厲風行。姊姊……唉，姊姊的記憶越來越模糊了，而這個占據了姊姊位置的女人，卻教她無端的仰慕。是不是只有這樣的女子才能克制住杭家四少爺的剋妻之命呢？

韓穆雪不願承認，但不得不承認，她真的一點都不討厭風荷了。她忽然冒出一個奇怪的想法，如果她是自己的大嫂會不會與大哥很般配？

正午的陽光愈加溫暖，地上那片水跡耀眼而醒目，風荷只覺身上一陣發冷，這個司徒嫣比起凌秀有過之而無不及。經此一事，即便韓穆溪不一定非要娶她，但與杭瑩的親事是肯定走不通了。如果杭瑩對她行凶的罪名落實，別說韓家怕是沒有什麼人家願意娶她了，這也太惡毒了些。如果沒有證據指明杭瑩，那即使韓家願意，杭家也是決然不肯同意了，杭家的女兒豈能受這樣的委屈。

所以，無論結果如何，韓穆溪都不能娶杭瑩。而他是不是必須娶司徒小姐，想來會在韓家內部引發激烈的矛盾，鑑於孝順這一條規矩，韓穆溪之父母多半會輸。除非，除非司徒嫣的計謀曝光。

這不是沒有可能，但風荷尚在猶疑，她不知韓穆溪是何心意，如果韓穆溪自己願意，那她就是多此一舉了。看來要走一步算一步了。

她輕輕攏了攏身上的衣服，平整了被杭瑩弄縐的地方，回頭對韓穆雪道：「韓小姐，咱們去看看貴府表小姐吧，丫鬟笨手笨腳的，千萬別出什麼事情才好。」

「好，走吧。」韓穆雪明顯怔了半刻，有那麼一瞬間的時間，她以為風荷會叫她自己的閨名，她略微有些不滿，噘了噘嘴應道。

風荷不明白自己是哪裡得罪了這位侯府小姐，但沒時間與她計較，跟著她並肩而走。

她驚訝的發現韓穆雪走的不是出園的路，不禁問道：「司徒小姐的住處不在園外嗎？」

「是的，因她喜歡咱們園子的景致，老夫人將紫庭院指給了她，她每常來了都是住在那裡。不過，我沒有住在園子裡，每日來來回回去給母親和老夫人請安太不便了。」說到這兒，韓穆雪似乎不大高興，咬了咬唇角，欲言又止。

風荷好奇起來，不由問道：「那園子裡還住著什麼人嗎？」她可是清楚，韓穆溪在園子裡有個消夏的小院呢。

聽風荷發問，韓穆雪顧不得閨閣規矩，沒好氣的低聲道：「本來哥哥一年有大半年在園子裡住，尤其是暑天，咱們家人口簡單，沒什麼需要顧忌的。可她來了後諸多不便，哥哥就搬了出去，咱們家前頭院子不多，哥哥在外院的小院有些小了，連書房都逼仄得很。哥哥無奈，現在常一個人去書畫胡同住著，方便讀書見客的。」說完，她又有些不好意思，一個女孩兒背後說人壞話是可恥的，但她忘了防備風荷。

難怪今兒一路看來，韓穆雪對司徒嫣不甚親熱，或許兩人暗中還有些不睦呢。說來也是，司徒嫣作客在人家家裡，把人家主人都趕跑了，又分去了老夫人對孫女兒的寵愛之心，韓穆雪不喜她也是常理。尤其韓穆雪說話行事有大家氣度，司徒嫣更像小家碧玉，兩個人性子本就不太相合。

風荷不好再多問人家家事，眼前出現了一幢題名「紫庭院」的小院，她就知地方到了。怪不得司徒嫣會喜歡這裡，院子很大，前後一共有十幾間屋子，滿院子種滿了奇花異草。

進了屋，先是一個高近一丈的黃花梨仕女觀寶圖屏風，屏風上的仕女圖栩栩如生，衣褶飄動間似能看到風。繞過屏風，才能看到屋子全景，黑黃花梨的羅漢床，兩邊高几上分別擺著一盆碧桃花樹盆景和一個天青色釉面官窯的梅瓶，裡邊幾枝桃花開得正豔。中堂掛著一幅墨荷圖，落款卻是濂溪故人，史上並沒有這麼個人，而且看墨跡應該是幾年內的。

濂溪是周敦頤的號，他曾有愛蓮說一文，此畫者畫的是蓮，題名又這樣，應該是個喜歡蓮花之人了。

左邊的房裡有雜亂的人聲，風荷也不好繼續觀賞房間，跟著韓穆雪進去，有丫鬟打起了水紅色的縐紗軟簾。

司徒嫣剛換了衣服，頭髮還濕著，偶爾有殘存的水跡滴答掉落下來，暈濕了胭脂色繡花的迎枕。她靠在床上，雙目無神茫然，映襯著鮮豔的被子，顯出面色的青白來，有虛浮的感覺。看來，她是還沒有從突然的落水中反應過來。

韓穆雪與她畢竟是親戚，又比她長了幾個月，忙坐在床沿上，握了她的手道：「表妹，妳沒事吧，太醫一會兒就來了，妳身上冷不冷？」

風荷本來是不想管她的，這還不是她自找的，但突然間動了惻隱之心，卻不是對司徒嫣，淡淡吩咐丫鬟們。「去煮了熱熱的薑湯來，讓妳們主子服下。」

小丫頭去了，風荷的狠厲她們已經見過了。

司徒嫣的眼中有了一點點焦距，她吶吶地執了韓穆雪的手，低聲呢喃。「表姊，我好怕，我都不明白怎麼掉下去的。我明明是與杭小姐看著岸邊的花，腳下一滑人就落到了湖裡，對了，是誰救我上來的？」

「好了，沒事了。是哥哥救了妳，他現在去請太醫了。」韓穆雪沒有多想，把被子往上拉了拉，蓋住她單薄的肩。

「是表哥啊，多虧了表哥，不然我這條命怕是都沒了。一定要拜謝表哥才行。」司徒嫣臉頰上慢慢有紅暈回來，比之前的青白好看不少。

韓穆雪偏頭看了風荷一眼，滿不在乎的說道：「這有什麼的，別說妳是我們表妹，便是什麼都不是，表哥也不可能眼睜睜看著妳這個弱女子在湖裡撲騰啊，說什麼謝不謝的。妳不知道呢，我哥哥最是熱心腸的人，上回還救了四少夫人，四少夫人妳說是不是？」

風荷臉上熱辣辣的紅了，喃喃應道：「是的，小侯爺是個好人，我還沒有親自謝過他呢。」這韓小姐會不會說話呢，她是想勸司徒小姐的，怎麼聽來像是責備自己呢？

韓穆雪恍然有些發現自己說錯了話，心虛地對風荷微笑，岔開道：「太醫還沒來，這麼慢？」

她的話音一落，就聽到一個蒼老的聲音在房外響起，似在喚司徒嫣的名字。這必是老夫人來了。

隨同老夫人前來的還有夫人，太妃、王妃都來了，還有杭瑩。杭茵、丹姊兒與她們母親沒有見到。

老夫人氣色不大好，有虛汗冒了出來，估計是這一路走得急了，連馬車都來不及乘上或是肩輿都等不及，就這樣走了過來。

風荷忙上前迎著，攙過太妃的手，低聲問道：「祖母與母妃一定累壞了吧？」她這句話就是在明明白白抱怨老夫人，可惜老夫人一門心思撲到了司徒嫣身上，根本沒有聽見，倒是夫人不好意思的勉強笑了笑。

王妃難得看著風荷的眼神帶些慈愛了，應該是杭瑩已經把一切告訴她了，她這是感激風荷及時制止了情況惡化，維護女兒的清譽。

老夫人也不說話，一把撲過去抱著司徒嫣，哭著「我的心肝兒肉啊」，韓穆雪聽得一身雞皮疙瘩，把地方讓給了她，自己回到母親身邊去。司徒嫣顯見是受了驚嚇的，摟著老夫人哭得死去活來，差點一口氣噎著沒上來。

永昌侯夫人不知是該勸還是不該勸，今兒是好了，兒子的親事多半是吹了，還叫人看了這麼一場大笑話，自己家老夫人把個娘家侄孫女看得比親孫女都重，算什麼回事？

有丫鬟匆匆跑了進來，對夫人稟道：「太醫來了，小侯爺陪著在外面呢。」

老夫人哭得雖傷心，但一點都不影響聽覺，登時喝道：「那還等著幹麼，還不快請進來。」

夫人無法了，硬著頭皮說道：「母親，先請太妃娘娘、王妃娘娘幾位到隔壁去吧。」哎，這老太太真是越老越糊塗了，這樣子叫太醫進來像是什麼話，明兒他們侯府的臉面就全丟了，司徒嫣難道就不收拾一下。

老夫人焦心著呢，懶得應付杭家人，只是點了點頭，自己不動身，她的意思是要守在跟前了。夫人無法，強笑著請太妃等人去隔壁歇歇。

穿過廳堂，這是間小花廳，地上鋪著緋紫色的絨毯，踩上去綿軟舒適，臨窗大炕上設著紫檀木包角的小炕桌，桌上茶具是清一色的豆綠底繪粉彩成窯茶碗。

風荷看得嘖嘖稱奇，這老夫人對司徒小姐不是一般的疼愛呢，都快越過了韓穆溪兩兄妹去，估計韓穆雪的閨房不過爾爾。這地毯、這茶具，哪一樣不是稀罕東西，連太妃與王妃眼中都閃過一抹詫異的光芒，她們很是懷疑這確實是一位客居的表小姐的屋子？

兩人對視一眼，看來不把杭瑩許給韓家的想法是對了。就憑老夫人對司徒小姐的寵愛，杭瑩進門之後還不定能有什麼好日子呢，算了，韓家再好，韓穆溪再好，如今都不合適了。兩人心中都微微可惜。好不容易選了個這麼出色的公子出來，沒想到壞在侯府老夫人娘家身上。

大家都有些意興闌珊，若不是杭瑩說了伯府丫鬟的話，她們早就走了，何必留在這裡討人嫌。

最不好過的是夫人，對今日之事她心中的憤怒生氣已經遠遠壓不下去了，只是尚且礙著杭家而已。她素來孝敬，倒把老夫人孝敬成了祖宗。哼！司徒嫣，她一直就看不順眼，覺得大家子小姐成天做出這副可憐樣算什麼回事，又不是沒有父母親人，賴在他們家算什麼，逼兒子娶了她啊，她就是在作夢。

夫人自認不是薄情狠心之人，但經此一事，她不狠心是不行了，兒子今年都十八了，再耽誤下去從哪裡去尋好女孩兒，人家這個年紀都當爹了。錦鄉伯府的事她又不是沒打聽過，家中日漸沒落，繼室夫人想要儉省些本就是正理，並沒有十分虧待了司徒嫣。她倒好，動不動在老夫人跟前訴委屈，好女孩兒能在外人面前說自己繼母的壞話嗎？真是沒有家教。

等了不到一刻鐘工夫，太醫就把完了脈，言道：「這位小姐日常保養得好，身子骨很不錯。雖然經了水受了些涼，但並無大礙，只要吃幾服藥疏散疏散就好了，這兩天注意別著了涼就行。」

聽了他的話，老夫人有幾分不信，懷疑地問道：「老先生沒有看錯吧，我這侄孫女兒一向身子骨嬌弱得緊，怎麼會沒事呢？」

這太醫是太醫院出了名的醫術好，連皇上都是讚的，如果不是事情緊急韓穆溪不一定會請了他來，性子孤高慣了，哪裡經得住老夫人這麼幾句話。當即氣得橫眉立目，拂袖而去，邊往外走邊嚷道：「老朽不才，看不了這樣的病人，沒病還非得治出幾分病來不成，胡鬧胡鬧。」

他說話之時，已經轉到了廳堂，被隔壁幾個人聽了個正著，都是暗暗稱快，原來什麼嬌弱都是假的。

韓穆溪在屋外等著，隱約聽到了太醫的話，很有些不快，他用腳趾頭想都知道是祖母惹惱了太醫，祖母也真是的，表妹好好的非得憂心這憂心那，一定要不好了才滿意不成。他忙上前賠罪，連道抱歉。

那太醫看他還算順眼，不然也不會來出這趟診，沒有把怒火轉嫁到他頭上，不過依然抱怨道：「我看有病的不是那位小姐，是你們老夫人才是。」

韓穆溪訕訕地沒有回話，他總不成說自己祖母壞話吧，無奈地送走了太醫。

裡邊老夫人愣怔了半刻，再次高聲嚷著請太醫。

司徒嫣在聽到太醫開口之時，就清楚事情要穿幫了，但她並不擔心，只說最近在侯府住著保養得好而已。但最好還是不要請太醫了，嚷得人盡皆知於她顏面不好，忙勸住老夫人。「姑奶奶，嫣兒真的覺得沒事，姑奶奶別為嫣兒擔心。最近一直跟著姑奶奶住，嫣兒吃得香睡得香，身子骨一下子好了許多，都不比前些年愛生病了，或許是大好了也未可知。既然老太醫都說無事，就一定不打緊，吃幾服疏散的藥就好了，這樣不是更好嗎？」

老夫人越聽越憐愛，摸著她的臉頰。「妳呀，真是個好孩子。那就這樣吧，不過若是有哪裡不暢快了一定要告訴姑奶奶，咱們家又不是瞧不起太醫。」

本來這件事這樣就可以結束了，但有之前丫鬟的話，杭家無論如何是要追究的。待司徒嫣吃了藥歇下之後，夫人請老夫人到廳堂坐著，太妃、王妃都等著了。

大家顧不上寒暄，太妃就道：「大家都不希望發生這樣的事，貴府表小姐身子不便，老夫人想來亦是累了，原該告辭的，但有一事卻不得不問清楚了，這關係到我們杭家百年聲譽，老身僭越了。還請帶那個丫頭過來，此事不問清楚，老身沒臉回去與王爺交代，更沒臉與杭家列祖列宗交代。」

老夫人認為太妃有些小題大作了，但她本人是有幾分相信丫頭的指控的，一定是杭家那小姐想要嫁給孫子，又嫌嫣兒礙了她的事，就下了這樣的狠手。帶上來也沒什麼打緊的，自己正好給嫣兒討回一個公道。她當即命人去叫那個丫鬟上來。

永昌侯夫人暗道糟糕，可是人就在隔壁，一句話間就帶了上來，容不得她去阻止。依她的意思，問都不用問，直接打死了事，免得鬧得杭韓兩家不好看。

丫鬟是司徒嫣的心腹丫鬟，叫紅玉，生得頗為清秀，向來討喜。她上來之時還算鎮定，沒有很怕的意思，老夫人心裡更是定下了幾分。

這裡畢竟是侯府，太妃、王妃不好越俎代庖審問起來，示意夫人去問。「夫人把偌大一個侯府料理得井井有條，一定有好本事，不如讓我們也看看，讓這幾個孩子跟著學習學習。」太妃一面說，一面笑著推了推風荷。

夫人剛想答應，老夫人就搶過話頭道：「既如此，還請太妃娘娘、王妃娘娘一起做個見證。」

夫人被她說得一愣，越發焦急起來，老夫人偏心，能審出什麼東西來，回頭真箇把杭家得罪慘了那他們老爺就別想混了。她趕緊接道：「母親，妳累了大半日，連午飯都沒有用，讓媳婦來吧。」

「不用，嫣兒是我娘家的親戚，我好歹是她長輩，若受了什麼委屈，我理應為她出面，總不能讓她一個小孩子家的自己擔著吧。」老夫人對司徒嫣的感情實在有些過了，以至於分辨不清，居然連這樣的話都敢說出來。

果然，太妃和王妃臉色大變，老夫人這句話，不是明擺著指責杭瑩謀害司徒小姐嗎？問都沒有問清楚呢，就把這麼大一盆髒水往杭瑩身上潑，這個老夫人真是老了不中用了，難怪夫人一進門侯爺就把管家大權交給了自己妻子呢。二人想要說話，風荷在一旁看見了，拉了拉太妃的衣袖，太妃頓了一頓，將要出口的話就沒有說，反而道：「丫鬟是老夫人娘家的人，還是由老夫人親自問好一些。」

王妃訝異地望了過來，欲要辯解幾句，終是低了頭什麼都沒說，她相信在事關杭家聲譽的大事上，太妃絕不會糊塗。

老夫人很滿意，以為杭家是心虛了，試圖放下身段來，眉眼間就帶了笑意，襯得她菊花一般的老臉更添皺紋。

韓穆雪站在夫人身後，時常不由自主地看向風荷，恰好被她瞧見了風荷阻止太妃的舉動，心中好一陣不解，又歉意地對杭瑩點頭。說起來，這事杭瑩是受了極大驚嚇的，若再讓她受委屈，別人不說是老夫人的錯，只會說侯府處事不當，連帶她與母親哥哥都沒什麼體面的。

由於風荷出乎意料的舉動，韓穆雪愈加謹慎起來，不過短短半日，她對這位四少夫人的看法就發生了巨大的轉變，她做什麼事都不會是無意的，一定有她的用意所在。表妹到底是怎麼掉下去的呢，這個丫鬟的話，不但害了表妹而且還害了整個侯府。

紅玉的面色越發鎮定平靜下來，有老夫人出面，這件事情就不怕了，老夫人一定會幫著自己小姐的。不然夫人幾句話下來，自己不丟命怕是也要缺胳膊少腿了。

老夫人不再客套，和顏悅色問起了紅玉。「紅玉，妳說，妳們主子好端端的，如何就掉到了水裡，這麼涼的天弄出什麼病來，我怎麼跟她父親交代呢？」

當時主子們各自說話，司徒嫣與杭瑩兩人獨自在湖邊賞花，有幾個丫鬟跟著，但都顧著看景色，沒有仔細盯著她們倆的舉動。紅玉越想心中越是有底，離得最近的就數她與杭家一個丫鬟了，偏當時那丫鬟指著水中那個亭子說話，只要自己一口咬定了是杭瑩把自家小姐推下去的，她根本無法辯駁。

想罷，紅玉撲通跪在地上，通紅了眼睛嚶嚶哭訴。「老夫人，您要為我們小姐作主啊，我們小姐自小跟在您身邊，她的性情您最是瞭解，從來不會得罪人。她好心帶杭小姐去看花，誰知那杭小姐無故把她推入了水中，我們小姐這般嬌弱的身子怎麼經得住呢，若有個好歹咱們幾個伺候的都不用活了。」

她哭得聲情並茂，好似這時候司徒嫣已經死了一樣。

老夫人先還有幾分懷疑，這會子聽了紅玉的話就信了八、九成，登時怒不可遏，顧不得杭家之勢、王府之威，氣惱非常的指著杭瑩斥道：「閨閣小姐，理應端莊賢慧，杭小姐便是郡主又如何，豈能無緣無故將嫣兒一個弱女子推入水中，妳說，她到底什麼地方得罪了妳？妳說啊。我們錦鄉伯府確實比不上妳們王府尊貴，但也不是任人欺凌的，此事我一定要替嫣兒討回一個公道。」

太妃與王妃對視一眼，都有些無語，這個老夫人，一遇到娘家人的事，就有點無法溝通，不過一個丫鬟的話，她就要定下杭瑩的罪名，也太小看她們杭家了。

夫人被老夫人一席話臊得滿面通紅，恨不得找個地洞鑽進去，所有官府要都這麼審案，那滿天下都是冤案了。老夫人說話時就不能先在肚子裡回想幾遍，她難道不知道她這樣輕易出口的一句話會害死整個侯府嗎？都幾十歲的人了，心裡眼裡還只有那麼個娘家，那妳別嫁啊。這些年，搬了多少銀錢去填補她娘家那個空當兒，若不是為著老侯爺去得早，侯爺可憐母親寡居，也不至於這麼縱容她，反而把她養得比年輕時還要沒腦子。

當然，這些話夫人只敢在心裡罵，不敢真的表示出一丁點來，不然侯爺回頭又要怪她。其實，侯爺也不是不知自己母親那點毛病，但些許小事無傷大雅便容她作主了，如果知道老夫人會弄出這麼大事來，估計這些年對她就不是一味的孝順了。

杭瑩又氣又愧，氣的是她本沒有做出那樣事來卻被人硬是栽到了頭上，愧的是為著她丟了王府的臉面，但當著外人的面，她生生把眼淚嚥了下去，不然人家又要說杭家的女兒沒有家教。

太妃攬著杭瑩到自己懷裡，輕聲撫慰了幾句，然後看向紅玉，容色異常銳利。「這位姑娘，妳是親眼看到我們郡主把妳家小姐推到了湖裡的？」

「是的，奴婢親眼所見。」反正沒有旁人看見，自己這麼說誰能找出什麼漏洞來。

「妳們聽，她都親眼看到了，還能假的嗎？這件事，絕不能就這樣算了。」老夫人一下子激動起來，拍著桌子喝道。

夫人真是恨不得惱不得，勉強在旁邊勸道：「母親，您先別急，有什麼話還要聽聽郡主的意思呢。一個丫鬟，當時或許嚇壞了，心慌意亂的，也不知看得真切不真切，如果弄錯了不但對不起郡主，我們自己也沒臉。」

老夫人哪裡還聽得進去，一心認定是杭瑩做的，媳婦想娶那樣的女子進門，這樣開脫的話都說得出來，真是婦德敗壞，她啐了一口。「嫣兒可是妳侄女，妳不為她討回公道，還一心幫著外人說話，妳哪裡配得上做侯府的當家主母。紅玉最是個穩妥的，怎麼會看錯，妳說啊！」

這樣的話向來是忌口的，估計老夫人也是積怨已久，順口罵了出來。當家主母，這可不是隨意能羞辱的，關係到日後掌家大權呢，夫人被氣得倒仰，緊緊握著拳頭，一句話都說不出來。

風荷好笑地看了老夫人一眼，這樣的極品老太太，估計能和董家老太太有得一拚了，不知讓她們成了對手會是怎麼樣的？當著外人的面，如此羞辱當家主母，其實羞辱的是整個侯府啊，她難道連這點都不明白？

韓穆雪本來還能勉強聽著，這回連她母親都一塊兒怪上了，更是不忿起來，高聲辯駁道：「老夫人，母親自從接手府裡的事，從來沒出過什麼差錯，老夫人覺得她是什麼地方配不上當家主母呢？紅玉一個人的話也不能證明是真的還是假的啊，我們當時明明都在場，並沒有一個人看到瑩妹妹推了司徒表妹啊，難道憑著紅玉的一面之詞就認定了不成？」

她並不是急躁輕浮的性子，相反夫人教養她一向照著蘇家管教女兒的方法，琴棋書畫要學，但管家理事也不能馬虎，平兒出門也愛帶著她，讓她多長點世面，畢竟她極有可能入宮。如果一味的單純善良，在那吃人不吐骨頭的地方，還不知能挨到幾時呢。

老夫人眼裡總覺得當年的大孫女是最好的，韓穆雪及不上她姊姊乖巧，不是很得老夫人喜歡，反是司徒嫣愛在老人家眼前奉承，說話乖巧討喜，比她還多得三分疼寵。她心裡亦是有些不滿的，平日也算了，如今見無端責備她母親，這口氣就有些忍不住。

老夫人越發添了怒氣，這個孫女，與自己一向不親，不由喝斥起來。「妳一個小孩子家的，不乖乖回自己閨房待著，成天跑這兒跑那兒是做什麼，有沒有一點女孩兒的貞靜？長輩說話，何曾輪得到妳一個晚輩頂嘴了，還不給我回房去！」

「老夫人這話孫女不敢當，孫女並沒有跑來跑去，倒是司徒表妹三天兩頭往我們府上跑算什麼回事，是不是學司徒表妹就是女孩兒的樣子了。我更不敢頂嘴，我這可是孝順老夫人，長輩有過就該指出來，難不成任由長輩一意孤行嗎？學裡的師傅可不是這樣教的。」韓穆雪是現在侯府獨一無二的嫡出小姐，幾分氣勢威嚴那是必然有的，又讀的書多，幾句話就把老夫人駁得回不出話來。

「妳！頂撞長輩還有理了不成，來人呢，去把侯爺請回來，這個家亂成這樣我是管不了了，讓他自己回來料理清楚。」老夫人氣急，直著聲往外頭喚人，還真有人出去尋侯爺了。

夫人與韓穆雪都沒有阻止，侯爺來了更好，讓他親眼看看，把他母親都慣出些什麼毛病來了，看他以後是不是還這樣？

不過，幾句面上的話兒夫人還是要說的。「穆雪，還不住口。妳一個女孩兒，長輩教導聽著就成，有不對的地方也可以問妳父親，怎麼能這樣不懂規矩。」她的語調聽著一點都不像責備，倒有些安慰的味道，繼而對老夫人勸道：「母親，穆雪年紀小，您好生教導她，不要與她一般見識，等她父親來了好好訓她，母親消消氣吧。」

老夫人雖然如骨鯁在喉般不舒服，但總不能當真跟個晚輩對起嘴來，懊惱的搖了搖頭，問著太妃、王妃。「既然紅玉都指認了，妳們總要給個說法吧。」

太妃實在不想與這個糊塗老太太一般見識，覺得太掉身分，又不得不接招。風荷看見，湊近太妃輕聲說了幾句，太妃點頭笑道：「我還有幾個疑問要問紅玉姑娘，就由我孫媳婦代勞吧。」

老夫人雖然覺得杭家弄個小媳婦子與自己說話太不恭，也沒有什麼辦法，默默應了。

風荷含笑上前幾步，走到紅玉身邊，繞著她轉了一圈，轉得她發慌，方才問道：「紅玉姑娘，妳要知道，律法上言明，妳一個人看到此事不能算的，至少也得有兩個人證才行，所以妳說了等於沒說。」風荷這話絕對是胡謅的，律法沒有這一條，但這裡的人別的她不敢說，這個老夫人與紅玉是定不知的。

果然，紅玉驚訝地望向風荷，張大了嘴，她不知道還有這一條啊，那不是小姐白白落了水？可惜，她始終是個奴婢，心機沒有司徒嫣深，於司徒嫣而言，能不能把杭瑩定罪根本不重要，重要的是杭家不會再把杭瑩嫁給表哥了。而紅玉以為，一定要把杭瑩的罪名落實，才算完成了主子的交代。

她有些躊躇，不知該怎麼回答。

有個人比她更急，那就是老夫人了，老夫人已然認定杭瑩害了司徒嫣，怎麼受得了就此放了杭瑩呢，她當即著急地問著紅玉。「紅玉，妳好好想想，當時有沒有別的人看到了。」

紅玉真的認真細想了起來，當時離得最近的伯府的丫鬟好像還有綠意，這蹄子最是個會耍滑的，一定知道怎麼回答。她忙信誓旦旦回道：「綠意也在附近，老夫人可以問問她，有沒有看到？」

很快，綠意被帶了上來，是個身量苗條，容長臉面的清秀小鬟，她上前行了禮跪在紅玉身邊，眼角瞄向紅玉的時候有笑意閃現。

風荷仔細打量著她，心中暗笑——就怕妳不上鈎，妳既這麼配合那就最好了，省得麻煩。她轉而問向綠意：「妳叫綠意，妳們小姐落水的時候妳在哪裡？」

「奴婢當時在偏東方向三丈處柳樹下。」她說的是實話，沒有人可以否認。

「那妳有沒有看到妳們小姐是為什麼落了水的？」

「奴婢看得不算很清楚，但隱約能看見是杭小姐推了我們小姐一把，小姐才會忽然落水的。」當紅玉說出那樣的話的時候，她就明白這一定是主子交代的，自然想跟著邀功，總不能把所有的功勞都被紅玉這個賤蹄子給占了。

風荷皺了眉，有些無奈的樣子，都有兩個人作證了。

老夫人得意得很，要想杭家那個丫頭沒事，哪有這麼容易。她臉上都露了笑顏。「紅玉和綠意都看到了，太妃娘娘還有什麼可說的？」

風荷笑著對太妃點了點頭，然後對眾人說道：「既如此，就先把綠意姑娘帶下去吧，我們娘娘還有一點小疑問要問紅玉姑娘。」

這次上來把綠意帶下去的是夫人的人，她算是看透了，不給老夫人一點顏色瞧瞧，她還得興風作浪，索性這一次徹底下了她的面子。她是聰明人，不過一會兒就看出了風荷使的心眼，又是佩服又是擔憂，這個杭家四少夫人真不簡單，好似一切都在她掌控中的淡漠，又擔心自己家算是惹著了杭家，往後日子不好過。

待綠意去得遠了，風荷才笑吟吟對紅玉說道：「紅玉姑娘看到五妹妹是用哪隻手推司徒小姐的嗎？或者妳給我們示範一遍？」

紅玉正要開口，忽然捂住了自己的嘴，她懂了，這個少夫人使詐呢。她如果說是左手，回頭綠意說是右手，那不是穿幫了嗎？到底怎麼辦，要怎麼辦才好，綠意綠意啊，妳自作聰明什麼呀，壞了大事了。她卻忘了是自己提了綠意出來，眼下後悔是不頂用的了。紅玉真想找塊牆撞死算了，她掉進了一個坑裡，一個誣陷郡主的滔天大罪，便是她父母親人都別想有好結果。

自己真是太傻了，幹麼聽從小姐的話，不然哪裡來的這麼大麻煩。說起來，紅玉不是沒有私心的，她時常陪著司徒嫣在侯府，對韓穆溪是極熟的，早就情根深種了，只要她小姐能嫁給韓穆溪，她就是通房丫頭，日後生個一兒半女的就是姨娘了。

「紅玉姑娘是想不起來了嗎？不太可能吧，紅玉姑娘看得那麼清楚明白，怎麼可能連哪隻手都沒有分清。」風荷故作驚訝，小嘴微開。

紅玉想著反正是個死，不如賭一把，她有一半的機會能贏呢，總比這回死了好些。想清楚了，咬牙說道：「是用右手推的，奴婢想起來了。」

風荷眉梢上揚，做出深信不疑的樣子來，和氣地道：「司徒小姐那邊離不了人，紅玉姑娘回去服侍著吧，一會兒有需要了再去請姑娘過來。」

紅玉雖然滿是擔憂，但想到至少暫時脫了身，還能回去與小姐商議一番，便暗喜地應了。

老夫人極為不快的質問：「紅玉看得這般清楚明白，杭小姐，妳還不肯認嗎？我這侄孫女兒從小喪母，身世堪憐，杭小姐究竟是哪裡看她不順眼了？」

杭瑩勉強琢磨透了風荷的計謀，心知自己的清白很快就能查清，懶得去與這個昏庸的老太太計較，伏在太妃懷裡看都沒看她一眼。她從來都是個守禮的好姑娘，做出這樣的舉動來足以見得她是多麼傷心生氣了。

「老夫人，司徒小姐受了驚，她的幾個丫鬟年紀偏小了些，不如老夫人遣個老成些的過去照應著，有什麼咱們也能快些知道啊。」風荷非常好心的建議她。

老夫人想了一想，很是這麼個理，若那幾個丫頭省事些，嫣兒還不會受這樣的無妄之災呢，正該派個穩妥的過去伺候著，便點了身邊最得用的丫鬟過去。由此，她對風荷的印象好了不少，杭家也就這個少夫人講理些。

風荷又道：「既然綠意姑娘也看見了，也請她進來說個清楚吧，免得大家心裡不服氣。」

老夫人忙道很是，正該這樣呢，她就要讓杭家無話可駁。老夫人錯就錯在太信任司徒嫣，以為她真是那個在她跟前撒嬌逗笑的小女孩了，不然不至於會犯這麼粗率的錯誤。

綠意進來，一聽風荷的問話，登時呆了，她何曾看見了，不過是順著紅玉說的，不知紅玉這蹄子怎生回答的，也不與自己通個氣，這如何是好啊？大家都穿著夾襖的日子裡，綠意額上漸漸滲出了汗。

「綠意姑娘看到我們郡主用的是右手呢還是用身子撞的？即便當時急迫了些，綠意姑娘只要稍微回想一下兩人的站姿就能記起來吧，怎麼就用了這麼久，還是綠意姑娘根本沒有看到？」風荷非常盡職地循循善誘著，而且她絕對沒有誤導啊，她可是提了右手的，紅玉不就是這麼說的，若說她有心誤導她是堅決不認的。

右手？撞的？撞的不行，之前明明說好了是推的，不能中途改詞。到底是右手還是左手？對了，杭家的人一定是幫著她們自己人的，她這樣問分明是要誤導自己，讓自己一時反應不過來在裡邊選一個，說明紅玉回答的根本就不是其中任何一個，那就是左手，對，一定是這樣的。

經過這一番混亂的思緒糾葛，綠意終於得出了答案，她斬釘截鐵回道：「奴婢看見是左手。」

老夫人一聽，先是懵了半刻，隨即就想說話，可惜風荷搶在她之前開口了。「綠意姑娘，事關皇室，妳可不要信口開河，還是想想清楚吧。」

她越這樣說，綠意就越以為她們這是在懼怕，她越發能夠認定自己說對了，一口咬定了是左手。

風荷撫額，無奈地回頭對大家說道：「這卻是沒法問下去了。」

老夫人心焦不已，嚴肅地喝止綠意。「綠意，為何妳與紅玉看到的不一樣呢？」

咕咚一下，綠意懵了，她的思緒漸漸糾結，難道、難道紅玉回的不是左手，這、這怎麼可能呢？可是，老夫人不會騙她啊。她想要改口，可是她之前的回答太確定了，已經容不得她反口，她發現自己主動跳進了人家給她挖的坑裡，還不敢呼救。她恨不得擰碎了自己的嘴，安安分分有什麼不好，非要跟著邀功，這哪是邀功，這根本就是催命呢。

這場戲，讓太妃和王妃看得暢快不已，不過為了不讓這兩個丫鬟反口，太妃決定再加最後一把火。她的樣子像是很為難，最後嘆著氣道：「這件事事關重大，已經不是我們內院女眷能了結的了，我看還是讓官府決斷吧。把那個叫紅玉的丫鬟一併帶上來。」

老夫人隱隱感到不好，她直覺地相信如果送官，她的侄孫女兒一定落不了什麼好，她拚命與綠意使眼色，企圖讓她改變說辭。而綠意早就沈浸在恐懼慌亂之中，根本沒有去看老夫人。

紅玉重新帶了上來，她一看到屋中情景就猜到綠意與她說的不同，她覺得這樣的氣氛太沈重太窒息，她有些無法承受了。

太妃也不與她們多說，面容威嚴無比。「妳們兩個忠心主子這是好事，既願為妳們主子叫屈，不如送妳們去官府喊冤吧，畢竟謀人性命可非小事啊，咱們不敢私自作主了。」

送官？綠意之前聽過一次還好些，紅玉卻是有些撐不住了，方才在屋裡老夫人的人在跟前她不能與小姐多說，看得出來小姐也是心急了，這事從一開始就錯了，不該試圖陷害杭家的，整個京城誰敢惹到她們頭上。當初西瑤郡主害得四少夫人墜馬，自己最後落得個遠嫁他鄉的下場，現在陷害的是杭家嫡出的小姐，結果會不會更慘？

風荷扶著太妃的肩，害怕的問道：「祖母，是不是狀告皇室要滾釘板啊，那個會不會很痛？天啊，幾百根釘子從身上扎過，那會留多少血啊，會不會死啊？」她一面說著，一面害怕地輕輕顫抖著身子，連聲音聽著都全是懼意。

太妃拍著她的手笑道：「這有什麼了不起的，別說是狀告皇室了，民告官都必須滾釘板。妳年紀小，沒聽過，很多人最後都沒有告成狀，還不是在滾釘板的時候丟了性命嗎？紅玉和綠意姑娘要為她們主子伸冤，這樣一片忠心，難道連小小一個釘板都受不住啊，上了堂更有無數的酷刑呢。」

太妃每說一句，紅玉和綠意就顫抖一次，當太妃說完的時候，兩個人已經被汗水濕透了衣衫，癱軟在地上，連牙齒都開始打顫。

老夫人不知是焦急還是慌張，她並不想把事情鬧得太大，只要杭家低了頭就好，如果鬧到官府去，侯府的面子也不好看啊，那就是徹底與杭家翻臉了。

夫人知道自家老夫人做得過了，惹怒了杭家人，卻不得不出來圓場。「娘娘，咱們兩家是幾輩子的世交，更是姻親，何必為了一個外人而傷了情分呢。」

「夫人放心，這本是我們杭家與司徒府的事，與侯府不打緊，不過到時候請妳們做個見證罷了。行了，還請夫人使幾個人送兩位姑娘去衙門吧，這件事還是早點了結的好，免得夜長夢多。」太妃說完，就有起身告辭的架勢，嚇得紅玉和綠意咚地撲到了地上。

紅玉猶在心裡掙扎著，綠意卻是再也堅持不住了，她哇地一聲大哭了起來。「不要、不要啊！奴婢不要去官府。奴婢根本沒有看到郡主推了我家小姐，奴婢完全是受了紅玉的挑唆才這麼說的。奴婢知錯了，求娘娘開恩啊！奴婢錯了。」

紅玉聽得兩眼血紅，綠意這個死蹄子，為了給自己脫罪居然把一切都推到自己身上，絕不能讓她得逞了。自己不過是聽從小姐的話，憑什麼要自己去滾釘板，而小姐卻安安穩穩嫁給韓少爺，以後陪嫁丫頭也讓別人給占了，自己何必白白送死呢。

「不是的，奴婢沒有挑唆綠意，是小姐、是小姐讓我們這麼說的。娘娘，您可以宣小姐來問，小姐之前就與奴婢說好了，她故意掉到湖裡去，然後讓奴婢陷害郡主。真的，奴婢可以對天發誓，奴婢說的句句屬實，卻沒有一句虛言。娘娘開恩，娘娘開恩啊！奴婢不要去官府。」

綠意和紅玉的話引起了不小的震動，當然有些人是真的震動，有些人卻是裝出來的了。

老夫人自然是真的被驚到了，她猶自不信，嫣兒那麼個單純良善的好姑娘，怎麼會想出這樣歹毒陰險的計謀來，甚至拿自己的生命安全開玩笑。不可能，絕不可能。

她當即大罵道：「妳們兩個賤婢，胡說些什麼呢？嫣兒怎麼可能這樣做，她幹麼要陷害郡主，而且她難道不怕沒有及時獲救嗎？」

「老夫人，都是真的，奴婢說的句句是實。小姐怕郡主嫁給小侯爺，就想出此計破壞兩家的親事，小姐會水性的，她小時候就學過，所以小姐才敢假裝落水啊！」紅玉此刻完全顧不及司徒嫣了，她只想盡力保住自己的小命，別死得那麼慘，什麼能說的不能說的一塊兒都喊了出來。

太妃心裡那個樂啊，這趟侯府沒有白來，雖然親事不成，看了這場好戲也不冤，太有意思了。哎喲，這狗咬狗真是精彩，太妃很想叫她們繼續演幾場，這可不是隨便都能看到的。

老夫人氣得撲通一聲栽倒在地，無論她怎麼不信，事實都由不得她不信，她這般信任寵愛的孫女兒，居然會有這樣深切的心機，能把她都蒙在鼓裡，教她如何不氣？

事情發展至此，杭瑩的清白是洗清了。

太妃與王妃到底是上等貴族階層的人，不是那些無聊的婦人，雖然想看戲，到底不該落井下石，告辭去了。

夫人對今天這場會面是徹底死了心，有沒有得罪杭家還不知呢，明兒得親自與侯爺上門賠罪。這都過了午飯時辰，讓太妃和王妃幾人餓著肚子回去，侯府的臉面是沒了。可是還要請太醫給老夫人診治，還要處理餘下的事情，夫人實在是抽不出身，只得滿懷歉意的送走了杭府一干人。

第七十四章　華辰高中

自從發生司徒嫣落水一事後，杭瑩待風荷愈加親熱了，幾乎每日都會過來或與她說笑或是一起做針線，自己得了好東西都會帶一份給風荷。而且她似乎為著杭四冷落風荷怕風荷一個人寂寞，每次都要玩小半天才肯回去。

這日，風荷陪太妃一同用了午飯，正準備回院裡略歪歪，就在半道上遇到了杭瑩。

「四嫂，難怪祖母誇妳比我們幾個孫子孫女都要孝順，也就妳能常常陪著祖母，我們幾個，三哥忙學業，四哥忙應酬，五哥要照料五嫂，二姊四姊出了門，我又是個耐不住的性子。好在有妳啊。」翡翠纏枝花短褙子搭配粉霞錦綬藕絲緞裙，襯得原本膚白如玉的杭瑩如新開的桃花一般清新亮麗，身上的少女明媚氣息擋也擋不住。

她前後簇擁著六、七個丫鬟，從前在府裡走動時也就帶兩、三個丫鬟，從侯府回來之後王妃就把她身邊的丫鬟嚴厲申斥了一番，令她們時刻不離左右。雖然那事最後證明與杭瑩沒有絲毫關係，她才是受害者，但到底受了很大一場驚嚇，大意不得。

風荷回頭笑吟吟看著她，見她丫鬟手裡提了個粉彩花鳥花卉開光蘆雁紋捧盒，不由抿了嘴。「五妹妹今兒弄了什麼好東西來孝敬我，我可是賺大了，成日間收妳的禮，可又是個沒有銀子小氣的，沒得回妳。」

杭瑩幾步快跑了上來，執了風荷的手並肩而行，口裡笑道：「四嫂不是笑話我嘛，我就是那有銀子的？每月統共幾兩月銀，夠什麼花的，這些還不是底下人孝敬母妃或者我的，我借花獻佛而已。何況祖母與我說四嫂才是那個有錢的主，隨便把屋子的地縫掃一掃就夠我過一年的呢，四嫂還想瞞我。」

「我看祖母是捨不得輸給我的幾兩銀子，居然還巴巴地告訴妳。趁著現在春光明媚的時節，等咱們園子裡的牡丹開了，我就把那錢置一個賞花宴，請祖母老人家來吃酒，五妹妹到時候可要好好勸著祖母些。」風荷細細打量著杭瑩的頭面首飾，知道都是最近幾日王妃叫人新給她打製的，看來對於侯府之行王妃心中還是留有怨氣的，有心要尋一個比韓穆溪更好的女婿，方不委屈了女兒。

杭瑩當時不知去侯府的目的，後來聽了紅玉的話隱隱有些察覺，但她一個閨閣女子，便是知道了亦只作不知，如何還會去問著人呢，倒也沒有多放在心上。她這個年紀，還是愛玩愛笑的時候，偶爾也會生出一點淑女之思來，畢竟不過一瞬而已，沒有真放在心上。聽了風荷的話起了興致。「那敢情好，我也跟著祖母沾光。」

「四嫂這件春衫好漂亮，顏色鮮亮不說，繡工精緻，更兼這個式樣少見，是哪位姊姊的手藝？」

兩人一面說著進了屋，直接去了繡房坐下，杭瑩才發現風荷上身穿的是一件淺碧色亮緞領口繡素粉小花的半臂褙子，裡邊卻是一件淺桃紅的曳地長裙，裙襬做得很大，印著碧色大朵的蓮花，上下裡外呼應，顯得煞是好看。腰間束著軟腰帶，把她盈盈一握的纖腰露了出來，就如春日裡翩飛的彩蝶一般。

這是她前幾日做的，今兒剛上身，不想效果不錯，一早上就得了太妃、三夫人的極口稱讚，如今連杭瑩都覺得好，很有幾分得意的笑道：「是我先時無聊的時候與幾個丫鬟一起合計著畫了圖，尋了料子來，讓雲暮做的。妳若覺得好看，讓她也給妳做一件試試。」

「雲暮姊姊每日服侍四嫂，還要做針線，我還是不麻煩她了，左右我身邊幾個人馬馬虎虎會一點，讓雲暮姊姊大致與她們說一下，讓她們回去自己做就好。不過不能與四嫂一樣，不然就沖了。」提起打扮一事，哪個年輕女孩兒不上心，杭瑩頓時興致勃勃起來，很有立馬動手的態勢。

「這也是。我看五妹妹不如裡邊做一件松花色的，配上外邊淺銀紅的也就很好看了，松花色要做成細褶的裙襬才好，也別繡花，袖子上倒要繡上纏枝花卉，再在褙子領口、下襬都繡上，那就不錯。裙子選輕紗的料子，褙子要亮緞的，五妹妹看可好？」古代女人閒來無事除了料理家事就是打扮自己，反正她們有的是閒工夫。

二人越說越興起，當即就叫丫鬟去取了料子來，指點著幾個丫鬟忙開了。

直到丫鬟們大略領會了主子的精神，開始動手之後，杭瑩才一拍腦門，大笑道：「瞧我，只顧著裁春衫，反把要事給忘了。連俏，還不把東西送上來，妳也不知提著我。」

連俏亦是愣了一愣，方才輕打了自己一個嘴巴子，笑道：「奴婢聽小姐與四嫂夫人說得好聽便聽住了，竟渾忘了。」她一面說著，一面忙提了小桌上的捧盒過來，揭開蓋子。

盒子裡有兩個細瓷白碟兒，一個裝著殷紅殷紅的櫻桃，一個個個大肥美，色澤紅豔光潔，玲瓏如瑪瑙寶石一樣，晶瑩剔透，教人不忍動手。另一個裡裝著一樣翡翠色的糕點。

杭瑩指著櫻桃笑道：「這是我魏家舅媽送來的，這個東西雖平常，難就難在三月初就有了，真不知她怎生種出來的。送了母妃一小筐，母妃正在分了一會兒各處送，我先瞅見就把我那份先拿了來，與四嫂一同嚐嚐。這個糕是學著香糕坊宮裡頭做的，裡邊是玫瑰鹵子，吃起來甜而不膩，餘香滿口。」

風荷讓丫鬟把櫻桃帶下去洗了，裝在一個粉彩甜白瓷蓮花樣的小碟子裡，兩人一同品嚐。味道確實不錯，清甜爽口，這個季節很難吃到這麼新鮮的果子，虧得魏家有權有勢，不知要多大一個暖房種出這麼點櫻桃來。

風荷兩樣都嚐了些，讚不絕口，又命丫鬟重新換了釅釅的鐵觀音上來，怕杭瑩才吃了午飯又吃這些東西存住了食。

二人正說笑著，前邊太妃院裡的大丫鬟晚夢笑嘻嘻跑了進來，二話不說便跪下給風荷道喜。「恭喜四少夫人，賀喜四少夫人，董家大舅爺高中了，聖上欽點的探花郎呢！」

「什麼？當真中了？」一瞬間，風荷心中湧上了滿滿的喜悅，前幾日會試下來，董華辰中了一甲十八名，他自己尚有些不滿意，沒想到殿試果然高中，探花郎呢。整個天朝，出過幾個大哥這麼年輕的探花郎，大哥今年只有十七歲啊。

董華辰小時候養在董夫人身邊，比風荷大了近一歲，一直都是董夫人手把手教他們兩個識字讀書，可以說董夫人是董華辰的啟蒙老師。如今能得高中，模糊想起幼年時兄妹嬉笑的情景，不由湧上淚來，這些年，他們越行越遠，但她一日都不曾忘記過美好的孩童時代。

沈烟忙掏了帕子給風荷，笑著打趣道：「少夫人莫非高興糊塗了，這樣的好事理應歡喜才是，瞧著樣子倒像受了多大委屈一般，五小姐看到笑話呢。」

風荷被她說得噗哧一笑，拿帕子擦了擦眼角，笑道：「小蹄子，還不快拿了咱們好東西來賞了晚夢姊姊，就知道編派我。咱們院裡人人有賞。」

「還等少夫人說呢，奴婢估摸著這幾日就會有大爺高中的消息傳來，日日揣了厚厚的荷包在身邊，誰來報喜就賞下去。連帶著送大爺的禮物都備好了。」沈烟果真從袖子裡拈出一個翠綠色的精緻小荷包來，笑著遞給晚夢，還道：「多謝姊姊了，辛苦來與我們報喜。這是少夫人賞給妳的。」

太妃院子裡的人都知道四少夫人待人和氣出手大方，她可是興沖沖搶著來的，自然歡歡喜喜接過荷包，謝了風荷。她沒有打開，四少夫人賞的還能薄了不成。

杭瑩推了推風荷，歪了頭道：「難得四嫂也有這樣的時候，回頭看我不去告訴祖母聽。晚夢姊姊，前邊誰得的信呢，這麼快。」

晚夢起身，抿嘴道：「是三少爺，他有一個好友一同參加了今科的殿試，三少爺陪著他在茶樓等消息呢，那位好友的消息還未等來，就聽見大街上吵吵嚷嚷的，有人喊著董家少爺高中探花。三少爺一聽，就上了心，忙命人跟著報信的人去董家那邊看，果然是真。三少爺趕緊回來報與了太妃娘娘，把娘娘高興得合不攏嘴了。」

風荷聽得喜色盈面，待她說完，就拉了杭瑩的手道：「五妹妹，咱們也去祖母房裡看看。」

這邊廂，一群人浩浩蕩蕩趕去了太妃院中。

董華辰高中，風光的不僅是董家，杭家亦是得好的。他是風荷的大哥，歸在董夫人名下，杭家正正經經的大舅爺，誰聽了消息不要恭喜太妃一聲呢。董家從前都是武將，這一番高中就正式步入了文官階層，父子二人一文一武，必將更得聖上看重，不然聖上也不可能欽點董華辰探花。如此，風荷在杭家算是又得了一個助力，董家、曲家、蘇家，都是風荷背後的依靠，雖然及不上王府公侯府邸的，但都是手中有實權的，都是聖上親近的。

太妃樂不可支，見了風荷連連招手笑道：「難怪我看老四媳婦巧得很，不論詩書還是理家樣樣都通，還是董家的家教好啊，出了個本朝歷史以來最年輕的探花郎。回頭等妳大哥得了閒，可得好好擺上幾桌酒，請他過來樂一日，連妳母親、老太太都請上。」

董華辰記在董夫人名下，但他庶出的事實所有人都清楚，原先府裡有些人並不把他當一回事，如今算是翻了身，日後來了杭家誰還敢不把他放在眼裡。風荷想著愈加歡喜，笑著依到太妃懷裡，嬌嗔道：「還不是託了祖母的福，不然也不能這麼順遂。」

「猴兒，什麼事都不忘打趣妳祖母，連妳大哥高中都是我帶來的福氣呢。」太妃笑得臉上皺紋都出來了，輕輕在風荷胳膊上擰了一下。

「怎麼不是，他進場之前還來給祖母磕過頭呢，豈不是沾了祖母的光。」杭天瑾已經不在了，不然風荷也不敢這麼放肆。

杭瑩笑著上前坐到太妃另一邊，嘟著嘴道：「祖母疼四嫂不疼瑩兒了。」

太妃把兩人都攬在懷裡，感嘆道：「妳四嫂啊，就像是我的解語花，什麼事經她說來都是另一番意思，壞事都能成了好事，禁不住惹人疼惜。妳也是好孩子，是祖母最最疼愛的孫女，祖母看到妳們呢，什麼不開心的事都忘了。」

風荷聽得心下感嘆，太妃何嘗有幾日清閒日子過了，放不下兒孫放不下杭天曜，一把年紀了還要日日操心，也是個可憐的老人。便岔開了話題道：「孫媳想著什麼時候回趟董家，給老爺、夫人、大哥賀喜去。祖母覺得好不好？」

太妃忙道：「自是應該這樣，這會子時間不早，一來一回趕不及，不如就明兒一大早，妳也別來伺候我了，用了飯好生打扮了，我見了就直接過去，多玩會兒也使得。估計你們家中這兩日忙得不可開交呢。」

眾人說了一會子話，陪著太妃用了晚飯才各自回房。

第二日，天未大亮，風荷就起床了，細細梳洗裝扮了，略微用了些早飯，就去太妃那裡。太妃還未用飯，見了她笑道：「就知妳心急，一刻都等不得，我也不耽誤妳工夫，快去吧。路上多叫幾個跟車的，讓她們警醒點。」

「孫媳伺候了祖母用飯再走吧？」風荷紅了臉，低頭輕聲道。

「呵呵，誰要妳伺候，一屋子丫鬟呢，哪裡要妳動手，去吧，路上小心。」太妃倒是真心的。

風荷便不再執意，卻依然去了王妃院子裡請安。

王爺今兒休沐，也在院子裡，看了她露出幾許笑意，讚了她哥哥兩句。「聖上昨兒提起妳哥哥的文章，不但辭藻好，那立意更好，他只管安心等著吧。」

「多謝父王提點，媳婦會轉告哥哥的。」她低眉斂目。

待她走了，王爺才嘆著氣道：「董華辰確是個不錯的人才，連聖上都頗為看重，更關鍵的是他心地純良，待嫡母恭敬，待嫡妹疼愛，對庶母亦是按規矩行事。日後聖上必有重用，董家兩個兒女都是好的，可惜老四不成器，委屈了老四他媳婦。」

王妃放下手中的茶盞，笑勸道：「老四當年在京裡還不是極有文名的，待他哪日想通了，把書理上一理，功名還能跑得了他的。只是咱們家中的孩子，倒不需走這條路，何況四叔都走了科舉，其他子弟就等著聖上的恩典吧。」

「妳說的我何嘗不知，可他若有瑾兒的幾分好學也罷了，整日胡作非為，老大年紀了，將來如何蔭蔽妻兒？妳瞧瞧他，都有幾日不曾回來了，連他大舅子高中探花都沒有回來與他媳婦說一聲。虧得老四媳婦有涵養，知書達禮，換了一個還不知怎生鬧呢？」如今提起杭天曜時，王爺的語氣沒有先時那麼嚴厲了，反有幾分感嘆，他曾是自己最得意的兒子啊。

「王爺這話很是。我日常看著，老四媳婦性子溫柔賢慧，滿府裡上上下下都喜歡她，瑩兒都三天兩頭往她院裡跑。若能規勸得老四走上正途，那與我們家真是天大的福氣了。」王妃有點矛盾，拿不定主意，風荷幫了杭瑩與她是真，但她是杭天曜的妻子也是真，不過王妃說出來的話公平不少。

王爺也聽王妃說過了侯府發生之事，點頭應道：「不但知書達禮，還機變靈敏，老四能得她為媳實在是上天的恩賜。瑩兒與她合得來最好，讓她多與老四媳婦接觸，興許還能學點靈巧勁呢。」

王妃看了看時辰，笑道：「妾身正是這麼想的，瑩兒性子太過單純，日後出了門容易吃虧，能學個心眼也是好的。時辰不早了，咱們去與母妃請安吧。」

夫妻二人出門去了太妃那邊。

風荷坐了車回到董家，這麼早，卻已經熱鬧非凡，門口恭賀的人絡繹不絕。董華辰恰好在門前迎客，一見杭家的馬車便知是風荷回來，大步上前迎接。

馬車駛入二門，風荷下車，先與華辰行禮恭賀。「大哥大喜，作妹妹的這邊有禮了。」

董華辰忙攔了她下拜的動作，笑道：「妳也打趣我不成，都是聖上恩典。母親一直等著妳回來呢，走，先去看看母親。」他依然穿著尋常的月白色袍子，腰間一條青蔥色的腰帶上繡著竹節暗紋，顯得尤其儒雅不群。俊秀的臉上含著淡淡的喜悅，整個人有一種容光煥發的英氣，在清晨的陽光下充滿活力。

功名與他，從來都不是什麼緊要的東西，生在富貴窩的公子哥兒，那不過是錦上添花的好事。但自從風荷疏遠了他，被逼出嫁，他恍然發覺風荷已經不是那個能在他呵護下幸福生活的女孩兒了，他必須有更大的權勢更多的能力，方能護住她一生平安。所以，他無比的渴望著功名。

董夫人很高興，氣色都變好了，華辰這個孩子她心裡還是有數的，自己沒有白養他，待風荷更是比親妹妹還護著，日後他功成名就，風荷不怕沒有娘家人出頭了。

不過，即使高興，董夫人已然一副貴婦人的派頭，該有的端莊矜持一點沒失。相比起來，杜姨娘就有些太過囂張了，好似忘了自己的身分，動不動要把董華辰的光榮事蹟說道說道，好像還有誰不知道似的。

與她一樣，董鳳嬌更是得意非凡，她可是探花郎的親妹妹啊，往後出席什麼閨閣聚會，她的腰桿挺得更直了，誰還敢拿她庶出的身分說事。

這一天，來賀喜的人太多，風荷都沒有機會與母親、大哥說幾句體己話，偶爾還要幫著迎來送往。杭家另外還派了人來，是三少爺與五少爺，董華辰請曲彥作陪。

直到未時末，才有訪客漸漸散了，風荷方能與母親獨處。可惜，還不過幾句話，老太太那邊居然派人來請風荷，母女二人訝異無比，只得去前頭看她有何話說。

老太太竟然是為了董華辰的婚事。

她難得和顏悅色與風荷說話。「大姑奶奶，妳如今是王府的嫡子媳婦，今時不同往日了，貴族小姐們應該認識得不少。

「妳大哥今年都十七了，別人家的孩子這時候都當父親了，他卻一直拖著，說要得了功名之後再提。眼下不能再耽誤了，妳平日去走動時多幫他相看相看，有合適的便提一提。華辰是我們董家長子，又是探花出身，尋常官宦人家的女子自然是配不上他的，好歹也要王公府第的小姐才成。」

風荷先是一愣，隨即想起自己都出嫁了，何況比自己長一歲的哥哥自然不能耽擱下去，但她認識的人不多，有也是出身高貴的貴族女子。聽老太太的意思，還越高貴越好。在自己心中，哥哥自然是最好的，等閒女子都配不上，一定要找個合他心意的，可是那些高門貴女，不一定能看上自己家的門第啊。

別說哥哥剛中了探花，就是狀元，又有多少權貴之家願意呢。聯姻聯姻，聯的是兩姓宗族，哥哥一個人再優秀，家世上究竟差了一些，那些戲文上說的什麼考中了狀元能得聖上青睞而一躍為駙馬的，畢竟只是戲說，或者就是皇上要抑制那位公主派系人的力量。

以哥哥的才學，配什麼女子都不為過；以自己家的情形，頂多配個伯府，餘下就是與自己家相似的沒有爵位的人家，那樣人家一品也是配得的，關鍵是自己認識的都是世代公爵。

想罷，風荷才道：「這是哥哥終身大事，很該慎重些，總要尋個端莊知禮的女子。老太太心下有沒有合適的人選？」

老太太這兩日正是得益的時候，脾氣都變得好了，笑嘻嘻應道：「我心裡是有那麼幾個人選，不知好不好，正好請大姑奶奶參謀參謀，回頭妳哥哥得了好親事，大家臉上都有光。」她閉了眼回想一番，又道：「聽說大姑奶奶前些時去永昌侯府賞花了，不知他們小姐怎樣？」

她的意思已經很直接了，風荷驚訝地張大了嘴，半日反應過來道：「老太太，一般侯府咱們家勉強配得，但永昌侯府絕對不行，連想都不能想。不是我嚇老太太，外人面前一個字都不能露出去，不然不但哥哥前途受影響，連家裡都會不好過。」老太太的心真大啊，一出口就是皇上皇后看中的兒媳婦人選，虧得她都老成精了，怎麼這點都看不懂，永昌侯府什麼人家，會把嫡出小姐留到十五歲還沒有許人嗎？

杜姨娘一邊聽著，一聽到這句就忍不住了，拔高了聲音問道：「大小姐，妳什麼意思？我們華辰有什麼地方不好，聖上欽點的探花郎呢，怎麼到妳嘴裡就成了個上不得檯面的，連提都不敢提。這不是在自己家裡嗎？一家子人商議，妳若不同意也礙不著妳，何必搬出這套話來嚇人。」顯然，杜姨娘得了個探花兒子後，風頭一下子盛了起來，比先前愈加囂張可惡。

風荷冷冷掃她一眼，很不給面子地回敬了一句。「姨娘，這是什麼地方，老太太、夫人都沒有開口，幾時輪到妳插嘴了？傳出去丟的可是哥哥的臉面。」這個杜姨娘，幾天不敲打她她就得蹦躂上天去，真當自己是死人呢。

「董風荷，這裡是董家，我娘怎麼不能說話了？」上次碰壁之後，鳳嬌氣了好些時候，但一想到杭家與嘉郡王府的關係，心裡還是忍不住服了軟，有心今天再與風荷提一提，可節骨眼上又忘了。

如果是平時，老太太一定不會出面，眼下不同了，一切要為著董華辰的官路著想，這些事傳出去對董華辰沒好處。她只能沒好氣的低聲喝斥了一句：「行了，都少說兩句吧。侯府那邊到底為何不行？」這句是對風荷說的，老太太還是不肯死心。

若不是擔心老太太沒頭沒腦上門提親，毀了哥哥好不容易掙來的前程，風荷真不想理她，只能無奈地說道：「老太太自己想想，侯府韓小姐才德兼備，為什麼至今沒有許人，而瞧著侯府好像一點都不著急的樣子，難道侯府不想把女兒嫁出去了？」她已經提示得很明顯了。

老太太怔了一怔，想起五月初開始的選秀，莫非是要進宮的，不對啊，自己著人打聽過，韓家小姐並不在秀女名單上。不過風荷說的確實有理，韓家不可能把自家女兒一直留著。

其實，這樣的皇室秘聞，上等人家都是有些耳聞或者察覺的，像董家這樣與貴族接觸不多的才沒有聽到傳聞，風荷亦是去了杭家後聽說的。她看似無意地加了一句：「記得從前昭太子的太子妃好似沒有參加選秀。」

「是啊，有時候，太子妃的人選並不是每次都從選秀出來的，如果皇上皇后看準了到時候一封聖旨就可以了。永昌侯府的女兒，當太子妃雖然不是很夠身分，但也不差多少。如今幾個王府裡，都沒有適齡的女兒，皇上願意降一點點要求也不是不可能。難道宮裡真的有這個意思？那韓家還是不要招惹的好，傳到上面耳朵裡，華辰的前程就沒了。」

老太太搖搖頭，打消了這個念頭，除了韓家之外，其他幾家的小姐，她都不太看得上呢，鎮國公府是有小姐，聽人說已經定下親事了，不知真也不真？魏平侯府有一個小女，就怕人家看不上自己家，數來數去很是為難。

風荷不想強迫哥哥為利益聯姻，總要聽聽他自己的意思，有心要把這個話題岔開去。卻有外院的小丫鬟前來回話，原來是杭天瑾與杭天睿打算回府，問她回不回，要不要一起走。

風荷低頭默了半刻，很快就對小丫頭道：「就說我也要回了，與他們一道走。」看來今兒是沒機會與大哥說話了，還是改天請了他去王府更便宜些，而且太妃那裡沒有見到她一起回去怕是著急。

董夫人倒也不留她，嫁出去的女兒潑出去的水，她縱使有十分的不捨得也不能攔著不放，免得風荷回去受了委屈更不妥。
到了二院，董華辰、曲彥已經陪著三爺、五爺在馬車旁等她，她忙快步上前，致歉道：「讓三哥和五叔久等了。」
二人都吃了些酒，有點微醺，尤其是三爺，神情比往日還要溫和幾分，笑道：「都是一家人，弟妹還與我們客氣不成，還多虧華辰弟招待我們呢。」
風荷又對曲彥道：「表嫂的身子穩定了嗎？得閒了讓她回家走走，祖母與三嬸娘都念得緊，我過幾日請吃酒，到時候給她下個帖子，表哥可不許不放人。」她與曲彥說話之時明顯比杭天瑾、杭天睿要親密不拘些。
「正要叫她回去逛逛呢，天天嚷著在屋子裡悶壞了。過幾日是祖母生日，妳來不來？」相比起另外幾人，曲彥舉手投足要成熟不少，到底是在官場上混了幾年的。
「怎麼不來，我還想著好東西吃呢，表哥可不許小氣藏私。」她抿嘴笑，背著光，有婉約朦朧的甜膩。
董華辰從小看二人拌嘴的，知道他們素來感情好，沒有避忌，打趣道：「你倆到一處就有一筐的話說不完，弄得他是妳哥哥，我成了外人？」他確實有那麼點吃醋，風荷待他親近中有隔閡，而她和曲彥見面少些，反而親密。
杭天瑾饒有興味地看著他們三兄妹話別，在夕陽下分外寧靜祥和，他能看到風荷微翹的睫毛撲閃著，看到她粉紅的唇，靈動甜美。忽然心中生出了一股淡淡的愁緒，這些年，為了他，賀氏一味的藏拙，以至於像一個半老的婦人，而不是成熟的少婦，他私心裡還是喜歡看到她笑得如風荷一樣明豔耀眼。

杭天睿與杭瑩真真是一母同胞的兄妹，性子都是一樣的純粹，而他們居然是出自王妃的肚子，他搶著道：「董大哥，別說你吃醋了，連我都吃醋，以前我那五妹妹見了我哥哥長哥哥短，如今見了我四嫂長四嫂短的，我都懷疑我怎麼就成了那個不疼人的哥哥了？」

他說得大家都笑起來，風荷拿帕子掩著嘴。「五叔不知，五妹妹與我一處的時候，就說她哥哥多厲害、對她多好的呢。」

「當真？」杭天睿撓了撓頭，有些不好意思。

「莫非我還哄你，你不信只管去問五妹妹。」風荷一面說，一面認真地點頭，哄得杭天睿信了八分。

她又道：「日頭都要下山了，三哥、五叔，咱們走吧，祖母、母妃估計都等著我們。」上了馬車，還未行駛，她親自撩了簾子對華辰道：「明日就是瓊林宴了，等哥哥忙完這幾日，去看看我，咱們兄妹說說話。」

董華辰忙笑著應了，直把他們送到大門外，看著車馬走了才回轉身。

到了太妃那裡，太妃摸了摸她紅撲撲的小臉，笑問：「吃了酒了，怎麼不去先換了衣裳再來。」

春風稍有些涼意，進了屋就覺得分外熱，風荷歪在太妃身上嘀咕道：「吃了幾杯，實在想念祖母得緊，就過來了。」

「油嘴滑舌。對了，韓家小姐過來了，在瑩兒房裡，還說要去看妳的，我告訴她妳回娘家了，回來了再去通知她。時辰不早，留著她用晚飯吧，一會兒咱們派人送她回去罷了。」太妃慈愛地摩挲著風荷的秀髮，她就一個女兒，小小年紀進了宮當了皇后，見一面就是一大通規矩，等閒她都不願進宮，免得傷心。小時候女兒也愛賴在她懷裡扭骨糖一般的，後來孫女不少，但沒有一個能這麼貼心的，自從風荷來了，她反而又養了一個女兒一般，真心疼著。

韓穆雪來了？哦，也對，雖然當日之事是司徒小姐自作主張，與韓家沒有關係，但發生在韓家韓家脫不了瓜葛，估量著是遣了女兒來看杭瑩當作賠罪的。

其實，侯爺、夫人是要親自登門謝罪的，奈何老夫人一病居然不起了，把個侯府鬧得雞飛狗跳，兩人脫不開身，沒奈何方打發女兒過來表明自家的立場。派個下人，顯得太沒誠意，正好事情與杭家小姐有關，讓女兒出面更好，年輕女孩兒容易說話，早點解除心結最要緊。不然為了這事讓杭家惱了自己家裡，以後韓穆雪進了宮，不是招皇后不自在嘛。

風荷笑著起身，正色道：「既如此，孫媳回去換了衣裳，吩咐廚房好生做幾個菜，一會兒與五妹妹一同招待韓小姐。」太妃的意思她懂，韓家來的是女兒，不能由她們幾個長輩出面，弄得好她們掉分，弄不好她們留下一個欺負小輩的名聲，不如也讓幾個小輩出面。

太妃滿意地點點頭，她有時候都想風荷生了幾個七竅玲瓏心，你一句話一個眼神她就明白意思，不但要聰明還要反應快，為何偏偏與老四就處不好呢？想到這兒，太妃一陣頭痛，老四好像是近十天沒有回來了，連他大舅子的喜事都沒有前去恭賀，太失禮了些。

「如果祖母沒有其他交代的，孫媳這就告退。」風荷試探著問了一句，太妃又出神了。

「哦，好，先等等。韓小姐帶了幾枝開得極盛的桃花過來，說是她哥哥準備的，妳們去的幾個都有，給妳們壓驚。這小侯爺倒是有些意思，投桃報李不成？妳的幾枝還放在我這兒，妳一併帶回去吧。」太妃說著，周嬤嬤親自抱了一個官窯白釉的耳瓶，裡邊幾枝桃花疏密相間，紅中有白，分外惹人憐愛。

沈烟忙上前接著，周嬤嬤笑呵呵道：「這瓶子是娘娘讓我從庫房裡找出來的，胎質潔白細膩，釉面均勻，還是什麼前朝的古物，少夫人不用送回來了。」

太妃聽得大笑，指著周嬤嬤罵道：「妳倒好，拿著我的東西作人情，我還沒說話呢，妳就先把東西送了人。」

周嬤嬤握著太妃的胳膊笑道：「老奴那是料準了娘娘必會加上這麼一句，不如搶著做個好人罷了，少夫人心裡還能念著老奴的幾分好。」

「人人都說祖母身邊離不了嬤嬤，看來是真的。」瓶子的確是少見的上等貨色，風荷發現自己從太妃這裡哄了不少好東西回去。

回了房，風荷不及換衣，就先叫來了小廚房的王嬸子，特地吩咐她做了幾個女孩兒愛吃的清淡爽口的菜上來，又叫熱了桂花釀，一會兒飲用。

忙完這些，換了衣裳，略略梳洗一番，懶懶地歪在美人榻上，閉著眼尋思韓家那邊發生了什麼情景，惹得侯爺、夫人忙成這樣，幾日了都不曾上門，一會兒要好好套套韓穆雪的話。

她視線望向桃花，一枝枝就像一個個美人，窈窕有致，婀娜多姿。韓穆溪的閒情逸致真不賴，這幾枝花都選得極好，有那怒放的，有正含苞的，而且看著媚而不妖，沒有一般桃花的輕浮氣，反而有那麼幾分風骨。比起人家來，自己有點無禮，救了自己一命都沒有親自上門拜謝，只叫幾個下人送了份禮回去。人家難道是看在那份禮物上救人的？她不由想笑。

司徒嫣難怪想盡辦法費盡心機要嫁給他，他與杭瑩的婚事能成，於杭瑩而言實在是得了一個好夫婿。風荷壞心眼地想，不能讓司徒嫣成功了，不然豈不是可惜了這樣出色的人物。

「少夫人，五小姐與韓小姐一同過來了。」雲碧唰的掀起簾子，容色有些緊張。

風荷點著她額角笑罵道：「妳就荒腳貓似的，韓小姐又不是不認識，值得妳這樣大驚小怪。」

雲碧委屈地揉了揉自己的頭。「奴婢見少夫人回來之後衣服也不換就忙著吩咐下人，怕壞了少夫人的要緊事嘛。」

風荷扶了她的手一邊往外走一邊道：「算妳明白，虧我沒有白疼妳。廚房裡妳一會兒好生盯著，叫她們務必仔細了，出一點差錯別怪我翻臉不認人。」

杭瑩已經與韓穆雪手拉手說笑著進了院門。

第七十五章　大鬧侯府

韓穆雪的身材在女孩兒中算高挑的，一襲長裙曳地，纖腰若柳，行動似風，但在窈窕嫵媚之外又不失端莊，比起其餘高門貴女，她是比較符合太子妃標準的人選。

除她之外，太皇太后曾經屬意西瑤郡主入主東宮，像傅西瑤這樣的草包美女最好拿捏，另外魏平侯府的小女兒似乎也有入宮的可能。

此次選秀，事後應該會為太子指一個太子妃兩名側妃。照如今的風向，韓穆雪的正室身分應該不會更改，除非這期間發生了什麼意外，側妃名額有可能落到魏平侯二小姐與禮部蘇家蘇曼羅身上。

皇上皇后會考慮蘇曼羅為側妃，極有可能是為了壓制魏平侯府的二小姐。世人都知，蘇家教女不但教琴棋書畫、家中庶務，還會教謀略計策。而蘇家百年書香世家，不會有見不得人的野心，而且蘇家與永昌侯府是姻親，應該會相互扶持。當然，這些都是風荷暗暗琢磨的。

三個年輕女子見面，自然分外親熱些，不過一會兒就有說有笑起來，不外是哪裡的胭脂水粉好，這季流行什麼款式料子的衣物。

風荷挑眉，關切地問著韓穆雪。「怎麼我瞧著妳氣色不大好，可是沒有歇好？」

韓穆雪一直在心中暗暗焦急，如何把話頭轉到那件事上去呢，她此行的目的除了探望杭瑩、風荷，就是要給杭家一個交代。但她是閨閣女子，總不能正正經經把這話說給太妃或王妃，顯得多語而輕浮，她要在不經意間把話遞過去，這才是世家處事的上策。

聽到風荷的問話，韓穆雪臉上頓時露出喜色，不過很快做出哀怨的樣子來，嘆著氣道：「妳們不知道，最近我們家那可是鬧得人仰馬翻，別說歇息，我連個飯都不能安安靜靜地吃，今兒實在受不了了，與母妃告了假，來妳們這裡躲一天的。順便瞅瞅妳們幾個，怕妳們受了驚，心裡不大痛快呢。」

「怎麼會？我們都好好的，倒是妳家中出了什麼事嗎？有沒有要我們幫忙的？」風荷不由握了韓穆雪的手，顯出親近來。

韓穆雪亦是握了握風荷的手，皺著眉看了她們一眼，搖著頭。「罷了罷了，妳們也不是什麼外人，說給妳們聽聽也無妨。還不是我那表妹，她做了那樣的事，依我父親母親的意思是即刻送她回去，讓她父母好生管教一番，誰知她那日受了涼，病得下不了床。我父母是長輩，又最是憐惜人的，倒不好那個時候硬送了她回去。加上老夫人病重，一時就耽擱住了。」

聽到這兒，杭瑩便生了幾分氣，不樂地問道：「那日太醫不是說沒有大礙嗎？後來又發了病不成？早知今日何必當初呢，真是可憐可厭，虧我當時還覺得她是個容易親近的人。」

「唉，正是這個話。妳們冷眼瞧著，那日我在家與她可有特別親近的樣子？」她歪了頭問，語氣隨意但神情卻有些緬緊。

風荷拍著手道：「原來如此，我當時還暗怪呢，照理妳們是親戚，她又常在你們府裡，妳與她應該極為親熱才是，但我瞧著，很不是這個樣子，我還以為妳是怕冷落了我們呢。難不成妳從前就發現她有一些不大好？」

韓穆雪神色一鬆，像是鬆了一口氣的樣子，低聲道：「小時候我們倆也是頗為親近的，後來她許多行事我不大看得上眼，反沒有少時的親密無間了。如今說來我也是有錯的，當初應該多多勸著她些。」

杭瑩立時豎了柳眉，高聲道：「這與妳何干，妳攬的什麼錯？咱們一般都有父母教導，還有兄長姊嫂的，何時輪得到妳一個親戚去說她呢，搞不好反招了她怨怪。」

一面聽著，風荷連連點頭，接著又道：「後來呢？」

「前幾日，我們老夫人身子和緩了些，能勉強起來走動，我們都鬆了一口氣。也不知老夫人從哪裡聽來了閒話，說當日是我哥哥救了她，當時的樣子又有些狼狽，如果傳出去什麼於她的閨譽不好。我們老夫人不但沒有怪責她，居然還起了不該有的心思，非要定下我哥哥與她的親事。」她先是撇撇嘴，說到這兒，微微紅了臉，女孩兒是不能說這種話的。

「還有這樣的事？那令尊同意了？」風荷假作忘了她們的身分規矩，往下提了話頭。

韓穆雪可能是太過生氣，也把規矩拋到一邊，憤憤然道：「怎麼會，我父親母親堅決不肯同意，我們家算不得多少尊貴，但亦是書香門第出身，如何肯要這樣心機深沈的女子，何況她為了一己之私差點害了瑩妹妹呢。而且當時我哥哥受她矇騙，著急救人，便沒有顧忌太多，若早知一切都是她的計謀，我哥哥是絕不肯救她的，萬沒有救了人還被賴上的道理啊。」

「何況，在場的只有妳們我們和她們家的人，咱們兩家是肯定不會往外傳這話的，她們家難道還主動把閨閣中事傳出去不成？既然沒有傳出去，自然不會壞了她的閨譽，做什麼要我哥哥娶她，我可不認她這樣的嫂子。

「偏偏我們老夫人是吃了秤砣鐵了心，咬定了不肯鬆口，甚至，甚至還怪我父親母親不孝。妳們說，我父母怎擔得起這樣的罪名？」

風荷忙把茶推到她手裡，柔聲勸道：「妳吃盞茶消消氣吧，不值得。老夫人就不怕影響侯爺的前程嗎？」

「不會，因為我父母被逼無奈不得不答應了她的要求。」她吃了一口茶，頓了頓，又道：「但條件是最多納她為二房，正室之位是絕不同意的。」

「啊？難道、難道妳哥哥他真要娶了她不成？」杭瑩拿帕子捂著嘴，顯見的很吃驚，她原先以為的是這樣的女子一定會因為行為不恥而招人話柄，若被她最終得逞了，那還有公道可言嗎？

韓穆雪放下茶盞，絞著手中的帕子，咬著唇道：「本來以為不得不如此，誰知我哥哥聽說了，居然放下話來，死也不會娶她。倒弄得我們老夫人無法了，事情便僵住了。」

風荷輕笑道：「看著令兄溫文爾雅，沒想到亦是個有血性的。」

「這種事情，便是個泥性子都被激了起來，何況我哥哥只是外邊看著溫和，其實最是個有主意有氣性的。他從前就一直當她是表妹看待，如何經了這樣事反而肯了。妳們不知，我哥哥氣得臉都紫了，我還第一次見他這副樣子呢，把我嚇得不行。」說到這兒，她笑了起來，與另二人比劃著韓穆溪當時的情狀。

風荷聽得好笑不已，隨即正色道：「此事暫時擱置，但終究不是個事，不想法子解決了，你們都不得安寧。」

「就是就是，鬧成這樣，還住在一處，低頭不見抬頭見的，大家面上都不好看。」杭瑩連連點頭。

韓穆雪卻換上了愁容，躊躇著道：「哎，其實這事沒完呢。」

「啊？還有後續不成？」杭瑩張著嘴，越發驚訝，都鬧到這分上了，還有什麼後續。

韓穆雪把一條帕子擰成了麻花，脹紅著臉，低垂粉頸，不肯再說的樣子。

風荷知道她會說，不過一定不是什麼好聽的話，不能輕易說出來，一定要催著她，她無奈方說出口，不然礙著她清譽。她便推著她身子道：「莫非這事有什麼變故？可是司徒小姐她……」

「嗯，」韓穆雪瞧著火候差不多了，勉強擠出幾個字來。「她，她居然要尋死，以示她清白！」

「什麼？她果真如此，這、這，女孩子豈能輕易把這種話說出口，閨房大嚴，她都忘了不成？」風荷輕輕拍撫著自己的胸口，司徒嫣果然是個人物啊，自己的命可以不顧，自己的清白也可以不要，就為了嫁給韓穆溪，她這樣的勇氣當日凌秀是萬萬不及啊，一山還比一山高呢！

杭瑩聽得唰一下站了起來，身子微微顫抖，跺著腳道：「她，真是不知廉恥。」這句話，是她所能出口的唯一的粗話。

風荷忙拉著她坐下，笑著安慰道：「瞧妳，氣個什麼勁？她自己都豁得出去，咱們還為她擔的什麼心？」

韓穆雪的表情既悲哀又無奈，擺著手道：「我們都沒想到，她居然真個要尋死，如今人在我們家，就像一把烈火似地，隨時都可能燒起來。以至於我們家都沒得安生，上上下下忙得腳不沾地。派人去她家中請長輩過來，連個人影都沒出現。」

「不會吧，他們是想，是想把人賴在你們頭上了，不答應也得答應？」這樣不要臉的事對杭瑩而言絕對是很大的刺激，幾乎能與她意識中人們常說的潑婦相比。

「嗯，應該是這麼個打算。」這一次，韓穆雪絕對是非常真心的哀怨，如果把她娶進門，日後侯府是不可能安生了，她哥哥的前程估計會毀在這個女人手裡。

風荷拍了拍她的手，斟酌著語氣道：「其實，也不是沒有辦法，不過有些太過陰毒了。」

韓穆雪一聽，登時來了精神，抓著風荷的手臂急切地問道：「什麼法子，好嫂子，快教給我吧，只要能幫咱們家度過這次麻煩，妳就是咱們家的大恩人了，連我哥哥都要感激妳，他現在都焦頭爛額了。」

「唉，妳還是別問了，這樣的行事實在不是我們大家所為啊。」風荷推辭著，暗中卻在大笑——妳一定會問的，而且一定會照著辦的，就是可憐司徒小姐，不該這樣費盡心機的，強扭的瓜不甜啊！

「哎喲，好嫂子，妳就說給妹妹聽聽，行不行地由他們去鬧去，咱們不過姊妹間閒話家常發一、兩句感慨而已，能有咱們什麼事。」果然，她追問了，而且問得很巧妙，回頭又把事情全推了，她們年紀輕，胡說八道懂什麼，事情都是長輩們在做，與她們半點關係都沒有。

連杭瑩都被揪起了興致，絞著風荷要她說。

風荷無奈，壓低了聲音笑道：「如果有人想娶司徒小姐，他們家中又滿意，那不是立即派人來把她接回去嗎？而且，她鬧出事來與你們何干，再怎樣頂多是對她父母安排的婚事不滿，關著親戚家什麼事。」

韓穆雪是個機靈的，一聽就明白過來，摟著風荷道：「好計，還是姊姊厲害，三言兩語就點化了我。」她的稱呼從嫂子變成了姊姊。

杭瑩也很快反應過來，但皺了眉道：「這樣，對她會不會太委屈了，她是一心要與、要與韓小侯爺的。」

「五妹妹，有些人需要同情，但有些人不值得。妹妹想想，她不願意，那她為什麼非逼著韓小侯爺呢，小侯爺亦是不願意的。婚姻大事父母之命媒妁之言，她怎麼可以要挾侯爺與夫人呢，這是對待長輩的樣子嗎？而且很容易壞了韓家的名聲。」杭瑩終究良善，一聽要把如花似玉的姑娘家強嫁出去，就有些心軟了。

不過，風荷的一番勸慰讓她很快領會了意思，小雞啄米般的點著頭，還不好意思地衝二人笑了。

沈烟在外邊守著，聽到裡邊的動靜差不多了，才笑著進來道：「少夫人與小姐們說得起勁，都過了晚飯時辰呢，回頭餓著小姐們，少夫人又該抱怨奴婢們不知提醒。」

三人笑著去看窗外，暮色上來，天邊呈現深藍色，剛發芽的樹梢上有一彎新月，如雞蛋黃一般的顏色，微微泛出橘紅的光暈。

風荷拍著自己的頭，笑道：「瞧我，只顧著與妳們說話，怠慢了兩位嬌客，走，咱們用晚飯去，好不好的也是我一點心意。」

韓穆雪猶豫著道：「這麼晚了，估計都要宵禁了，怕是一會子回不去，我看還是不用了吧，改日再來領。」

「妳什麼時候也這樣婆婆媽媽起來，這有什麼的，難道咱們家連這個都辦不到，而且大不了晚上與我睡，還能虧待了妳這大小姐？我悄悄說與妳，四嫂這裡可是有不少好吃的，妳不吃了走實在是可惜，一桌子好東西都便宜了我。」杭瑩拉著她，嘟著嘴。

「好，我還不是怕妳們不是誠心留我，故意拿話試妳們一試，既然這麼有誠意，我自是要領了這份情意的。而且，我若回去晚了，我哥哥會來接我。」她當即接過話頭反而打趣二人。

風荷一手拉著她們一個，抿嘴道：「知道妳有個好哥哥，不用巴巴跟我炫耀，敢情我們沒有一樣的。」

韓穆雪猛然煞住腳，笑罵著自己。「瞧我，忘了要緊事。姊姊的娘家哥哥可是中了探花，還沒恭喜姊姊呢，實在可喜可賀啊。」

「妳光說嘴皮子有什麼用，總得有點表示不是，我們四嫂最是個不吃虧的主。」杭瑩睇著眼，說完趕緊甩了風荷的手獨自向前跑去。

風荷氣得咬牙，跺腳道：「虧得我平兒疼妳，妳就壞我名聲，顯見是祖母派來的奸細了。」

杭瑩回頭扶著門框道：「我這不是為嫂子要賀禮嗎？難道還錯了不成？」

韓穆雪看得大笑，恰好望見自己帶來的桃花，忙指著花道：「那不就是我的賀禮，花開富貴，這寓意好著呢。」

「妳羞也不羞，明明來的時候還說是小侯爺備下的，這會子又成了妳的？」杭瑩沒打算放過她。

風荷看見桌子上都安置好了，忙打起圓場，拉了二人坐，一邊讚道：「我才與人說這幾枝花開得委實好，可惜沒幾日就謝了，若有時間必得去你們園子裡挖一、兩棵樹過來，就怕妳心疼不肯。」

「怎麼不肯，明兒保管與妳送來，我還當妳看不上眼呢。那些文人墨客騷人學士們，動輒牡丹、蘭花、菊花、梅花的，一個個都稱這桃花性子輕浮無比，開在春天，雨水一來就萎落了，沒有什麼烈性。我就想著，不過一朵花，非得給他弄出點什麼名堂來不成，我看著就好。我哥哥雖有點子學問，但也不是那種人，他就極喜歡桃花，開的時候美，飄零的時候也美。」韓穆雪一旦有心與人結交，就會放下自己的戒心，她尤其欣賞風荷。

風荷看丫鬟給二人斟酒，不由笑道：「我可沒有那些雅人的毛病，就是一大俗人，只要好看都喜歡。來，我先敬妳倆一杯，這是我自己叫人釀的桂花釀，嚐嚐味道如何？」

二人笑著嚐了一口，讚道：「入喉溫潤，清甜爽口，又有一股子瀰漫唇齒胸腔的桂花香。」

一頓飯就在頗好的氛圍中用了，韓穆雪更是一直拉著風荷喚姊姊，儼然她親生姊姊一般。起初對風荷些微的怨憤早就消失無蹤，心中感嘆著如果風荷真是她姊姊就好了。

直到夜色深沈，才送韓穆雪出去，果然她哥哥韓穆溪已經在二院等著了，三少爺陪人坐著。

送走韓家兄妹，風荷趁著夜沒有太晚，先去向太妃稟報了一番事情經過，太妃聽得連連訝異，想笑又不好笑。

大街上安靜得很，這個時候尋常人家都不會出來走動，也只有公卿之家有這個權利。韓穆雪坐在馬車裡，聽到遠處傳來飄渺的鐘鼓聲，暗暗撩起簾子往外望了望，沒有人，只有侯府的車隊，轆轆地輾過地面，在寂靜的夜裡分外刺耳。

韓穆溪早就想問妹妹事情辦得如何了，見她打起簾子，假意喝斥道：「成什麼樣子？」隨即又湊了近來壓低聲音問道：「杭家如何？」

韓穆雪可不受這個氣，瞪了瞪他，唰的放下簾子，咕噥著：「能怎麼著，繼續是世交唄。」

「我不是問妳這，妳胡說什麼呢？」韓穆溪微紅了臉，其實他對與杭家的婚事本就不甚熱心，只是當時父母決定了，他懶得反對而已，還不是娶誰都是娶，有什麼分別。當然，司徒嫣不同，他的底線是這個女子必須賢淑有德，顯然司徒嫣不符合這個條件，何況她得罪了杭家，再娶了她，便是不為自己想也必須為妹妹著想。

「想知道啊，明兒去找我，你房裡那個土定瓶不錯，等到秋日裡插了菊花最好看。」韓穆雪乘機敲詐，她哥哥時常從外面弄些小巧的玩意兒回來，漸漸地她也喜歡上了。

韓穆溪撫額嘆道：「好，都依妳，明一早就叫人給妳送過去，可以說了嗎？」

韓穆雪滿意的點點頭，卻又道：「這裡怕是不便宜，被人聽見就麻煩了，回去再說。」

「也好。」韓穆溪順著她視線左右掃了掃，雖然沒人，下人們也是該防的，內宅中事還是要謹慎些。

回了侯府，夫人一直在等女兒，忙執了她的手道：「他們有沒有為難妳？都是我與妳父親不好，叫妳出面奔走。」

韓穆雪扶了夫人的手，嬌嗔著：「母親說什麼呢，女兒難道就不能為您們分憂了。杭家是體面人家，女兒何嘗受委屈了，還吃喝了一頓才回來。您不知道，太妃與王妃有事忙著，是五小姐招待的我，後來他們四少夫人回來了，我就去了那裡。一切都很順利，家中的意思那邊想來亦是明白的，不會怪我們沒有及時賠罪。」

「這麼說，太妃、王妃什麼都沒說？還是覺得咱們家怠慢了，只是，這個時候哪敢走呢，一個不慎就……哎。」夫人這幾日顯得異常憔悴，她心裡是恨不得弄死了司徒嫣呢，可是礙著老夫人不敢下手，生怕一個弄不好越鬧越大，只能忍了這口氣。

「母親，依我看來，杭家如此做無可厚非，一來女兒畢竟是晚輩，沒有讓她們出面的理。二者嘛，女兒看得出來太妃對他們四少夫人極為信任，告訴了四少夫人就相當於告訴了太妃，如果四少夫人願意多為我們家描補幾句，只怕太妃心中的氣就消了大半。」韓穆雪攙著母親一起坐下，自己歪靠在她肩膀上。

夫人摸了摸她的額角，不由問道：「怎麼？莫非吃了酒？這麼燙。」

韓穆溪見沒人理會他，自己揀了個椅子坐下，聽他妹妹說話。「吃了幾杯，是桂花釀，無事的，很好喝呢。四嫂的確不同尋常女子，難怪太妃那般看重，若是姊姊在世……」她倏忽發覺自己說錯了話，忙訕訕住了嘴，不好意思地看著夫人。

事情過了這麼多年，夫人雖然疼惜女兒，也只能把那心腸略略移轉開，見她這樣忙道：「妳說吧，妳姊姊性子敦厚，不比那董少夫人有手腕，自然也及不得人家能得太妃的心。這些，自我第一次見了那孩子，心裡就想明白了，杭家可不是好過日子的，許是上天不想叫妳姊姊受那種委屈，接了她仙去吧。

「聽妳的意思，似與她頗為合得來？」她話鋒一轉，轉而專注地打量女兒的神色。

韓穆雪低頭想了想，輕輕點頭道：「女兒挺喜歡她的，看著她明知她與姊姊全然不同，卻沒來由的把她當了姊姊，真心要與她交好。她這樣的伶俐人兒，只怕誰見了都會喜歡吧。」

「何嘗不是呢，她待妳熱情嗎，還是冷冷的？」

「很好，一點都不像發生過什麼的樣子，一切想得很周到。」她是世家長大的孩子，當然清楚風荷有一部分是裝的，但她並不反感，她不是也如此，真真假假中學會與人結交。

韓穆溪靜靜地坐在椅子上聽著，聽她們不斷提起風荷，就不由自主地想起陽光下她詫異的表情，紅唇嬌嫩得強似初開的花瓣，又有一絲了然的譏誚與沈穩，沒有那個年紀該有的懵懂無知，但並不缺清純，相反她有一股子遠勝於自己妹妹、杭瑩等女孩兒的清雅不群。那一刻，他有些慌亂有些無措，因為他聽到自己的心怦然跳動，他彷彿感到有紅暈爬上他的臉。

隨即，鎮靜下來後，他開始譴責自己，那是一個有夫之婦，而且杭天曜總算自己的友人，他有這樣的想法都是不道德的。偏他越是這麼想，就越清晰地看到她飛揚的裙角，有瀲灩風華的美。他覺得這個時候自己是不是應該迴避，但他沒有起身，沈浸在自己的思緒裡。

直到韓穆雪連喚了他第三次。「哥哥、哥哥，你想什麼呢？沒聽到我們問你話嗎？」

他恍然回神，趕緊調節自己的呼吸，鎮定地問道：「什麼事？我聽妳們說著婦人內宅之事，怎麼好繼續聽？」他很有道理。

夫人笑著與他解釋，問他風荷的主意如何？

他愣了一愣，很快應道：「這的確是個好主意，只是人選不好定，誰能聽咱們家的意思去行事呢？」是她想出來的，她是有意還是無意為自己解圍呢，或者純粹是想要為杭瑩報仇？

「這卻不用這麼麻煩，如果有那急著定親的人家，咱們不過露個口風出去，人家聽著有些意動，那便成了大半。只要想法子讓司徒家同意，事情就沒了轉圜餘地。那時候，他們家來接人，不信她能繼續住著，回了家就不關我們的事了。溪兒，這件事，你可不能心軟，她自己作下的孽要她自己還。杭家沒有追究她，那已經是給了咱們十分的臉面了，咱們也要讓杭家看到咱們家的誠意。」夫人處事到底老道不少，聽了個話頭就知此事有路子可行，何況司徒家那是什麼情形，估計有人願意重金聘娶，巴不得趕緊把女兒嫁出去呢。

韓穆溪哪裡還同情得起來，心裡早怨恨著司徒嫣，一個女孩兒家，有這種骯髒心思，哪還留得？

此事就在母子三人言語中定了下來，晚間夫人透了氣給侯爺，他沒有反對，而且從眼裡的滿意看得出來，他很想拍手叫好的，奈何身分不允許。

就在司徒嫣以為韓家沒辦法打算去他們府上提親的時候，她不知道錦安伯賀家遣了媒人去他們家提親，提的是庶出的長子。上次賀家想為嫡子求娶杭瑩，事後杭家的表現明顯拒絕了，只能另尋他途。但是府裡庶長子的母親明裡暗裡說哥哥未娶弟弟怎好爭先，還說長子年紀一把了，家裡太不重視了些，外人瞧著也不好看。

伯府自己也覺得不該，趕緊組織人馬打算先替庶長子成了親，然後再提嫡次子的事。一時間沒有合適的女孩兒，就聽人提起了錦鄉伯府有個女孩兒，年貌相當，甚得永昌侯府老夫人憐愛。人家一想，這不是正好，她雖是嫡女，可惜母親沒了，陪個庶長子恰好配得，而且或許還能借此搭上侯府呢，正是一樁好親事。

錦鄉伯府的脾性京城人都是耳聞的，家中入不敷出，對銀錢上看得極重，錦安伯府決定大不了花上一點銀子，傳出去名聲也好聽不是，同樣是伯府，自己家的庶子娶了人家的嫡女，這是穩賺不賠的買賣。

司徒老爺一聽到那聘禮數，頭就先暈了，一萬兩呢，他們家幾時有過這麼多現銀，沒想到一個女兒這麼值錢，他有些後悔沒有多生幾個女兒。如此一來，都沒有商量自己家老太爺，滿口應承了此事，兩家很快交換了庚帖。

然後遣人去侯府接人。司徒嫣根本不知家中發生的事，聽到接人的婆子說恭喜自己，就羞怯地抬不起頭來，紅了臉，乖乖跟人回去了。她以為韓家耐不住了，終於去家中提了親。人家父親派人來接，老夫人沒有理由不放人，而且也死心了，別人家的孫女兒總歸沒有自己孫子來得重要。

司徒嫣到了家中，真是心合意順，覺得人生最得意之事莫過於此了，每日歡歡喜喜繡著嫁衣。

直到她的丫鬟打聽出來，求娶她的人家根本不是韓家，而是什麼賀家，她咕咚一聲栽倒在地。待她醒來之後，哭了整整一日一夜，鬧著要司徒老爺退了親事，司徒老爺收了人家的聘禮，豈肯退親，把女兒大罵一頓關了起來。

司徒嫣依然不死心，想盡辦法想要逃出去，但紅玉和綠意再不敢助著她，其他小丫鬟更是不頂事。她苦思冥想了幾日，覺得能救她的人只有一個老夫人，花了自己兩套頭面首飾，才買通丫鬟下人，悄悄從外頭租了一輛馬車，逃出府去了侯府。

當時正是午後大家打盹之時，守衛不甚嚴，又有拿了錢的，居然被她真箇出了府。一路來到侯府，便讓人上去叫門。

守門的偏是個機靈的小廝，隱約聽說一點內院的傳聞，一看是司徒小姐就嚇了一跳，也不放行，匆匆回裡邊通報。

當時侯夫人與女兒韓穆雪正在說話，一聽是她真是又急又氣，放進來就別想再把人弄出去，出了事情他們跑不了干係，回頭錦安伯和錦鄉伯府或者還會怪他們拐帶女兒呢。

小廝出去回絕了司徒嫣，司徒嫣若是那好說話的，也不會被她逃出自己家投奔侯府來，她眼見無路可走，竟讓丫鬟在門外大鬧起來，說什麼小侯爺毀了她清譽就想不認帳，她是好人家女兒，一女不事二夫，一定要小侯爺出來對質。

街邊圍觀的人越聚越多，也有指指點點說侯府欺壓良善的，也有為侯府說話的，說人家小侯爺房裡連個通房都不肯收，怎麼會做出那樣寡廉鮮恥的事情來。韓穆溪的口碑實在很不錯，為他說話的人不少，暗暗指責司徒嫣不守婦道，敗壞綱常。

司徒嫣急得在馬車裡大哭，她是看準韓家要臉面不會把醜事傳出去這一點才敢鬧的，不過逼著韓家低頭而已，誰知韓家冒了聲名不要的危險，就是不理會她。這樣下去，不但她閨譽盡毀，只怕連命都保不住。

伯府那邊得了消息，匆匆忙忙帶了人來，把她拖了回去。經此一事，賀家自然不肯再娶她，要求退婚，司徒老爺氣得嘔血，眼睜睜看著到手的銀子還了回去，居然狠下心腸把女兒打了一頓。

後來，不知哪個好事者打聽出來，司徒小姐有瘋病，以前還不見怎麼發，年紀大了倒是不檢點起來，看著小侯爺英俊多才，就成天假想著自己有一日嫁與了小侯爺。小侯爺與她，根本是清清白白的。眾人都道極是，小侯爺什麼女子沒見過，如何肯要一個有瘋病的女子，不過是看在親戚情分上平日多照應了一些而已，沒成想反而加劇了人家姑娘的瘋病。

伯府似乎是為了證實大家的猜測，一個月後把人送到了自家的莊子裡，說要好生靜養。

韓穆溪與侯府的麻煩算是解決了，風荷後來聽說，既為司徒嫣感嘆又為她不齒，為了一個男子變成這樣，是否值得呢，而且只會惹得那男子更厭惡而已。錦安伯府雖然比不上永昌侯府，她若願意安分過日子，錦衣玉食少不了她的，何必執迷不悟呢？風荷當然不會以為司徒嫣是真的喜歡韓穆溪，如果真的喜歡一個人，怎麼會狠心敗壞他的名譽呢。

想及此，風荷忽然發現杭天曜已經走了一個多月，這都三月底了，他怎麼還不回來，不回來也不該沒有一點消息啊，他究竟是去做什麼？

第七十六章　相繼出事

甬道的兩旁對植著一排兩人高的玉蘭，正是開花的盛季。春風拂面，有甜馥的香味撲面而來，似蘭似蓮，清新雅致。潔白的花瓣亭亭玉立，偶爾透出淡淡的嫩黃或者青白，暈染成凝脂般的細膩質感，遠遠望去那便是一片香雪海，又如浮雲般輕柔。但它並不素淡，甚至在婉轉中有濃豔的芬芳，如晚妝初成的少婦。

風荷扶著雲碧的手，含秋手裡提著一個小包袱，身後跟著淺草、芰香，一路說笑著行來。她不由信步走到玉蘭花樹下，折了一枝怒放的放在鼻間輕嗅，讓人醺醺然如飲美酒，隨意地簪在鬢角，顧盼回眸中就有了迷離雲散的香氣。

雲碧索性折了幾枝開得最好的，口裡笑道：「回頭拿這個薰被子衣服倒是不錯，又香又清雅。」

「妳是越發會享受了，連這個都想得出來，不怕糟蹋了多少好花。」含秋並不上前，站在原地抿了嘴笑。

「怕什麼，開在枝頭是給人看一時的，薰了被子就是到了冬日裡還能聞到它的香味兒呢。左右咱們少夫人也是個愛玩的，咱們跟著的人，若是不知打扮取樂那才是白跟了少夫人一場呢。」她一面說著，一面指點著芰香幫忙。

風荷輕啐道：「合著妳們跟著我就是來受用的，我可不敢養著妳們了。」

雲碧抱了花在懷，笑嘻嘻道：「等少夫人把那茶樓開了起來，多少人養不起，也不差我一個。」

風荷笑著搶過她手中的花。「那妳倒是說說，咱們今兒看的那幾個鋪面哪個最好？」

「奴婢能有什麼見識，看著都不錯，地段好，價格也合理。尤其知味觀斜對面那家最好，人們吃了酒正好來咱們茶樓裡吃茶醒酒，而且去那兒的都是達官顯貴，不在乎那幾個銀子。」雲碧繼續去折花，有那高的搆不到手，居然跳了起來，也不顧及旁人看見。

「依妳的意思，咱們拾人牙慧過日子不成？含秋怎麼看？」她莞爾而笑，有風吹拂她鬢角的碎髮。

含秋上前替她撫了碎髮到耳後，輕笑道：「奴婢也覺得那邊好。一來那裡原先是酒樓，因著知味觀生意太好，使得他們經營不下去，如今急著脫手價格上就能壓低些；二來那個鋪面夠大，足以容納少夫人的設想；三嘛，就如雲碧說的，那邊熱鬧人來人往的多，不用擔心沒有主顧；最後一點，奴婢以為既然能在知味觀對面盤了人家倒閉的酒樓做生意的，必然是有來頭的，便是沒有來頭也一定有不同凡響之處，若是奴婢衝著好奇心也要去瞧一瞧。」

「給我瞧瞧，這心眼是怎麼長的，倒把我心裡的意思琢磨了七七八八，顯見的能出去獨當一面了。」風荷故意打量著含秋，取笑道。

雲碧羞惱起來，噘了嘴道：「少夫人的意思，奴婢就是那個笨的。」

風荷一面點頭一面正色道：「不錯，我看呀，就是個中看不中用的繡花枕頭。回頭也不知哪位得了妳去，不回來跟我哭訴啊。」

雲碧被她的話臊得滿臉通紅，也不摘花了，纏著上來要追風荷給她頭上戴花。風荷可不想成了花仙子，一溜煙笑著先跑了。主僕幾人笑鬧著到了凝霜院門首，卻見許久不見的銀屏才從她們院子裡出來，出落得更加齊整了，身上的衣衫也是全新的。

她忙與風荷行禮，舉止間比先時沈穩了不少，不如過去浮躁輕狂，算得上一個小佳人了，不過看打扮還是姑娘的，想來「杭天曜」還沒有收了她。

風荷對她原就沒有多少好感，如今見了不過面子情兒，待她行了禮也就回了屋。

沈烟伺候她換衣，嘴裡說道：「也不知哪兒不對勁，銀屏最近來咱們這兒比先勤快了不少，偶爾竟也與我們說說話。少夫人不發話，門房的不好攔她，每次來了或是去落霞、錦屏房中坐坐，或是各處問個好，倒沒有正正經經向少夫人請安。」

「哦，她難道想要回來？我看不會，銀屏的性子與老太太有幾分相似，都是那一條道走到黑不會回頭的，而且最是要強，絕拉不下臉來求我。事出反常必有妖，妳這幾日叫咱們院裡的小丫頭多出去走動走動，看看她都與誰交好？她是我從娘家帶來的，好不好都是我的臉面，出了干係我也逃不了。」風荷穿了家常的藕荷色春衫，坐在炕上比對著鋪子裡帶回來的帳目，眉目姣好，宛然如玉。

「奴婢省得，原也遣人去打聽過，旁的倒沒什麼，她近來似乎在柔姨娘房裡走動得頗為頻繁，柔姨娘看著像是挺喜歡她，時常留著她說說話。」月白色的裡衣，杏子黃的比甲，越發襯得沈烟端莊沈穩，行動間有大家風度，她在風荷身邊歷練多年，一等大丫鬟的氣度不說話都有隱隱的鎮靜。

鋪子裡的生意還算不錯，幾個大管事離了一段時間想來也能正常運轉，再把葉舒手中調教的人調進來，就可以準備開業了。風荷一手支頤，聞言唔了一聲，又道：「隨她去吧，多小心咱們院裡的人就好。」

沈烟見她沒有旁的吩咐，就抱了她剛換下的衣服去漿洗房，正好與那邊管事的葛婆子說兩句話，漿洗房一向是消息流通快的地方。葛婆子是王府的老人了，幾代都在府裡伺候，府裡有不少下人是她家的親戚，而她及手下幾個人如今只管著凝霜院、茜紗閣兩處的衣物，人不甚多，事情便清閒不少。

尋常這些事都是交給小丫鬟去做的，沈烟恰好這回無事，就當走動走動。

葛婆子一見了她，笑得眉眼都彎了，幾步上來迎著道：「沈烟姑娘，些些小事使個小丫頭過來就成，怎麼勞妳親自走一趟，咱們這地方小又骯髒，小心濕了妳的鞋。」

「這是怎麼說的，嬸子日日在這兒待著都不嫌，難不成我來一回兩回都不行，當年做小丫頭時還不是做這些粗活。」尋常無事的時候，沈烟給人的感覺一向敦厚溫柔，無論老的小的都愛與她說笑，風荷房裡含秋也像她的性格，不愧是當日她一手帶著含秋上來的。

「既如此，姑娘屋裡坐坐，外頭風大，正有才燉好的茶，姑娘不嫌棄好歹嚐一口。」葛婆子清楚她如今的主子是風荷，討好了主子跟前的一等大丫鬟，以後說不定還有得用的機會，而且她還有兒女呢，何況凝霜院裡從來不因她們是粗使的婆子就瞧不起她們，有賞賜不會落下她們的。

沈烟隨著她進屋，略微打量了一番，揀了個座位坐下，這是供漿洗房的人不忙時歇息用的，糊著雪白的牆，幾樣粗使的家具擦拭得挺乾淨。葛婆子忙指使小丫頭上茶上點心，一會子，就上了兩樣細點、兩盞香茶。

沈烟忙含著歉意笑道：「我這不是叫嬸子破費了，豈有此理。」下人們日常吃用都是有份例的，額外的不是自己外頭買了帶進來的、就是廚房那邊掏了錢要的。

葛婆子自己斜簽著身子坐在下首，指著那兩樣點心道：「若是尋常東西自然不敢招待姑娘，這是大廚房裡做的。姑娘不知道，我有個乾親家，就是我那女兒先前曾認了大廚房裡做點心的五嫂子為乾娘，這兩樣就是她使人送來的。說是……銀屏姑娘兩個時辰前去傳話，說柔姨娘想要吃個清淡的點心，給了幾個大錢讓她們做了一會兒送過去。誰知過了會兒，又有人傳話說那點心不要了，賞了她們，她一個人吃不完，就乾乾淨淨包了來給我，姑娘別嫌棄。」

提起銀屏，她有些懊惱，不過只是一瞬間，很快說了下去。銀屏不得少夫人待見一事她們還是能揣摩出來的。

沈烟果真拈了一塊兩色的糕點細細嚐了嚐，笑道：「果是用心做的，嬸子自己也吃。」她親手拈了一塊遞給葛婆子，不經意問道：「銀屏常常去大廚房為柔姨娘叫東西嗎？」

葛婆子受寵若驚，慌忙接過她手中的東西，順著口就道：「我乾親說銀屏姑娘從前去得極少，近來倒是多，也時不時賞她們幾個大錢，偶爾會在那裡看我乾親做點心。」

「這也尋常，或許還能學上幾手呢。我只忙，不然也愛學。嬸子乾親都拿手些什麼東西？」她輕啜了一口茶，淺笑著。

「就是家常細點，倒是她燉的燕窩粥香甜可口，自從五少夫人、柔姨娘那邊有了身子，王妃就指定她每日上午燉兩盅送過去，旁的就沒什麼好的。」她吃了茶與點心，說話就隨意多了。

沈烟瞧著有一刻鐘不止了，就起身笑道：「今兒打攪嬸子了，這個給嬸子打酒吃。昨日送來的我們少夫人的衣物可是好了，若好了我一併帶回去吧。」

葛婆子知道沈烟一貫出手大方，也不推辭，笑咪咪袖了一錠碎銀，討好道：「怎麼沒好？原要過會子等姑娘們的好了一併送過去的，姑娘這麼說，那就辛苦姑娘了。」

「什麼辛苦不辛苦的，我不過是順路，免得妳們再麻煩。」她笑著出門，抱了衣物轉道回院。她叫了淺草與她一同熏烤衣物，很快，淺草就離了房裡，去大廚房要了一碟子豌豆黃當零嘴。

大廚房的人不由笑道：「姑娘們院裡也有做這個的，姑娘怎麼巴巴跑到我們這裡來？」

她便將人捧了幾句。「我們院裡做的這個沒有這邊嬸子們做的好吃，我時常念著，正好這會子得閒過來一飽口福。」

她又與人說笑幾句方回了凝霜院。

第二日起來，風荷聽說三少夫人賀氏著了風寒，過去探了一回病，逗弄了丹姊兒一回，才取道回屋。

走動半路，就有小丫頭低聲嘀咕道：「咦，那不是少爺，今兒回了府？」

她抬起頭去看，果然是「杭天曜」從茜紗閣裡出來，似要去她院裡的樣子。兩人對面遇見，沒有視而不見的理，風荷屏退了下人，低聲問道：「他還不回來嗎？這都有近兩個月了，都是要入四月了。」

「杭天曜」亦是皺了眉，無奈地回道：「昨兒傳了消息回來，正要去稟報少夫人呢，說是那邊估計還得耽擱十天半月的，才能回來，叫少夫人不必著急，少爺都好著。」

風荷微有些發熱，雙頰生暈，低低道：「我幾時著急了，不過白問問。你叫他該幹什麼幹什麼去，出了夏回來都使得。」

他覺得少夫人這個表情有些怪異，但說不出哪裡不對勁，撓頭笑道：「小的可不敢這麼回，小的有信捎給少爺，少夫人有什麼說的沒有？」

「沒有，讓他照顧好自己身子，有什麼要的便與我開口。」她抿了抿嘴，半日方道。

二人說著說著，似乎又有幾分不快，杭四也不去凝霜院了，直接出了府。

再過兩日，就是曲家老太太、風荷外祖母生辰，風荷說好了要過去的，便開始著手準備壽禮。

偏偏這日是太妃、王妃進宮覲見皇后的日子，這一來，府裡就沒個主事的人，好在太妃、王妃估計午時也就回來了，沒什麼打緊的。

因為不是整壽，便沒有大辦，去的都是曲家親近交好的人家，董家那邊董夫人和華辰去了，杭家去了風荷，還有蘇家蘇曼羅跟了她母親去。算下來，都是自己人，也不太避忌，男女之間不過隔了屏風，大家一處說笑吃酒。

風荷陪外祖母、母親、幾個女眷聊了個把時辰，外頭說曲彥、董華辰有事與她說，請她去花廳敘話，她就先離了這邊去找二人。

二人對面坐著，見風荷進來都起身讓座。風荷也不客氣，坐了笑道：「我就知你們今兒一定有話找我，哥哥拜官的聖旨幾時能下呢，不知是去翰林院還是哪裡？」

曲彥吃了一口茶，眼裡含著笑意。「昨日聖上去翰林院走了走，與我說了幾句話，聽那意思華辰可能不入翰林院，而是直接去六部呢，應該會授個六品主事的職。」

風荷先是愣了一愣，隨即有些了然，表哥當年破例去了翰林院，大哥是探花更應該去翰林院，但這樣一來他們兩家是姻親，反而給人留下不好的印象。六部都是實權，如果哥哥能在六部用心學習，功勞是很好賺的，不怕不能高陞。她想罷就道：「不知會去哪個部？」

「沒有意外的話，應該是戶部，最是鍛鍊人的地方，那裡公務也最繁雜。」曲彥輕叩著桌子，如此一來，聖上相當於給了他們很好的一個機會，使他與華辰互相扶持，互通有無。聖上也算得上煞費苦心了，他們兩家在京城算是沒有多少根底的，用起來放心，日後交到太子手裡也易掌控。

「那妹妹先恭喜大哥了，如果我猜得不錯，表哥應該也要高陞了吧。」她微翹唇角，語笑嫣然。

董華辰玩味地看著她，笑道：「妳從哪裡猜來？」

風荷斜斜看了董華辰一眼，解釋道：「表哥入翰林院幾年，本就到了陞官的時候，而且聖上去翰林院隨意走走，應該不僅僅是為了告訴表哥大哥之事吧，估計還有其他話說。」

曲彥笑罵道：「就妳鬼靈精，什麼都瞞不過妳，可能會陞個五品吧。」

「可喜可賀啊，加上表嫂再有幾個月就要臨盆了，這不是雙喜臨門的大喜事。」曲家漸漸興復，大哥慢慢獨立，母親在董家的地位就能好些。

三人正說著，忽然沈烟快速跑了進來，不及喘氣就對風荷喊道：「府裡出了事，柔姨娘的肚子不好，少夫人快回去看看吧。」她的臉色都是青白，顯然這個消息太出乎她的意料了。

風荷猛地立起了身，雙拳拽緊，穩穩地站著。「誰來報的信？五個多月了，出事了？」她腦中一閃而過懷疑，幾月來的點點滴滴在心頭掠過，自從柔姨娘懷孕三個月後，情形似乎一直不大好，府裡都再次興起杭四剋子的傳聞。

「是三少夫人遣來的人。兩位娘娘進宮去了，三少夫人病在床上，一聽到消息顧不得其他，就匆匆趕去了，只怕不大好。」她開始平靜下來，狠狠吸了幾口氣，要來的躲不掉，她只管一路跟著少夫人就好，少夫人那麼聰明一定不會有事的。她第一直覺就覺得此事不可能是意外，而是人為。

風荷匆匆說道：「麻煩兩位哥哥去外祖母哪裡代我賠罪，我改日再來。時間緊急，就不去辭別了。」

「我陪妳回去。」董華辰忙道。

「不用，你留在這裡，今兒是外祖母的生日，不能叫我一個人破壞了，你們只管祝壽，府裡的事如果有需要，我會回來請兩位哥哥幫忙的。」說完，她胡亂行了一個禮，扶了沈烟的手快步出去。

馬車已經在二門口等著了，風荷不再多問來人情形，先上車一路飛奔回府。

誰知剛進了府門，下了馬車，就聽到有小丫鬟哭音傳出來，一見她忙跪在地上。「四少夫人快去看看，五少夫人不好了。」

她的身子搖了搖，看看扶住沈烟的手，幾人對視一眼，也不理地上的丫鬟，提了裙子往內院趕。

沿著甬道，風荷不知該先去柔姨娘那邊還是蔣氏那邊，一路上來來回回跑動著不少丫鬟，她一眼瞄見其中一個是賀氏手底下的，忙攔了她問道：「有沒有人去請太妃娘娘和王妃娘娘，太醫到了嗎？妳們少夫人在哪邊？」

丫鬟嚇得臉色都發白了，哆哆嗦嗦回道：「派……都去請了，我們、我們少夫人先在柔姨娘那邊，如今在五少夫人房裡，太醫都在。少夫人快去看看吧。」一說完，她就哇的一聲哭了起來，剛才在柔姨娘那兒看得一盆一盆血水從裡邊傳出來，她嚇得魂兒都沒了。

風荷鬆開她的手，喝道：「我知道了，去回妳們少夫人，我先去茜紗閣看看，讓她照應好五少夫人。」

茜紗閣裡，哄亂成一團，估計一聽蔣氏那邊出事，大家都趕去了，這邊只剩下幾個姨娘下人根本鎮不住場子。跑的跑、哭的哭，一個個慌腳貓似地沒個章程。端姨娘勉強想要震住在場的人，但她到底只是個姨娘，事情出得太大，大家幾乎不聽她的。

風荷帶著人進來，登時皺了皺眉，越亂越容易出錯，還影響太醫診脈。她眼神微閃，沈烟不知從哪裡抱了一個花盆過來，「哐噹」一聲砸在地上，巨大的響聲頓時驚住了所有人，神色緊張地看向她們。

「雲碧，這些人交給妳看著，若有再吵鬧的先去關了起來。」她冷冷地說完，就往屋裡走，幾個姨娘聽到響動，都匆忙迎了出來，臉上俱是驚惶之色。

純姨娘臉色慘白如紙，身子瑟瑟發抖如秋風中的落葉，一雙大眼裡全是驚懼害怕，她曾有個兒子幼年夭折，估計是回想起了往事嚇的。

風荷勉強放緩了語氣，沈聲吩咐道：「雪姨娘，妳送純姨娘回房，好生照料她，端姨娘，太醫在裡邊嗎？」

雪姨娘愣了愣，連忙恭聲應下，扶了純姨娘退下。端姨娘神色嚴肅，語調有些急促。「少夫人，太醫來的時候情況已經很危急了，看了之後說只怕孩子是不濟事了，而且、而且柔姨娘有血崩之兆，現在正在想法子呢。」

「血崩？」她的聲音凜然如冰雪，容顏更是生霜。

端姨娘在她逼人的眸子下不自然地後退了一步，輕輕點頭，咬著唇道：「屋裡不吉，少夫人還是不要進去了。」

屋子裡霎時傳出丫鬟驚呼的聲音。「姨娘、姨娘！」

她再也站不住，唰的一下越過端姨娘，快步走入。房間裡瀰漫著濃郁的血腥氣，一聞到就有一種讓人嘔吐的衝動，她握了握拳，厲聲斥道：「給我閉嘴。太醫呢？」

一群丫鬟圍著床榻，或是哭嚷或是捧著什麼東西，從人群裡擠出一個四十上下的男子，用袖子擦了擦額上的汗，焦急地回道：「怕是不好了。孩子沒保住，大人、大人的命還懸著。」他生得有些瘦小，皮膚偏黃，見了風荷略微抖了抖身子，似乎以前沒有來府裡診過脈。

風荷快速打量了他一番。「無論如何，一定要保住大人的命，不然你也別想走出這個門了。」

太醫被嚇了一跳，怔了半刻，很快回道：「是，少夫人。」隨即他就轉了身回去。形勢緊急，什麼男女大防誰還能顧及，眼下最重要的是留下柔姨娘的命，不然一切都難說了。

風荷高高坐在羅漢床上，銳利地掃視著屋中進進出出的奴僕，有她鎮著，一個個靈活了許多，辦事有條不紊起來，不像方才那般慌亂。屋子裡偶爾傳來柔姨娘微弱的呼叫聲，就如一道冬日裡的冷風，嗖嗖颳過每個人心頭。

五個多月的孩子，突然沒了，這是極其危險的事情，很有可能造成一屍兩命的慘烈後果。柔姨娘能不能挺住這一關風荷不知道，但她清楚她絕不能由她死了，不然或許會造成死無對證的結果。

如果說，柔姨娘是意外，那蔣氏呢，世上真有這麼巧的事，兩人同一日出了事？更巧的是，這一日，她不在府裡，太妃、王妃也不在，賀氏生了病，這樣的日子一年三百六十五日裡，只怕也難得找見一日。

在和煦的春日裡，溫暖的春風下，有漫天的陰沈壓下來，壓在風荷胸口。她屬於那種覺察力很強的人，清楚地感到這一切就是一張網，網住了柔姨娘、蔣氏、自己，或者還有其他人，而她還不知道對方接下來會使什麼手段。她只能等待，然後迎戰。

時間一分一秒過去，終於，屋子裡恢復了安靜。

出來的太醫滿頭大汗，渾身上下都濕透了，不知是汗水還是血水，他的帽子都歪斜了，卻強自撐著給風荷回道：「大人的性命是保住了，只是，身子嚴重虧了，將再不能生育，而且會就此留下病根。」他的眼神不敢看風荷，回話時一直低著頭，這原也是規矩。平日裡太醫來了，女眷們都是避而不見的，今兒也是特殊情況，但他依然還能記著規矩，倒是不容易呢。

風荷只是盯著他，回想著他的話，再不能生育？也是啊，當時的樣子自己也看到了，這個結果應該早就猜到，不知回頭杭天曜會怎生想。她又問道：「先生有些面生啊？」

「今日主治孕產的太醫或是休沐或是進了宮給貴人看脈，小生也是被迫上陣，從前都沒有遇見過如此凶險的情形。」他的臉不自覺地白了白，頭低得更低。

被派去蔣氏那邊的含秋回來了，神色複雜地回道：「太妃娘娘與王妃娘娘都趕回來了，如今都在五少夫人那裡，說是這裡就交給少夫人了。」

兩人在宮裡，要把消息傳遞進去著實不容易，不然也不至於這麼慢回來。風荷收住思緒，緩和著語氣對那太醫道：「該用什麼藥，先生只管開藥方，該怎麼調理也請先生一併記下來。還有一事，好端端的為何就出了這樣的事？」

太醫迅速瞥了她一眼，幾分不安地動了動身子，輕聲回道：「孕婦有服用紅花的跡象。」

他一句話就夠了，深宅大院的女子，誰不知道紅花是什麼東西？

風荷凝神，沒有再多問，只是說道：「這裡還有勞先生了，等穩定下來再送先生回去，這邊我會遣人去通知太醫院和先生家裡的。沈烟，這裡就交給妳了，沒有我的命令，一樣東西都不得帶出院去，有誰不服的讓她去與我說。」

她說著起了身，她還得去蔣氏那裡露個面，不然顯得沒有妯娌情面。即便明知這是一個局，風荷卻不得不按照別人設定的跳下去，如果她不跳就坐實了她的嫌疑，所以即便知道院子裡會尋到紅花的蹤跡，她也必須留下。

蔣氏那邊沒有比這裡好太多，太妃與王妃當堂坐著，都是陰沈到極點的臉色，五少爺杭天睿不停地在房裡來來回回，愁容滿面的聽著裡邊的動靜，他今日去赴一個友人之約，先與太妃二人趕了回來，卻手足無措只顧慌亂。

除了太醫，郁媽媽、秦媽媽都在裡邊，為蔣氏催產。

蔣氏的孩子還有脈搏，但已經不可能再安穩地留在母體內了，所以只能冒著危險給她催產，這麼說的話蔣氏比起柔姨娘還是要好些。至少還有一線希望。

一路上，風荷已經勉強理了理思緒，見到太妃之時，什麼話還沒說就給二人跪下了，口中稱罪。「請祖母與母妃責罰，媳婦無用，沒有保住四少爺的骨肉。」她直挺挺跪著，有幾分無奈幾分傷感。

太妃一聽，眼圈就紅了，不過沒有表現出太大的反應，輕輕執了她的手拉她起來，語調哽咽。「是老四無福，妳已經盡力了。太醫怎麼說？」雖然傷心沈痛，但太妃心裡亦是有懷疑的，這巧合得就像早就預謀導演好的一場戲。

風荷平靜地望了太妃一眼，又掃了王妃一眼，啞著嗓子回道：「太醫說，柔姨娘應該服用過紅花，不然不會這樣，而且、而且柔姨娘將再不能有孕。」話一出口，她就有些如釋重負，她一定不能瞞下任何話，而且要搶在所有人之前來說明，不然一旦扯到她身上，那就是罪加一等！

不出所料的，太妃與王妃都震動了，王妃先前只是擔憂著蔣氏的身子，聽得沒有太仔細，但這句話卻驚醒了她，她唰的立起來，直直盯視著風荷。「柔姨娘服用了紅花？」如果柔姨娘因為紅花而沒了孩子，那蔣氏呢，她會不會也曾服用過紅花？

王妃再也不能鎮定，含著哭音對太妃訴道：「母妃，讓媳婦進去瞧瞧小五媳婦吧，媳婦實在、實在定不下心來。」

太妃緩緩點頭，擺手示意她進去。對於蔣氏肚子裡的孩子，她已經不再樂觀了，五個月，催產存活的可能性本就小得不能再小，如果再服用了紅花，能保住蔣氏的身子就是萬幸了。若連這一點都達不到，小五與他媳婦的好日子算是到頭了，而王府的安寧日子也到頭了。

究竟是誰，會設下這樣的計謀，一舉除去了杭家兩個即將到來的下一輩，瞧這樣的布局，應該是早有預謀的，而不是臨時想出來的招。

風荷安靜地蹲在太妃腳下，閉目不語，聽著裡邊不斷傳來的蔣氏的哭喊聲，看到五少爺一點點黯淡下去的眸子，她的心縮緊了。蔣氏並不是個壞人，他們夫妻都是心思單純被嬌慣的人，偶爾鬧鬧大小姐脾氣而已，對風荷沒有過真正的惡意，她不想蔣氏有事。何況，這是一個無辜的小生命，不應該被人利用來下這一場賭局。

即便是柔姨娘肚子裡的孩子，無論是不是杭天曜的，風荷都沒有想過要他的性命，對付一個孩子的方法有很多種，她不喜歡用太殘酷的手段。

太妃的神色疲憊得像是隨時都要倒下來，王府許久沒有喜事了，好不容易能添丁，她是滿心期待的。她認真地看著腳下的孫媳婦，那一刻心中閃過滿滿的悲涼，終於拍著她的手道：「妳年輕媳婦子的，待在這裡不好，連妳三嫂我都趕回去了，瞧她病得那個樣子，還在這邊辛苦，我就心酸。對了，老四回來了嗎？」

「沒有。」風荷搖頭，感受著太妃的平靜，這應該是做好心理準備的平靜，她低語道：「祖母，媳婦派人去尋四爺？」

「嗯，去吧。」太妃確實需要一個人陪著，可是不是風荷，她不能在這種地方待久了，不吉。對於王府裡不斷的親人死亡，太妃開始迷信，沒有了年輕時的勇氣與篤定。

告了退，走到院子裡時，看見有豔粉色的花開放，她認識，這叫夾竹桃。長得像桃花，但不是，開得似乎比較早，最近真是什麼花都先於時令開放了。順步上前，沒有聞到什麼濃烈的香氣，一朵朵豔麗地開在枝頭，刺目的殷紅。她不由憶起柔姨娘那次暈倒時她在茜紗閣裡看到的花，敗了都散不去那樣濃郁的香氣。

風荷忽然有些頭暈，心裡悶得慌，一口氣不順，便扶住了含秋的手，含秋關切地問道：「少夫人是不是哪裡不舒服，要不要請太醫來看看？」

她虛弱地笑著，眼下可不是請太醫的好時候，而且她本就沒病，她長年侍奉生病的母親自己略通一點醫術，擺手道：「可能是累著了，又沒有來得及用午飯，有些虛而已，歇歇就好了。」

含秋聞言，也不等她說話，忙扶著她往外走道：「那奴婢先送少夫人回房吧，好歹吃點東西，不然身子怎麼撐得住。」今天一早吃了點東西去曲家後，到現在都未時了，她還沒來得及吃上一口。

確實應該回房，她需要安排一些事，有備無患呢。

凝霜院裡，一派沈寂之象，每個人臉上都沒了笑顏，府裡接連發生這麼兩件大事，誰還有心情說笑，一個個恨不得縮著脖子過日子，免得被主子揪住什麼把柄瀉火。

沈烟、雲碧都帶著人留在茜紗閣裡，院裡只有葉嬤嬤、雲暮幾人在，一見她慌忙上來迎接。

風荷吃了一盞熱茶，兩塊糕，總算緩了一口氣，對雲暮道：「傳話出去，請四少爺回來。」不管這個是真的還是假的，都得來應付著，只是不知他會怎麼應付，畢竟誰也不知道杭天曜的真實想法。

葉嬤嬤看著憔悴傷神的小主子心疼不已，攬著風荷在懷。「小姐，別怕，有嬤嬤在呢。」以風荷身邊人的伶俐勁，早就發現事情有異了，而且即使先前沒發現，眼下瞧見主子的樣子也能想到幾分。如果單純的流產，主子絕不會這副神情，事情一定很嚴重。

風荷在葉嬤嬤懷裡靠了半晌，抬頭握著葉嬤嬤的手，語氣堅決。「嬤嬤，妳即刻出府去，沒有我的命令不要回來。」

「什麼?小姐，嬤嬤要陪著您，嬤嬤不能丟下小姐在這裡。」葉嬤嬤大驚，她怎麼能在這個節骨眼上離開呢，小姐需要幫手，這件事，王府是一定會徹查的，查出什麼就無人知道了。

「嬤嬤，妳聽我說，我們都在府裡，只有妳平兒有一半時間都在家裡，妳出去了也沒人會覺得不對。嬤嬤，或許，我們很快就會被困在府裡，到時候只有妳能替我們傳遞消息，料理外頭的事情。所以，嬤嬤，妳一定要出去。而且，要快，我估計沒多少時候供我們猶豫了。」只要蔣氏那邊有了結果，就要開始徹查此事了。

葉嬤嬤眼裡登時含了淚，小姐說的她何嘗不明白，但叫她怎麼拋撇得下，要是小姐發生什麼意外，她活著也沒意思了。

風荷摟著葉嬤嬤的腰，將頭靠在她懷裡，柔聲道：「杭家是王府，不會亂來的，除非證據確鑿，而那個時候即使嬤嬤留在這裡也沒什麼用，還不如在外頭能得力呢。」

葉嬤嬤緊緊抱了抱風荷的頭，義無反顧地回道：「小姐放心吧，嬤嬤這就走。」

「多謝嬤嬤，一旦得知我們被困的消息，讓譚清想辦法進來見我。以他的身手應該不難進來，我有事情也可以吩咐他去知會嬤嬤。」她的聲音已經恢復一如既往的冷靜與淡漠，有不可小視的絕代風華。

葉嬤嬤順利地離開了王府，沒有任何阻礙。她幾乎每日都要進出一趟王府，而且沒有定時，大家沒什麼奇怪的。

風荷叫雲暮、含秋帶了心腹之人檢查屋子，一見到什麼眼生的東西趕緊給她看。

一會兒，流鶯閣傳來消息，蔣氏拚命產下一子，但是個窒息而死的男嬰，勉強能看清楚小手小腳。蔣氏的身子受了大虧，但好在底子好，只要稍加調養個三、五年，還是可以有孕的，但不能急切，不然反而有害無益，對母體孩子都有致命的影響。

隨後，消息再次傳來，蔣氏體內也發現了紅花。而且，從她房裡那盅沒吃完的燕窩粥裡，太醫找到了紅花，因為煮的是枸杞燕窩粥，紅花很小很碎，混在裡邊只當是枸杞，不細看是不會發現的。

太妃讓人去茜紗閣取了柔姨娘剩下的燕窩粥來，同樣的是紅花。

這一次，不只王妃，太妃、王爺都震怒了，一定要徹查此事。有人在他們眼皮子底下，公然做出這樣殘害王府子嗣的事情來，誰還能容得下他，無論他是誰，都必須承擔代價。

杭家所有人都回來了，除了杭天曜，他失蹤了，到處都沒有見著他，他常去的幾個地方都沒有人。而王爺晚間已經命人去告了假，從前他忙於國事，對家中之事只要不太出格的能算就算了，沒工夫去一個個追究起來。今日之事完全不同，這是明明白白的陰謀陷害，謀奪他們杭家的子嗣，若是這樣的事情他再容忍，只怕這個家很快就要敗了。所以這次，王爺已經打定主意，不把事情查個水落石出他是絕不會善罷甘休的。王妃安慰著蔣氏到很晚才回了自己房裡，一身疲憊悲痛之色，卻仍舊盡心盡力服侍王爺歇息，沒有一句怨言。只是不免夜裡暗暗飲泣，這畢竟是她頭一個親孫子，還沒見面就這樣沒了，而且往後有幾年怕是都抱不到嫡親的孫子了，小五與柔玉還不知心痛成什麼樣子呢。這個時候，王爺哪裡還有心情睡覺，王妃偷瞞著自己傷心，他豈能一點都不覺察，不由長嘆一聲，不論是小五的，還是老四的，都是他的孫子啊，一夕之間全沒了。「妳放心，我一定會揪出那個人讓他償命的，敢動我們杭家的子嗣，就要付出代價。」王爺是向王妃保證，即便不說，誰不知道能設下這個局謀害兩位小主子的一定不是尋常之輩。王妃放下手中的帕子，輕輕轉過身來，一雙眼睛早就哭得通紅，她撲進王爺懷裡，沈聲泣道：「爺，妾身相信你，妾身亦是不會放過那人的，不然叫妾身有何面目再去見小五與他媳婦。那兩孩子，都是實心眼的，從小錦繡堆裡長大的，沒有遭過什麼煩難，誰知第一次就撞上了這樣的事情，叫他們年紀輕輕的如何受得住？尤其是小五媳婦身子正弱著，為這事傷了心，還不知要調養到幾時呢。」如果她是一個尋常母親，不可能這時候還想著別人的孫子，她心裡眼裡理應只有自己的孫子。王妃始終是王妃，她永遠不會失去理智，柔姨娘之子，她是故意不提的，於她而言，蔣氏腹中的兒子肯定比柔姨娘的親多了，她如果這時候還提到柔姨娘，難免教人心中有幾分懷疑。作為一個沈痛的祖母，她心裡應該只有自己的孫子。而王爺，一點都沒有產生不快的情緒，相反是越發憐惜她，這些年，王妃對府裡的日常諸事都是恪盡職守的，讓自己沒有後顧之憂。可是，卻出了這樣的紕漏，估計她心裡應該比誰都難過傷心，他把她攬在懷裡，沒有再說，但為孫子報仇的信念卻愈加堅定了。

第七十七章　環環相扣

大清早的，輔國公和夫人就來了，他們的女兒被人陷害掉了五個多月的一個男嬰，作為娘家人他們怎麼捨得不替她出頭。輔國公夫人育有二子三女，足見其手腕，其中蔣氏柔玉是最小的那一個，自然偏疼些。

他們是昨兒夜深之後得到的消息，二人又氣又怒，本是要連夜上門來為女兒討回一個公道的，還是被兩個兒子勸住了，大半夜的去了也問不出什麼來，還不如等一晚上，第二天一早過去，看杭家能說出什麼話來。對於幕後之人，他們是決計不會輕易放過他的，不然以後還不知有多少人要欺到柔玉頭上去，作踐她。

而一聽到輔國公和夫人來了，王爺與王妃親自迎了出去，人家這是興師問罪來的，他們哪裡還能拿著身分行事呢。

蔣氏哭了整整一晚上。初懷孕之時，她是羞怯而懵懂的，在伴隨著孩子成長的幾個月裡，她的心裡漸漸生出了別樣的情懷，連帶著人兒都溫婉了起來，或許這就是傳說中的母愛吧。就當她心心念念等著這個孩子降臨的時候，橫遭這樣的變故，那一刻的失去痛得她刻骨銘心。她本是柔弱的性子，但為了孩子的性命，她痛苦地掙扎撐著，最終留給她的卻是一個死嬰，她當時就昏死了過去。

王妃勸了她許久，她雖止了哭泣，但那傷痛沒有減少一點點，而恨意開始累積迸發，如果不是想著為兒子報仇，她今天根本就不能挺住。

輔國公夫人看見女兒憔悴失神的樣子，不由得抱著她大哭，清楚地知道，從前那個無憂無慮不知世事的女兒已經失去了，換了一個被殘酷的現實逼著成長起來的女兒。

蔣氏沒有哭，她只是輕輕伏在母親肩上，說了一句：「母親，我要報仇。」

「報仇，我們一定要報，但妳也要顧惜自己的身子啊，只有妳好起來了才能再有一個孩子啊。」輔國公夫人明白這個時候這樣說於事無補，好歹能使她多點希望。

五少爺就像完全變了個人似的，杭家的骯髒事一直都是瞞著他的，突然間聽說自己兒子被人害死了，那一刻的震驚讓他不可置信又無以復加。

輔國公夫人勸慰了女兒幾句，才道：「妳好生歇著，母親這就去給妳問個清楚。」

蔣氏拉著母親的手，堅定地說道：「不，我要一起去，我要親耳聽見親眼看到那個害死我兒子的惡毒之人。」她的眼睛如充了血一般的紅，有嗜殺之氣。

輔國公夫人欲要勸她，知道勸不住，勉強同意了。把她包裹得嚴嚴實實之後，讓五少爺抱著她上了暖轎，抬去了正廳，其餘人都到了。

早上的時候，風荷吃得明顯比平時要多些，還讓幾個丫鬟也多吃點。「這一不小心就要鬧到晚上，有沒有時間吃東西都不知道，妳們都多吃些，回頭餓了也沒地兒吃去。」她與往日並沒有太大的不同，只是容色之間添了一絲肅殺之氣。

她依然精心打扮，永遠光鮮亮麗的出現在人前是她對自己的要求，不過略有些素淡，畢竟這種時候府裡都是比較沈寂的，她不想太突出，或者顯得自己幸災樂禍似地。

杭家所有人，除了杭天曜與三少夫人賀氏有病臥床，全齊了。

家醜本不該外揚，可惜這件事鬧得太大，要捂是捂不住了，不如連最後這塊遮羞布都撕了吧。

廚房裡所有人，負責食材的、負責清洗的、負責熬煮的，兩個院子伺候的下人，凡是接觸過或者有希望接觸到燕窩粥的人，都被帶到院子裡，其餘有關的無關的亦是來了，方便傳喚。

太妃坐在最上首的太師椅上，王爺王妃侍坐在兩旁，往下就是輔國公的座位，他身邊空著的是留給他夫人的。兩溜椅子上坐滿了人，連三夫人都來了，何況其他幾房，既是來表關心的也是來看熱鬧的。

眾人一見輔國公夫人及幾個丫鬟半扶半抱的攙了蔣氏進來，俱是一驚，太妃先就急道：「妳身子這樣，還來做什麼，吹了風可怎麼著好？」

王妃更是心急地下了座，帶點勸說地問道：「太醫說過不能移動的，妳如何就不聽呢，這裡有妳祖母、父王、母妃還有妳父母親，難道咱們就眼睜睜看妳受了委屈不成？」

蔣氏眼圈一紅，硬生生止住了湧上來的淚，毅然說道：「母妃、祖母，求您們讓媳婦親自看著吧，不然媳婦這心裡是永遠放不下這事的。」

她說得太妃、王妃都是一怔，太妃黯然低了頭擺手道：「快給五少夫人抬一個羅漢床過來，就安在她母親身後，設個厚實的屏風，擋住外頭的風，多弄幾條虎皮褥子來吧。」

王妃知不可強，忙吩咐人下去辦，果真把座位設在輔國公夫人身後，用屏風把三面圍住了，鋪了有好幾層的褥子，才令她歪著，上面蓋了錦被。

輔國公夫妻二人對視一眼，點了點頭，太妃、王妃對自家女兒還是不錯的，看在她沒了孩子的分上，比以往還要憐惜幾分。

這畢竟是王府家事，他夫妻二人只是來施加一點壓力，不讓杭家把此事輕輕揭過了，但他們絕不會傻到自己去過問，一切自然應該由王爺親自審問。

蔣氏、賀氏都身子不妥，伺候太妃與王妃的任務就落到了風荷頭上，她一如既往的殷勤服侍著。

大家客套了幾句，就開始了。王爺先傳喚了廚房一干人等，二話不說每人先杖責五板，燕窩粥是大廚房做的，不管是不是他們動的手腳，一個都脫不了干係，辦事不力的罪名誰都跑不了。所以，王爺索性先罰了他們，震懾住，免得一會子胡亂攀咬人或者一問三不知，王爺沒有那個閒心陪他們慢慢玩。

杭家的下人總算有點慌了手腳，王爺是個嚴厲的不錯，但從沒有問都不問就先打人的記錄，這顯然是氣極了。

如此一來，那些下人都安分不少，一個個有問必答，而且推敲起來基本上都屬實，大廚房裡那麼多人來來往往，想動點什麼手腳不被人發現還是不太可能的。問過一圈，沒有一個有動手的嫌疑。

接著就輪到兩個院裡的下人，這些人更老實些，受害的是他們主子，他們哪敢有所隱瞞，都是把過程一個字不落的回憶了一遍。

所有人中，最有嫌疑的是熬粥的五嬸子，她夫家姓陸，人都稱她陸家五嬸，就是前兒葛婆子提到過的她女兒的乾娘。粥是她熬的，她接觸時間最長，最有時間動手腳。

「陸家的，說，紅花從哪兒來？」王爺說話相當簡潔，似乎認定了五嬸子一樣。

五嬸子嚇得撲通一聲磕起了頭，語氣驚恐但不慌亂，她連連喊冤。「奴婢沒有，奴婢可以對天發誓，絕對沒有害五少夫人和柔姨娘。奴婢世代是府裡家生子，我們家那口子更是打小就跟著伺候王爺的，我們對王府忠心耿耿，怎麼可能做出這樣背主的事情來呢。」她一面說，一面磕頭，很快把頭都磕青了一大片。

五嬸子娘家排行第五，小時候叫五兒，大了叫五娘，老了叫五嬸。她還有兄弟姊妹，都是府裡伺候的，年輕時在園子裡灑掃，後來去廚房幹零活，當時好像並不是大廚房，不知是在哪個院子的小廚房裡。她男人做小廝時伺候過王爺，如今在馬廄那邊照料馬匹，是個老實木訥的，不然也不只現在的體面。

對他們家的家事王爺心中有數，也相信他們應該沒有嫌疑，關鍵是沒動機，他們算不得是哪房中的人。對於是府內人還是府外人做的，王爺偏向於府裡自己人，不然不可能能對府裡的情形瞭解那麼多，偏偏知道這一天府裡沒有能理事的主子。要知道，如果當時反應快些，或許蔣氏或者柔姨娘的孩子還有救，但因主子不在，只有個病在床上的賀氏，事情被耽擱了一些時候。

王爺又問起當時一同在廚房的幾個人，都說五嬸子與平時一樣，跟他們一邊說笑一邊熬粥，沒有什麼異樣。食料也是他們看著下鍋的，並沒有看到紅花的蹤跡。

如果這麼說來，紅花可能是被後來加進去的。但是太醫驗看的時候說過，紅花被煮得很爛，所以不容易看出來，那麼這個可能性就被排除了，只能是在熬粥之時就加進去的，不然無法煮爛。

王爺明白今日不用點雷霆手段很難將事情弄清，便沒理會幾人，喝命拉下去再打。

其中有個負責擇菜的，被打之時忽然喊道想起一件事來。

王爺忙命人住手，帶她進來，她不是家生子，後來買進府的，而且並不是一家子都賣身杭家。她哭著道：「奴婢想起一事，當日除了咱們大廚房的人，還有別的院子裡的人也進來過，比如太妃娘娘房裡的小丫鬟來說過，她們楚妍姑娘胃口不好，想要點酸酸辣辣的醬菜吃，恰好太妃娘娘小廚房裡沒有了，就到咱們大廚房來問了問，奴婢記得最後拿了兩小碟子醬黃瓜和辣白菜去。王爺一問就知來了。」

她這般一提，眾人倒是想起不少當日去大廚房的人來，多半是小丫頭或婆子。王爺令帶這些人上來，一對，都是實情，而且沒有人接近過燕窩粥。

王爺大怒，要再打，這些人真是不打就不用腦子，打了才記事。

還沒將人拉下去，五嬸子就叫了起來。「奴婢還想起一人，是、是茜紗閣裡的銀屏姑娘，她也去過大廚房。奴婢記得她在奴婢剛把食材下鍋後不久來的，說是看看柔姨娘的燕窩粥熬好了沒有。因她常來咱們廚房走動，或是替那邊主子傳個話或是拿點東西，奴婢便把她渾忘了。」

銀屏？王府之人對此人都不太熟悉，甚至沒有聽說過。

王爺不由細問起來。「誰是銀屏？本王如何沒有聽說過？」太妃娘娘倒是怔了一怔，風荷從娘家陪嫁來的丫鬟，她是看過名單的，恍惚記得有這麼個名字。

風荷心中苦笑，是不是要開場了，是要指向自己了嗎？到底是誰呢，這麼急著除去自己。太妃、王妃與蔣氏應該都是不可能的，沒必要為了自己賠上王府子嗣，而且看得出來王妃的傷心不像是裝的。

三房可以排除，三夫人寡居，女兒出嫁了，與自己沒有利益衝突。

二房夫人更像個沒腦子的，不太能使出這樣的計謀來，袁氏亦是同理。

四房、五房與自己都沒有發生過什麼不虞，兩房夫人看起來都是深謀遠慮的人，應該不會這麼急著出手，當然她們想除掉長房子嗣這一點倒不是沒有可能。

剩下的只有賀氏、側妃，這兩人賀氏藏拙，側妃素未謀面，無從推測，在場的只有杭天瑾一人。風荷暗暗觀察著杭天瑾的神色，沒有什麼變動，只是比平時嚴肅些而已，少了一貫的溫和氣息。他是順應廳裡的氣氛呢，還是果真不太高興？

「聽銀屏自己說，她是四少夫人娘家帶來的陪嫁，但現在住在茜紗閣，跟著伺候幾位姨娘。」五嬸子忙道。

大家的視線瞬間轉移到風荷身上，或是探究或是疑問。

風荷上前一步，略躬了躬身，解釋道：「她確是媳婦娘家過來的，四少爺點了她伺候，媳婦就把她安置在了茜紗閣。」

她的回答很簡單，不過所有人都能聽出裡邊的意思，以杭天曜的為人可能是要把這個丫鬟收房，四少夫人索性就把人送去茜紗閣，意思一切交給杭天曜自己處置。這裡邊，可能是有那麼一點的氣惱存在，作為新婚妻子而言有此心是可以理解的，但不失正室的氣度，無可指摘。

王爺聽了只是點點頭，繼續問道：「她有沒有接觸過燕窩粥？」這點才是最緊要的，當時食材剛下鍋，還要熬個把時辰，完全來得及把紅花煮爛。

五嬸子似乎細細回想著當時的情景，猶豫地搖了搖頭。「應該沒有。」她又道：「奴婢沒有看見她動過燕窩粥，不過奴婢女兒當時過來找奴婢說了一句話，奴婢可能在屋子迴廊下待了有小半盞茶的工夫。」

另一個廚房的婆子連連稱是。「是的，這個奴婢也記得。五嫂她女兒來找她還是奴婢看見的叫了她出去，銀屏姑娘似乎還說了一句讓五嫂放心去，她會看著的。屋裡我們還有不少人，銀屏姑娘便與我們說話。對了，銀屏姑娘還幫著加了一把火，我們忙著準備中午的飯菜也沒有多注意。」

事情問到這裡似乎有了些眉目，大家彷彿能夠看到那麼一點曙光，就在銀屏背過身添火的那一刻，吸引了所有的懷疑。也就是在整個熬粥過程中，除了五嬸子，銀屏也曾可能接觸過燕窩粥，甚至往裡邊加了一點什麼東西。

大家都不由自主去看風荷，若說銀屏做的，她能有什麼動機，她只是服從別人的話，而風荷是她的主子。

有那麼一瞬間，風荷也懷疑銀屏，她為了報復自己或者聽從什麼老太太的話來陷害自己。但她很快打消了這個懷疑，她與銀屏相處時間不多，不過在董家的時候沒有少聽過她的傳聞，對銀屏的性子她還是有那麼幾分把握的。

銀屏絕對不是什麼聰明人，可更不是傻子，她想要成為人上人的心思，風荷早在董家時就聽過。銀屏怎麼可能為了老太太的命令或恨自己就做出這麼愚蠢的事情來，這可是傷人一千自損八百的蠢招啊！她應該明白就算扳倒了自己，她自己也毀了，而且她的後果只會比自己更慘，連這條命估計都保不住。

會不會是因為家人被要挾？風荷再一次否定了這個答案，記得銀屏有個妹子，有一年重病，她父母讓她跟老太太借幾個錢先給她妹子治病，日後慢慢拿月銀還，卻被銀屏拒絕了。後來，她妹子就沒了。試問這樣一個只顧自己不顧親生妹妹的冷血之人，會為了家人而把自己陷入萬劫不復的境地嗎？她可是一心一意等著爬上杭四的床呢！

想通這些，風荷輕吁了一口氣，只要不是銀屏做的，她就一定能找到證據洗清自己。不然，自己即使沒有指使銀屏，也脫不了一個管教不力的罪名。既然不是銀屏，那還有誰呢？五嬸子？風荷決定要把更多注意力放在這個五嬸子身上了。這實在是個很聰明的人啊，沒有一口就咬上了銀屏，而是寧願挨幾次打才最後推出銀屏，這個時候往往最易取得別人的信任。

王爺命人去帶銀屏上來。因為銀屏既不是大廚房的人、又不是柔姨娘院子裡的人，所以她之前並沒有被帶到這裡來。

所有人都去外頭聽熱鬧了，只有銀屏一個人坐在房裡，落寞而無神。她的姨娘夢、她的主子夢，都破碎了，她被人利用了？

就在方才大家都去打探消息亂哄哄的時候，最近與她頗為交好的素雲來看她，她便請了人屋裡坐。

誰知，不過三句話，她就懵了。

素雲只是告訴她。「妳被懷疑是謀害五少夫人和柔姨娘的凶手，因為妳接觸過燕窩粥，不管是不是妳做的，主子們都不會放過妳的，妳最好的結局是被亂棍打死。眼下，是有人故意將矛頭往妳身上引，然後借助妳的手陷害四少夫人。」她頓了一頓，看著銀屏臉色開始發青，眼中閃過不可思議的眼神時，繼續說道：「我主子願意救妳。」

「啊？怎麼救？事情原本就不是我做的，我有什麼好怕的。」她雖然竭力顯得鎮定成竹在胸，但身子卻開始打顫。她是從小在老太太眼皮子底下伺候的，對後宅陰私手段看過不少，如果有人故意要陷害她，她一定會被證據確鑿的指認的。

與明白人合作最容易，往往明白人都會在關鍵時候糊塗，素雲掩住心底的笑意，壓低聲音與她說道：「妳還看不透嗎？有人是要把髒水引到四少夫人身上，而她身邊那些人都不好借用，而妳就成為了別人眼中的棋子。我們主子看在我與妳的情分上，願意出手救妳一命，而且將來還有機會讓妳成為主子，不過，她的心願嘛，很簡單，希望妳順著形勢辦。妳明白嗎？」

銀屏愣了半刻，很快反應過來，就是、就是要她自己承認，從而陷害四少夫人。可是，如果這樣，她還有命在嗎？她搖頭，咬牙，難道就沒有什麼辦法脫罪？她真的沒有做啊。

這裡是杭家，她幾乎沒有密切的朋友，連這個素雲都是近來開始走動的，沒有人能幫她。而四少夫人，不但自身難保，更不會救自己，她對自己那可是嫉恨在心呢。或許銀屏太看得起自己了，不然她拚力一搏，站在風荷那邊，即便為了自己，風荷也會給她脫罪。

「妳不願意也沒有什麼，王爺那邊不出一刻鐘就會有人來帶妳過去，人證、物證估計都為妳準備好了。與其這樣不聲不響被人弄死了，妳還不如拚著把四少夫人拉下水，我們主子自然有辦法留下妳一命。」素雲繼續煽動著。

素雲很快就走了，留下銀屏自己考慮。她知道，以銀屏對四少夫人的妒恨，若清楚自己沒救了，是一定會拉了四少夫人墊背的，她不需說太多。

房門被人撞開了，幾個身強力壯的婆子押了銀屏就往外走，銀屏掙扎不得。她心裡還是有那麼一絲奢望，素雲告訴她的不一定是真，或者她還有希望，在沒有看到所有的證據之前，她絕不會自己乖乖認罪。

大廳裡的人，看到銀屏的那一刻，都不自覺地已經把她當作了凶手，只因前面的埋伏打得太好了，順理成章把眾人的懷疑都落到了銀屏身上。

王爺的眼神冰冷而壓抑，語調平靜如常。「妳叫銀屏，妳昨日去過大廚房，動過燕窩粥？」

「是，但奴婢沒有動燕窩粥。奴婢是聽寶簾說柔姨娘問起，就主動替她去大廚房問了問，其他的什麼都沒有做。」銀屏覺得自己快要癱軟了，因為這陣勢實在有點嚇人，她勉強撐著最後一口氣，想要挽救自己的清白。

「但大廚房的人看見妳添過一把火，妳當時背著身，旁人又沒有細看，妳是不是趁著那會兒動了燕窩粥？」王爺的聲音越發嚴厲，他不喜歡這樣的丫鬟，妖妖嬈嬈的，一看就不像什麼好東西。

銀屏真的後悔得想死的心都有，她何必為了接近四少爺而去捧著柔姨娘呢，如果她沒有主動奉承柔姨娘，她也許就不會去什麼大廚房，那樣她就不會陷入眼下的困境了。她已經能從主子們不善的目光中感覺到，大家開始認定她了，她要怎麼樣做才能證明自己的清白呢？

她只能一口咬定自己沒有動過粥。

但就在同時，搜查她屋子的人在院子裡伺候著了。當呈上剩餘的一小撮紅花的時候，有人壓抑的驚呼，有人滿腔恨意的盯著銀屏，有人樂得看好戲。而蔣氏終於忍不住哇的一聲哭了出來，大罵要殺了銀屏這個賤人。

輔國公夫人與王妃一同勸了許久，她才漸漸平靜下來，雙目赤紅彷彿能吃人，而五少爺更是上前一腳踢翻了銀屏，跪在地上求王爺作主。

風荷的面色紋絲未動，她相信接下來就該是銀屏指認自己了。以銀屏的性子，在最後拉上一個墊背她想來還是願意的，使計的人真是拿準了銀屏啊，看來她平日沒少說自己的壞話，不然也不會找了她當棋子。而風荷亦能從銀屏臉上看得出來，她似乎真沒有動手。

王爺的怒火忍了整整半日，再也不打算忍住了，他咬牙切齒將一個青花茶盅摔到銀屏臉上，銀屏慌忙一躲，還是被砸到了半邊耳朵，滲出血來，痛得她當即掉下了淚。王爺是習武之人，那力氣本就不是常人可比的，何況蓄了渾身氣恨。

王妃去扶了兒子起來，怕他不小心被地上的碎瓷片傷到，一面冷了聲道：「她一個小小奴婢，誰給她那麼大的膽子謀害王府子嗣，指不定是受了什麼人指使，你好生聽你父王問下去。」

她的話難免叫人浮想聯翩，四少夫人娘家帶來的丫鬟，還能受什麼人指使，自然是四少夫人無疑了。風荷的動機大家自認為不想都能猜到，柔姨娘肚子裡懷的是四少爺的孩子，四少夫人豈能容人在自己之前生出庶長子呢，尤其這個庶長子來得不是時候，害得四少夫人新婚之夜失盡了顏面。而五少夫人的孩子，一併除去最好，如果順便讓五少夫人絕育，那五少爺繼承王位的阻礙就多了一層。

「妳還不承認，紅花可是從妳屋裡搜出來的，而那麼多人都看到妳動了那燕窩粥。給我拉下去，打到這個賤婢招認為止。」這真的是一個絕好的安排，前面那麼多人，都被無奈地排除了，就在大家心灰意懶之時，冒出來一個嫌疑最大的人，從心裡上就讓人相信這個就是凶手。王爺雖然處事清晰，但這畢竟關係到他的孫子，他禁不住就會少了理智。

太妃神色詭異地看著風荷，對於這個孫媳婦的心事，她一直沒有看破，對王府對老四，她似關心又似事不關己，有一種淡漠的篤定。而風荷會不會做出謀害王府子嗣的事情來，她也不敢下保，不過她總覺得不對，卻說不出哪裡不對。

銀屏還是想要扛一會兒的，可是她心裡這麼想，身上的板子容不得她這麼想，當她第二次被打昏潑醒的時候，她終於招認了。

她渾身濕透，身上斑斑駁駁的血跡，頭髮全部凌亂的散落在面上，看著好不瘮人。她嘲諷地看了風荷一眼，終於認罪。

「奴婢願意說，是奴婢趁著大家沒注意的時候往燕窩粥裡加了紅花。不過，不過……」她故意的停頓，讓大家有足夠的時間把視線都集中在風荷身上，然後繼續道：「不過這一切都是四少夫人指使奴婢做的，不然奴婢一個奴才，好端端與主子過不去做什麼。」說完這些，她嘴角掛著血絲，露出妳能奈我何的笑意。

風荷站了這大半日，早就腿痠了，眼見自己終於有了活動腿腳的機會，不知是該哭還是該笑。她沒有看任何人，衝銀屏走過去，笑著看了她一眼，才在距離她一丈的地方站著，等王爺問她話，卻沒有下跪。她沒有罪，自然不會跪。

大家望著她都有些詫異，換了旁人這時候不是急著哭訴自己的清白，就是慌亂不堪，而她，依然高貴依然優雅，連腳步聲都一如平時的悅耳。

蔣氏堅持了半天的神智徹底崩潰了，她的聲音喑啞而淒厲，一句句指控著風荷。「四嫂？為什麼，妳為什麼要害我的孩兒？他還那麼小，與妳無冤無仇的，妳看我不順眼儘管衝著我來就好，為什麼忍心對一個那麼幼小的孩子下手？我承認，我有時候確實不喜歡妳，因為妳的到來搶走了原本屬於我的風光，從前大家只知道杭家有五少夫人，自妳來了，別人心中只有妳這個四少夫人。

「我不忿，我哪裡比不上妳，所以我討厭妳。可是儘管如此，我並沒有做出對不起妳的舉動，妳怎麼可以這樣，怎麼可以這樣啊？」她想要從床上下來，卻被她母親死死抱住，蒼白的臉色猙獰而淒楚，哭得聲嘶力竭。

蔣氏一直都是沒有什麼心眼的人，當所有的證據指向風荷的時候，她理所當然認定了是風荷害了她。

五少爺杭天睿不知是嚇得還是受了驚，呆呆地立在地上，望著風荷，他與四嫂不熟，亦是沒有想過她會害自己，他猶有些不肯相信。

王妃過去扶著蔣氏的肩，低聲泣道：「孩子，是母妃不好，是母妃害了妳啊。如果不是聽太醫說有了身子的女人要好生調養，母妃不會想到給妳熬什麼燕窩粥；如果不是因陸家的粥熬得好，母妃也不會讓大廚房插手妳的飲食。這分明就是母妃愚笨，給了人對妳下手的機會啊，妳要怪就怪母妃吧。」

不管是真的或是裝的，總之每一個人臉上都流露出沈痛之色，用控訴的眼光盯視著風荷，唯有三夫人面上閃過同情，而太妃與袁氏審視著風荷。

輔國公怕王爺因為是自己兒媳婦，一時心軟，當即起身拱手說道：「王爺，我的女兒性子嬌慣我自己知道，你們若對她不滿意可以教導她。但她總歸是你們的媳婦，嫁到你們家之後，沒有做出過什麼不對的事情來，她出了這麼大的事受了這麼大委屈，難道你們就不為她伸冤，仍舊任由害人的人逍遙法外。」他隨即又恭敬地對太妃一禮，繼續說道——

「太妃娘娘，四少爺是您的孫子，四少夫人是您的孫媳，但我們女兒難道就不是您的孫媳，她難道就沒有孝敬著您了？太妃娘娘喜歡四少夫人，那也不能太過偏心了，不然此事，我們蔣家絕不肯罷休。咱們是姻親，我還是希望此事可以咱們自己解決了，而不要鬧上公堂，弄得滿城風雨。」他的話，明顯就是要挾，如果杭家不從重處置風荷，他們蔣家是不會罷手的。

聞言，太妃倒招了幾分氣惱上來，冷冷地道：「親家，我們幾時說過不為小五媳婦作主的話了？小五媳婦在咱們家，我待她怎樣，你可以自己問她，有沒有虧待過她？你說這樣話，分明就是沒有把我看作她的祖母，她是我的孫媳婦，吃了虧受了苦，我還能任由著去？至於老四媳婦，是不是她做的，總得等王爺問個清楚明白吧。」

太妃雖然喜歡風荷，但絕不至於為她掩蓋事情真相，在太妃心裡，沒有什麼人有杭家重要，所以她對輔國公的話才會那麼不滿。這不是懷疑她的英明嗎？而且，她還沒有發話，蔣家就都要挾上了，他們杭家豈能隨意由人要挾！

王爺怕兩家真為此事鬧出矛盾來反而不美，就打了圓場。「親家，你的心情我能理解，但這不僅僅是小五媳婦受了苦，更是我們杭家的子嗣呢，你說我們會就此算了嗎？這件事情，我一定會問個明白的。」他說完，就逼視著風荷。「老四媳婦，那個丫頭的話是不是真的？是妳指使她去害小五媳婦與老四他姨娘的，如果真是如此，妳不要怪父王不念情義，妳害的是我們杭家的香烟後代，我是絕不能容妳的。」

「祖母、父王、母妃，媳婦沒有做。」她的確無法為自己辯解，雖然事情有不少漏洞，但都沒有明確的證據表明她的清白，她還需要時間。

其實，此刻風荷最想探究的是——為何同樣吃了燕窩粥，柔姨娘的孩子一下就沒了，而且絕育；而蔣氏的孩子好歹堅持了不短時間，幾年後還是可以再有的。會不會是因為柔姨娘吃得多而蔣氏吃得少？

多，但據她昨晚讓人打聽來的，太妃命人去柔姨娘那裡取燕窩粥的時候，大家看到還剩了許多，柔姨娘只吃了一點點才對。同樣吃了一點點，效果相差這麼大？那粥是一個鍋裡燉出來的，不可能有量輕量少的問題，這或許是整個環節的關鍵呢。

銀屏想到一向高高在上的大小姐與她一樣落魄，便生出一股揚眉吐氣的激動來，高聲指著風荷道：「四少夫人，都到這分上了妳就承認吧。奴婢是什麼東西，害了四少爺與五少爺的孩子有什麼益處，是妳逼著奴婢做的，妳可不能不認帳！」

第七十八章　靜待時機

銀屏可以與風荷叫囂，但風荷不能與她對嘴，那樣有失一個當家主母的氣度，即便日後證明了她的清白，回想起這一節來只會覺得她沈不住氣，自降身分。

能問到風荷頭上的人只有上頭那三位長輩，銀屏還沒這個分量，所以風荷同樣不能容她。她只是向身後不遠的沈烟使了一個眼色，沈烟已然會意，行了一禮，上前就賞了銀屏十個嘴巴子。

這一番變故太過突然，打得當場的人都懵了，四少夫人不會做出當著眾人面滅口的蠢事來吧。

打完之後，沈烟恭敬地跪在地上請罪。「奴婢有罪，請主子責罰。」她是對著太妃、王爺等人方向跪的，但這一聲主子叫得模糊不清，照理而言，她的主子只有風荷一人，她們既是王府的下人又不是。

太妃心裡已經轉過彎來，不過故作生氣地問道：「妳既然知道自己是奴婢，怎麼可以如此僭越，主子們還未發話就動起手來，妳眼裡還有我嗎？還有王爺、王妃嗎？」

沈烟重重磕了三個頭，每一個都發出咚咚的響聲，有一種擲地有聲的決然。

風荷又是心疼又是無奈，她的原意是等沈烟打完她來攬著的，不料沈烟獨自攬下了所有的過錯。

「奴婢是下人，就該知道為人奴婢的職責，奴婢是四少夫人身邊一等的大丫鬟，豈能輕易容忍一個下三等的奴才問到四少夫人頭上來。知道的說是咱們府裡一向是寬厚待人的，不知道的還以為咱們府裡沒了規矩呢，多少主子面前由著一個奴才作踐四少夫人。有那多心的，還以為銀屏背後是有什麼人指點著，奴婢萬萬不能讓太妃娘娘與王爺背上這樣不明不白的冤屈。」

「銀屏是跟著四少夫人娘家來的，雖然把她與了伺候四少爺，但她奴籍仍在四少夫人手中，奴婢作為大丫鬟，還是有權力教訓她的。」沈烟說話的語氣聲音與平時沒有一點不同，彷彿在交代主子吩咐的事情，可是她的動作卻是那樣傲氣而毅然，在她眼裡，只有董風荷才是她的主子。

不僅是太妃，連王爺、輔國公眼中都閃過一絲激賞之色，這才是真正的一等大丫鬟的氣度，行事沈穩，有勇有謀，一心護衛主子。他們不由疑惑起來，能有這樣聰慧厲害的丫鬟在身邊，風荷不用，偏要用一個與自己有過不睦的丫鬟，這怎麼想都有幾分牽強？

銀屏癱坐在地上，雙頰上紅印宛然，望向風荷的目光越發充滿了嫉恨，即使到了這步田地，她還是那位雲端裡的大小姐，而自己是泥淖裡的丫鬟。

風荷垂下眼瞼，跪在沈烟前面半步，風華依舊。「媳婦沒有教導好下人，是媳婦的錯，請娘娘、王爺放過沈烟，責罰媳婦。」

三少爺猛地想要站起來，但他站到一半的時候重新坐了下去，低頭看著地上光潔的磚，身上瀰漫著無力的傷感。

「罷了，沈烟只是衝動了些，沒犯什麼大錯，革一月月銀吧。」這話是王爺說的，他打心眼裡不想去處置一個這樣忠心護主的下人，以免寒了王府下人的心。

風荷與沈烟一併磕了一個頭，搭著沈烟的手站了起來，她跪下只因這一碼事，而不是她承認了自己有罪。

蔣氏原就心神渙散，陷入劇痛之中，見此以為是王爺有意放了風荷，不由大怒，強撐著一口氣質問道：「父王，難道她謀害我肚子裡的孩子也一併算了嗎？媳婦不服，父王今日若不處置她，媳婦寧願一死，去地下陪我可憐的孩子。」

輔國公夫人一聽她這話，唬得忙去捂她的嘴，可是她已經說完了。這種話，豈能當著滿屋子人的面說出口，好歹要說得和緩一點，她這樣，既叫王爺失了顏面，自己也叫人看輕了。現在大家顧忌著她初失子原宥她的魯莽，他日這就是她氣度不夠的證據啊。相比起董風荷一舉一動間的大家子氣，這顯然輸了人一籌。

果然，王爺聽了這話，略微皺了皺眉，但念在那個短命的孫子的分上，沒有與她計較，還溫和地勸道：「小五媳婦，只要查出是誰謀害了王府的子嗣，本王都絕不輕饒，有些話還要問問清楚。」

蔣氏剛想說還有什麼需要問的，已經被她母親掩住了嘴，用眼神示意她不許說話。蔣氏愣了愣，勉強點了點頭不再多說。

王爺再次用猶疑的目光掃視著銀屏，這個丫頭怎麼看怎麼與老四媳婦不和的樣子，那眼睛裡的恨意好似要生吞了老四媳婦一樣，會不會真有什麼貓膩呢？他試探著問道：「那紅花，妳是從何處得來的？」

「從、是四少夫人給奴婢的。」她有些惶急，卻很快掩飾過去了，若說她自己買的，去藥鋪一問就知是假，不如全推到四少夫人頭上算了。

「什麼時候、什麼地方給了妳？」

銀屏覺得自己就是那汪洋中的浮木，被浪頭打來打去，但她不想死，她只有拚力一試，看看陷害了四少夫人，那人會不會來救她。混亂中，想起那日在凝霜院門口遇到四少夫人一行人出府回來，忙道：「就是、就是四少夫人出府去的那一日，回來時在凝霜院門口給奴婢的。」

王爺把頭轉向太妃，這件事情他沒有聽說過，太妃點頭稱是。「是有一日，老四媳婦出去轉了轉。」

風荷輕輕應道：「當時，媳婦確實在院門前遇到了銀屏，但沒有給她紅花。」說完，風荷焦慮起來，那日在知味觀附近那家生藥鋪裡，含秋曾經奉她的命令進去打探過當地的情形，如果被幕後之人得知利用了，那就麻煩大了。可是，現在她根本不能吩咐人去盯著，甚至接下來幾日她都會失去行動自由。

蔣氏總感覺不但是太妃，連王爺都站在風荷那一邊，至今都沒有動她一手指，一想到那個血肉模糊的兒子，她再一次失去理智地叫道：「四嫂，銀屏都認了，妳為什麼還不肯承認？不是妳還有誰，我知道妳本來是想害柔姨娘肚子裡的孩子的是不是？只是妳不該連累了我的兒子，妳的心怎麼可以那麼狠？」

這一次，輔國公夫人沒有阻止她說話，杭家的事情，輔國公夫人清楚得很，這個四少夫人會是女兒日後最大的麻煩，如果能趁著今日一併解決了她更好，以免養虎為患。她已經有點看得出來，太妃、王爺對她都是極為欣賞的，如果讓她躲過了這一次，只怕就沒有機會再扳倒她了。而且，她認為風荷謀害女兒的動機很明顯，就是想絕了女兒的子嗣，使五少爺繼位多一層阻力。

風荷回看著蔣氏，心底閃過憐憫，對一個失去孩子的母親，不能希圖她理智地去看待事情。

風荷知道自己怎麼說蔣氏都是不會相信的，事實比解釋更能說服人。風荷正想收回自己的目光，卻意外地發現蔣氏身旁伺候的那個趙嬤嬤有些不大對勁，似乎欲言又止的樣子，又似乎有些魂不守舍？有什麼事情比眼下謀害她主子的凶手還要重要呢，趙嬤嬤應該是個妥貼的人啊。

趙嬤嬤，聽說是輔國公夫人跟前的人，因為疼愛女兒才跟著來了杭家，她應該會有什麼過人之處吧？

太妃一直在靜觀其變，事情看似人證物證都全了，可她總感覺有地方不對，很不對。風荷的雲淡風輕，讓她有些拿不定主意，老四媳婦什麼時候能變得不這麼冷靜呢？

見大家都沒表態，王妃不由急了，老四媳婦害死了自己嫡親的孫子，難道就這麼算了不成，她寧願錯殺一百也不放過一個。

「母妃、王爺，是妾身的疏忽，若不是妾身治家不嚴，被人乘了空隙，四個月後咱們王府就能同時有兩個孩子降臨了。老四媳婦她既說不是，那應該就不是她了吧？」她說得委屈而可憐，最後那句話中間停頓了許久，好似強迫自己說出來那般。

「母妃，為何連您都幫她，她害死的可是您的親孫子啊！難道她比您的親孫子還重要不成？媳婦不服。」蔣氏驚怒不已，她如何都沒有想到王妃會說出這樣的話來。

王妃幽幽別過頭，不敢去看蔣氏的眼睛，半日捂著嘴道：「一個下賤的奴婢說的話，怎麼能當真，妳祖母與父王對妳四嫂的為人都是最瞭解的，還是聽他們的意思吧。」她的語音明顯哽咽，喉頭發緊，大家都看到她說完話時眼角滑落一滴淚。

王爺頓時心疼又自責，自己怎麼能憑著一點點感覺下判斷呢。雖然不能說證據確鑿，但至少老四媳婦是迄今最有嫌疑的一個人，即使不把她定罪，也該關起來，以安小五媳婦和輔國公府的心呢。不然事情鬧大了，杭家就會成為整個京城的笑柄。

他忙忙說道：「這件事情，本王一定會查個水落石出的，會還小五一個公道。」他轉頭對風荷嚴肅地說道：「老四媳婦，妳是本王的兒媳婦，不代表妳可以違反王府的規矩。在事情沒有徹底查清之前，妳就回妳的凝霜院去吧，沒有召喚不得私自出來，凝霜院所有人都不能踏出院門一步，日常用品王妃會派人給妳送進去的。妳還有什麼要說的嗎？」

「媳婦只有一句話要告訴五弟妹。」王爺還不是糊塗透頂的人，但算不得多明白，難怪這些年王府會亂成這樣。

「妳還有什麼要說的？我的兒子他在地底下都不會放過妳的，妳等著報應吧！」蔣氏本是要出聲反對王爺的命令的，但被她母親阻止了，她很快反應過來，她今天已經幾次駁了王爺的臉面，若繼續堅持只怕會反不得王爺的心。

風荷亭亭玉立，在人群中如夏日烈陽下的清荷，出淤泥而不染，濯清漣而不妖，冠蓋群芳。眼中閃露譏諷的笑意，她的視線徐徐掃過太妃、王爺、王妃，落到蔣氏身上，莞爾道：「五弟妹，妳可知以我的手腕，我若想要妳肚子裡孩子的性命，會做到神不知鬼不覺，會讓你們所有人都只當是一場意外，妳信不信？」

一瞬間，所有人臉色大變，杭家四少夫人，夠狂，夠傲。

太妃吁出一口氣，她忽然感到愉悅起來，她一直感到不對的地方原來在這兒。是啊，她竟然也糊塗了，居然沒有想到，以老四媳婦的心機謀算，只怕她害了人，蔣氏還拉著她的手痛哭呢，她那樣絕頂聰明的一個人，怎麼可能留下那麼多破綻，等著大家來抓她。這分明是一個陰謀，一個早就安排好的陰謀，一箭三鵰的毒計。

王爺的眼中迸射出不可思議的光芒，他彷彿在風荷身上看到了自己的兒子，一樣的高傲、一樣的自負、一樣的篤定。

太皇太后一心要立為太子妃的西瑤郡主，只因惹惱了她，被遠嫁他鄉，那樣一個把朝堂、市井、權貴都玩弄於掌心的女子，會做出愚蠢到不可救藥的舉動來嗎？回想整個王府，所有曾經給她使過絆子的人，都或明或暗的被懲治了，而她自己，連鞋子都沒沾濕。

這些，都是王爺聽了太妃的話後回去查探的。聯想到風荷剛才的話，王爺有一半的心偏向了風荷。

連王妃都面色大變，老四媳婦的能，她已經隱隱發現了，只望著能瞞過王爺。這一次，估計都瞞不住了，難道真的不能阻止她在杭家的坐穩？

最終，風荷被關到了凝霜院，靜等結果。凝霜院所有下人都遭了禁閉，每日一應菜蔬供應都是太妃親自著人送來的，倒沒有多少怠慢之處。

鎮國公夫妻本是要接女兒回家住段日子休養的，但蔣氏不肯，一日不見到風荷被罰，她一日不會安心。而鎮國公夫人實在放心不下女兒，王妃便請了她在王府暫住，多開解開解蔣氏。

落日的餘暉散落在樹杈間，白玉一般的花朵彷彿染上了一層胭脂的顏色，又似水中洗過一般，瑩潤清麗，有淡妝濃抹總相宜的風華。

淺碧色的裙角翩飛，裙角上那一朵朵嫩黃的小花，如陽光零落在綠葉間，跳著最美的音符。凝霜院一干人等或是擔憂或是惶急，迎候著主子回來。在不經意間，風荷已經成為凝霜院上下人等依靠的對象，看到她，她們的心就會平靜下來。

風荷輕笑，一擺手。「沒什麼事，大家該做什麼依舊做什麼，一切由我擔著呢，不會叫大家受了委屈的。只要妳們好生伺候著，日後的好處少不了妳們；若有誰敢在這個時刻給我出么蛾子，別說是妳，一家子都要警醒著點。」

她一番先揚後抑，清清淡淡，不疾不徐，只是凝霜院的人都知道，這位主子說出口的話那是絕對真真的，保管一個字都假不了。

回了房，略微梳洗用了點飯菜，風荷如往常般的看著手裡的帳目，偶爾對雲碧說上幾句話，雲碧就會在紙上寫幾個字。她幾次欲言又止，一雙清凌凌的大眼睛偷偷去看風荷，咬著唇角，一派心不在焉。

風荷發現了，不由笑道：「妳有什麼想說的？妳們幾個，跟了我這些年，難道還放不開嗎？」

「奴婢、奴婢只是奇怪，銀屏那個賤蹄子陷害少夫人，其實有許多漏洞，那麼簡單的連奴婢都看得出來的事，少夫人如何可能看不出來，只是少夫人為何不辯駁幾句呢？銀屏明明不是少夫人心腹，少夫人如果真有那個害人的心，怎麼會把那麼重要的事情交給她去做？這說起來實在無人會信啊。」雲碧把玩著手裡的羊毫筆，面上全是不解之色。

風荷悠悠起身，行到院裡，繞著穿堂到了後邊小小一個後院。

雲碧趕忙跟上，見她走到新種的那一棵桃樹下，反而笑了起來。「韓小姐待少夫人的心真是誠，少夫人隨口一說，沒幾日他們府裡的人就巴巴挖了幾棵又大又好的桃樹過來。如今雖然桃花謝了，不過明年開的時候可有得賞玩了，咱們還能做了胭脂，只怕比外頭賣的還要強些。」

的確，韓穆雪離去沒幾日，他們府裡的花匠就來了，一個時辰就給種了一小片桃林，還把日常的保管瑣事細細說給杭家的花匠聽。

眼下，這幾棵桃樹應該算是存活了，葉子綠油油的，茂密得很。

風荷隨意走動著，地上的青草長勢茂盛，踩上去柔軟而細密，好似能聽到汁液濺出的細碎聲音，有青綠的汁飄在風荷的繡鞋上，銀紅的鞋面如沾了水，氤氳旖旎。她紅唇輕啟。

「妳說，對方設下這一切計謀是為了什麼？」

雲碧聞言低頭細想，低聲喃喃道：「一來是害得五少夫人與柔姨娘沒了子嗣，二來是要陷害少夫人，一箭雙鵰。」

「妳說得很是。既如此，咱們若是不中計，那人或許會再使出什麼詭計來也說不準，咱們何必給上這個機會，不如暫時受點委屈。那人以為自己計成，倒會放鬆下來，人一旦放鬆就易露出馬腳，與其鬧得大家都沒臉面，寧可等那人自投羅網。何況，咱們亦可以趁著這段時間去尋找線索，看看到底是誰在背後搗鬼。」當時的情形，銀屏這個人證還是滿有可信度的，自己辯駁起來顯得蒼白，她不出手則已，一出手必中。

「奴婢還是慮事不周全。只是，發生了這麼大的事，四少爺怎麼還不回府呢？他回來會不會也像那些人一樣以為是少夫人做的，他會不會欺負少夫人？」雲碧雖然相信自己主子厲害，可是四少爺是男的呀，他倘若打人怎麼辦，她們都是弱女子，動起手來可不行。

是呀，他是信自己呢，還是信那些所謂的證據？

這才是風荷現在最想知道的，所以她心中已經打定主意，只要杭天曜一日不回來，即使她手中有了明確的證據證明自己的清白，她也不打算動手，她想試試他，待她到底有幾分真心。若他信她，那麼這段婚姻也不是很失敗，她沒有白白費這麼多心神。不然，她與他，從此後，就只是杭家四少爺與四少夫人，多一點都不行。

夜幕降臨，深沈的墨沈澱在天上，綢緞般光滑的質感，熨貼了浮躁的心。

有人敲院門，都這個時候了，還有誰會來？

沈烟正在前院教導小丫頭們晚間小心些，聽到敲門聲怔了一怔，放快腳步趕過去，溫婆子已經開了門，是漿洗房的葛婆子，來送洗好的衣物的。

她一見到沈烟，好似吁出了一口氣，滿臉堆著笑，不好意思地說道：「都是奴婢們糊塗了，這會子才把少夫人和姑娘們的衣物都收好，這不，飯也顧不上吃，給姑娘送了過來，姑娘大人大量千萬別跟奴婢計較啊。」

不知情的人看著，定當她們以為風荷落了難，不放在了眼裡。凝霜院的前後門都有幾個身強力壯的婆子把守了，除了照慣例來送東西的一般都不給人進來，來了多半都在門口說幾句，很快就去了，不能多待。

沈烟只是掃了外邊一眼，微笑著道：「妳們平時一向都是得力的，偶爾出了一次差錯也不打緊，咱們又不等著這麼一件衣服穿。上次說大廚房的五嬸子是妳女兒的乾親，她身上的傷沒什麼事吧？」

葛婆子飛快地往外頭看了一眼，勉強笑道：「不過一點子小傷，算不得什麼，歇幾日就好了，我女兒方才就從她家回來，」她忽然壓低了聲音，湊近沈烟說道：「看到有一個面生的媳婦從她家出來。我女兒進府時，還看到五少夫人母親身邊一個老嬤嬤匆匆帶了兩個人出去，當時已經到了吃晚飯的時辰。」

沈烟接過她手裡衣物的時候，暗中遞了個荷包過去，亦是笑道：「那定是沒事的。葛大娘還沒吃晚飯，我就不多留妳了，快些回去吧，天黑路不好走。」

葛婆子連連致謝。「還是姑娘體貼咱們下人，夜深了，姑娘與少夫人都早些歇了吧。」

送走葛婆子，沈烟繼續在前院停留一小會兒，看看沒有人來了方才快步回了房。

風荷剛梳洗完，披了一件月白色的睡袍坐在梳妝檯前往臉上抹著東西，她天生麗質，又懂得保養愛打扮，比同年紀的女孩兒都多了一分嬌美。

沈烟的心情登時平和下來，一面笑著打疊剛收到的衣物，一面話著家常。「都這麼晚了，親家夫人怕是緊著用什麼東西，巴巴打發人出府去，便是取了來今兒也過不來了，好歹明兒天亮才行。」

「那想來有事吩咐人回去吧。院裡的人都吃過飯了不曾，叫大家早些歇，今兒都累壞了。」她手上的動作頓了一頓，很快溫婉地繼續說著。

「奴婢都吩咐下去了，今晚讓奴婢值夜吧。外頭有雲碧與含秋照應著，不會出事兒的。」她說話之時，紅色的耳墜子輕輕搖曳，越添溫柔端莊。

風荷起身走到床邊，自己褪了鞋，笑道：「那敢情好，這裡有青鈿服侍我歇息，妳先去梳洗著，回頭過來。」

沈烟把手裡的衣物交給鋪完了床的青鈿，笑著去了。

夜深，燭影搖紅，沈烟亦是穿了寢衣，掌著一方小燈進來，讓青鈿梳洗了直接去耳房，自己立在床沿邊，與風荷小聲道：「葛大娘的女兒看到有面生的媳婦從陸家出來。照理，今兒剛發生了事，知道的都是咱們府裡自己人，外人沒有那麼快得到消息。不過葛大娘的女兒打小在府裡長大，連她都不認識那就不是咱們府裡的人了，卻不知是誰這麼快的消息？」

風荷歪靠在秋香色的迎枕上，皺了眉。「我就說這個陸家的不對勁，那個媳婦子想來是重要的人物，若能找到她就好了，又不能驚動了她，還得暗暗去訪察。」

「少夫人，咱們如今都出不去，叫誰去打探呢？」除了這幾個心腹，其他人沈烟都有些信不過。

「這個倒不需操心，很快就會有人來的。」風荷淺笑，捋了捋撫在面上的鬢髮。

「少夫人是指……奴婢明白了，還是少夫人想得周全。」她終於放了心，少夫人一早就作了打算，那就不用怕了。

是夜，杭家一片寂靜，所有人都沈入睡鄉。譚清偷偷翻入後園，直奔凝霜院。這個時辰，是人最疲倦的時候，守門的婆子東倒西歪，沒有幾個還有精神顧及周邊的動靜。少夫人是閨中女流，一屋子都是女人，難道還怕她們半夜溜出去不成，是以她們的任務主要是守著白天。

譚清在她們不遠處的地上扔了一塊小石子，發出輕微的響聲，婆子們渾不當回事，繼續歪著。譚清從側面攀上一棵樹，一躍跳到圍牆上，輕輕落在院子裡陰影下，然後貓腰尋到風荷的臥室，他知道大致方位。

窗外有風吹動樹枝發出的吱呀聲，風荷猛地驚醒，她一直沒有睡，今兒的風不算大，是不可能吹動樹枝的。還沒等她吩咐，沈烟已經迅速披了衣服起身，輕輕開了窗，譚清知道事關重大，也顧不得什麼規矩不規矩的，一個翻身落在屋中地上。

彼時，風荷在睡袍外加了一件薄紗的披風，鬆綰了頭髮坐在美人榻上。

譚清略略一掃，趕忙低頭對她行了一個禮，眼角的餘光能看到紅燭投射到她身上映在地上的身影，單薄而窈窕。

「譚侍衛，不必多禮，這些日子委屈你了。」她的聲音在深夜裡有甜美的溫柔，讓人舒心而安然。

譚清搖頭正色道：「保護少夫人是小的職責，這一次都是小的疏忽置少夫人於險地。事後還請少夫人責罰，小的今日下午去過曲少爺那裡，曲少爺說少夫人有什麼要做的只管說。」

風荷本來不想把這事讓曲彥知道，但她明白這個時候她確實需要幫助，以她一人之力根本騰不出人手來，點頭應道：「多謝你為我費心。這根本不關你的事，你在外院，哪裡知道內院這些事，如今真有事情要你幫忙呢。」

「少夫人請吩咐。」他當日被派來保護少夫人時，是有那麼幾分不樂意的，後來也不知為了什麼，當少爺問他是願意繼續留在風荷身邊還是回去的時候，他想也沒想地留了下來。雖然，這麼久的日子，他一直被閒置在外院，可他從來不抱怨，風荷沒有命令就表示她安全，如果她有需要自己的時候，那就是她有麻煩了。

「你有沒有十足的把握，能不被人發現你，因為我要你去五少夫人院裡，暗中監視她的母親。如果不行千萬別去，我不希望你陷入危險。」風荷覺得自己好像有點強人所難，譚清武藝是好，可是那麼多人的地方，怎麼能做得不被人發現呢？

譚清回想了一遍杭家的地形，這些他都在暗中探訪過了，他知道蔣氏的院落是流鶯閣，那裡有個小花園，小花園裡有幾棵樹頗高，應該能藏人，而且能望到院子裡邊的動靜。他再喬裝一番，應該不易被發現。

他恭聲應道：「少夫人放心，小的會辦好的。」

風荷起身，上前幾步，正對著譚清，和緩說道：「若是不能為我洗刷冤屈，你到時候就離開這裡，千萬別連累了你。」

譚清慌得抬頭看了風荷一眼，立刻退後一步，語氣有些急迫。「不，少夫人在哪兒譚清就在哪兒，保護少夫人是譚清的職責。請少夫人容許譚清放肆。」

哎，風荷最不願的就是拖累別人，可是這一個一個的，終究還是被她拖累了，沈烟幾個就算了，她們是無論如何不能撇清的，只是再連累譚清卻不是風荷所願了。

她默了半刻，重新帶了笑道：「我不過說說而已，你別放在心上。我還有一件事情要託表哥幫忙，還得你去給我傳個信，讓表哥派人盯緊了王府下人陸家五嬸，不能讓她出事。」

譚清居然笑了，連連點頭，風荷又吩咐了他幾句小心行事，便送走了他。

第二日一大早，昨日輔國公夫人遣回去的幾個婆子就來了，手中攏了大大小小幾個包袱，好像裝著衣物之類的。

五少爺陪著蔣氏在內房，蔣氏比起前兩日稍微平靜了些，夫妻二人說著體己話。輔國公夫人坐在花廳裡，身邊伺候的不是其他人，而是蔣氏跟前的趙嬤嬤，還有一個則是剛進府的婆子。

那婆子不知說了什麼，戰戰兢兢的，輔國公夫人唰地一下站了起來，手指握成拳，盯視著那婆子低聲喝道：「妳說的都是真的？」

婆子越發害怕，哆嗦著身子，小聲應道：「奴婢說的句句是實，幾家藥鋪的大夫都被請到府裡去看過了，大家說的都一樣，奴婢不敢有半句虛言。這還是老爺親自看著的，老爺說，他先去上朝，下了朝再過來，囑咐夫人暫時壓下此事，從長計議。」

輔國公夫人似乎受到強烈的刺激，不可置信的站了半晌，頹然坐倒在椅子裡，手指掐著案桌，案上擺著一盞燕窩粥，沒有熱氣，瞧著不大新鮮的樣子。她的目光轉到燕窩粥上面，隨即回到趙嬤嬤身上，沈聲問道：「妳確定柔玉用的是這一盞？」

趙嬤嬤長鬆一口氣，跪倒輔國公夫人腳下，一字一句說道：「老奴可以對天發誓，少夫人用的絕對是這盞，那一份，老奴從來不曾拿到過少夫人眼皮子底下。當時，老奴聽聞那邊的消息，心中害怕，就把那份送了上去，沒想到果真有問題。老奴一直想要找機會告訴少夫人，只因少夫人身子太弱心情受激，不敢與她說，後來幾次想要說出來，都沒有尋到合適的機會，沒想到弄成這副樣子。」

沒有，沒有，為什麼柔玉還會掉了孩子呢？莫非是天意？不可能啊，這都五個月了，孩子早就穩定了，沒有意外怎麼可能會沒了呢？如果這樣，那，事情就有問題了，柔玉那裡還是先瞞著，不能叫她知道了。至於四少夫人，老爺讓我暫時壓下此事，從長計議，是不是想將計就計，替柔玉除去了她呢？這樣未嘗不可啊。

輔國公夫人不知道想了多久，終於擺手命那婆子下去。「妳下去歇著吧，今日之事一個字都不得漏出去，不然別怪我不念這些年的情分。」

婆子嚇得發怵，慌忙保證，然後急急退下了。

趙嬤嬤望著她的背影，時而看著輔國公夫人，夫人的意思她猜到了幾分，當時自己就是存著這個心，才沒有立即說了出來。好不容易尋到機會與夫人說了，總算證明自己的清白，夫人估計是要藉機殺人了，那位四少夫人，絕對留不得啊，不然就會成為心腹大患。

輔國公夫人輕輕扶著她起來，什麼都沒有說，而眼裡的警告意味相當明顯，趙嬤嬤自然看得懂。

午後，王爺與輔國公一同回來，還帶了一個人，作夥計裝扮，身上有濃郁的生藥味，看著很是害怕膽小的樣子。

很快，杭家人口再一次齊聚正院，風荷也被請了過來，說不好聽一點，應該是押了過來。

地上跪著的人是個年輕的男子，比杭家的小廝長不了多少年紀，只是看著沒有王府下人那份氣勢，小心翼翼，彷彿能聽到他發抖的聲音。他穿了一身青布衣衫，都是下等的貨色，洗得有些發白。

風荷從他身邊經過時，聞到熟悉的藥味，她頓時面色大變，這一手來得好快啊。

太妃坐在上首，沈默不語的看著走近前來的風荷，有無力感漫上心頭，這些年，王府的事越來越不在她掌控中了，這個人，又是誰弄來的，她可不相信輔國公那番說辭。人來得太快，使她更加懷疑，可是依輔國公的性子，不會做出什麼收買之類的事情來，那樣的把戲太容易看穿了，難道這夥計說的都是真的不成？她不信。

王爺的臉色比昨日還要沈鬱，指著風荷身後幾個丫鬟對那夥計道：「你認認，這裡邊哪一位是你認識的？」

夥計磕了一個頭，誠惶誠恐地抬起頭，對風荷身後的幾個丫鬟認真看了一遍，終於在看到含秋的時候，眼睛一亮，指著含秋飛快地說道：「正是這位姑娘，就是她，那日在咱們藥鋪裡問了些街上的情形，然後抓了一味藥，那味藥以紅花為主。小的一時好奇，就隨口問了一句這位姑娘要這麼多紅花做甚，這位姑娘說是她家中有個姊妹不小心摔了，扭傷了腿，用點紅花活血化瘀，好得快些。」

夥計的話未說完，眾人的目光就全部集中到了含秋與風荷身上，有叫人不得不承認的威壓。一時間，屋子裡鴉雀無聲。

風荷冷冷掃了夥計一眼，嚇得他禁不住低垂了頭，不敢再看。

王爺待他說完，衝含秋喝道：「說，這個夥計說的是不是真的？是妳去買了紅花？」

含秋不動聲色站了出來，向上首行了一禮，語氣平靜。「奴婢從來沒有買過什麼紅花，奴婢當時只是詢問這位小哥，他們隔壁那家酒樓幾時倒閉的，當時生意如何，但奴婢沒有買任何東西。」

「她撒謊，她明明買了，而且還賞了小的足有一兩大的一塊銀子，說是給小的打酒吃。小的從來沒有見過這麼大方的主顧，捨不得花，那銀子還留在身上呢，這不是。姑娘，難道妳不認識這兩銀子了。而且，咱們藥鋪裡的帳本上清清楚楚記著，當時就是賣給了這位姑娘一味藥，小的都帶來了。」他越說越鎮靜，從袖裡掏出一本泛黃的帳冊，周嬤嬤上前接過了。

太妃翻到了那一頁，確實有一筆關於紅花的生意，日期時辰幾乎都能對得上。王爺亦是看了，輔國公也看了，在太妃的示意下，周嬤嬤把帳本呈到風荷眼前，風荷就著周嬤嬤的手隨意翻了幾翻，沒有細看，只是對周嬤嬤點了點頭。

帳本做得不錯，幾乎能以假冒真，連記錄的筆跡都不是同一個人的，像是藥鋪裡不同掌櫃記下的，可惜紙張雖然泛黃，但一看就是新謄抄上的，不然不可能每一頁都是一樣的新舊，日子久的比日子近的難道沒有更舊一些？

不過，除了風荷，其餘不少人已經相信了夥計的話，更看到了這樣明確的證據，哪裡還有懷疑，輔國公夫妻當即要求王爺給他們一個交代。蔣氏再一次嗚咽起來，但沒有開口。

王爺真的有些糊塗了，如果說這事不是風荷做的，為什麼所有證據都那麼巧合地指向她？難道是有人在暗中陷害？那這人的手腳也太快了，居然連生藥鋪那裡都串通好了。如果說是，他又有些不確定，他直覺認為風荷不像是這麼笨的人。

王妃這次卻是不肯再賢慧小心了，她站了出來，看著王爺的眼睛，認真問道：「難道這麼多人證、物證，在王爺眼裡都不算什麼嗎？都敵不過老四他媳婦一句不是嗎？天下哪有那麼傻的人，做了壞事會滿口認帳，王爺為何不信證據，而偏信老四媳婦呢？不是妾身與老四媳婦過不去，而是這麼多證據都表明了是她，叫妾身不得不信。

「王爺，還是在您心裡，老四與老四媳婦真的比小五、小五媳婦要重要很多，小五的孩子難道就不是您的孫子了，您就不心痛他的無辜？妾身進門這些年來，自問事事處處為王府著想，可是小五與他媳婦是我嫡親的兒子與兒媳呀，您怎能讓我眼睜睜看著他們受了委屈而不聞不問，妾身便是再賢慧都做不到。

「小五媳婦還在床上躺著，小五這幾日都像變了個人似地，這些於王爺而言就真的一點都不在乎嗎？即使王爺不在乎，好歹看在國公爺的分上，給小五兩口子一個交代。不然長此以往，這府裡還有什麼規矩，還有什麼對錯，都由著自己胡來算了。」

她像是氣極了，中間停頓了兩次，一口氣上不來的樣子。面色青白，眼圈又黑又濃，不復往日的光彩熠熠，看著王爺的目光裡有失望、有不甘、有傷心。

王爺被她說得又羞又臊，在這件事情上自己確有處置不當的地方，傷了小五兩口子與王妃的心。但他心裡，還是禁不住問自己一句——真的證據確鑿嗎？

不過，此情此景，王爺只能說：「把老四媳婦帶下去，等本王與太妃娘娘商議之後再作決定。」

大家都以為這一次四少夫人是徹底完了，伺候的人手腳利索不少，上來就要拿人。太妃欲要喝止，卻不能，那樣就真的如王妃所說偏心了。至少還有機會，王爺沒有一口就說了處置的結果。

幾個婆子都是王妃手底下的人，上來就要去揪風荷。

門外傳來震天的馬嘶聲，七、八匹駿馬居然直接衝進了王府正院，來到了正房。

一身黑衣的杭天曜躍下駿馬，鞭子一甩，朗步跨了進來。隨即，有六個同樣黑衣的人整齊劃一跳了下來，他們身後卻有一個白衣飄拂的男子，是永昌侯府小侯爺——韓穆溪。

「我今日倒要看看，誰敢動我娘子一指。」他滿面風塵，眉目間全是陰鬱沈怒之色，聲音低沈喑啞，有強忍著的忿然。

背對著陽光，能模糊看到他青黑的臉，有稀疏的鬍子渣，高大的陰影投射在地上，如一張巨網。

風荷忽然發覺自己喉頭發緊，有想哭的衝動。

第七十九章　夫妻聯手

那一刻，杭天曜身上的陽光刺眼而明亮，像籠了一層金光，浮動在人的心間。有細碎的斑駁影子投到風荷心上，留下一小團模糊的黑，又如夏日黃昏那習習的風，搖曳著滿池碎荷，有悠遠的安寧。

當他走近時，還能看到青黑的眼圈，甚至有零落的血絲。他不是平日那個浪蕩公子哥兒，沒有了錦衣華服、嬉笑閒散，他渾身上下與平常人家的護院侍衛沒有多大的區別，只是凜然生威的氣勢將他完全隔絕開來，讓人知道他到底不是尋常人。

那個女子，巧笑倩兮的玉立在那裡，望著自己的眼神有款款的笑意，她終究還是歡喜自己回來的吧。沒有他，她同樣可以度過一次又一次難關，但他第一次有了那種不捨的心情，他不想看到她永遠淡定的笑，他寧願看到她在自己懷裡哭，他想讓她的心有停留的地方。

杭天曜微笑地執起她的手，撫了撫她鬢角的髮絲，輕道：「不嘔氣了，好不好？」

風荷只是一刻的失神，很快恢復了過來，她差點忘了他們倆之前還鬧得轟轟烈烈呢，怎麼能說和好就和好，她還是要與他一起演一場戲。她低眸，隨即笑著仰起頭。「好。」

「咳咳。」太妃知道自己有點不合時宜，不過只要孫子肯回來，願意與他媳婦和好，她覺得自己吃點虧不算什麼，而且孫子好似與從前有些不同了，她彷彿在他身上看到了老王爺。

王爺不得不承認，他剛才看到了自己曾經最疼愛的兒子，不過那僅僅是一瞬間而已，下一刻他就知眼下不是感嘆不是細究的時候，他不悅地逌視著杭天曜，用一貫的冷淡語調問道：「這些日子你都去哪兒了，還知道回來？你難道不知道府裡發生了大事嗎？」

「我這不趕回來了？是呀，我再不回來，你們又要欺負我娘子。這就怪了，每次我一走，總有人找她的麻煩，是看我娘子年幼敦厚好欺負不成？瞧瞧，這是什麼陣勢，三堂會審，連親戚家都來了，王爺何時連府裡的臉面都不要了？」那個父親，早與他漸行漸遠，現在的只是王爺，別人的父親。

「你！我早知道會生出你這麼個逆子來，當初就應該掐死你。」王爺氣得有些顫抖，他每次想心平氣和與兒子說話，不到三句話就會被他氣得半死，他不由感嘆道：「你母親在天之靈看到你如此，你叫她如何心安？」

杭天曜微諷的笑，看了看王妃，嗤道：「我母親如果知道她兒子兒媳動不動就被人指著鼻子罵，她確實不會有多高興。」

這句話很有些大逆不道的意味，不過輔國公覺得自己今兒過來是來快刀斬亂麻的，而不是來看這對父子吵架的。他打著圓場。「王爺，孩子都回來了，就不要動氣了。依我的意思，咱們還是趕緊說正事吧，正好此事與四少爺也有些關係，也該讓他幫著拿個主意。」

輔國公以為，只要知道自己的愛妾被正室害得沒了兒子，他就不會再護著他那個妻子了，一定會大怒的。

「國公爺此話很是，說完了事我還找我娘子有事呢。對了，剛才是誰要動我娘子啊，都給我出來，讓我看看是誰吃了熊心豹子膽，真當我不是王府的主子了？」杭天曜一進來，那幾個婆子就嚇得後退，四少爺的脾氣府裡無人不知，惹到他手上的人沒一個有好結果，真是後悔方才不該上趕著獻殷勤。好在那都是王爺的命令，想來不算什麼大事。

幾個婆子想罷，對視了一眼，妳推我我推妳的站了出來，心想王妃總是會護著自己的。

杭天曜並不看她們，幾個婆子還嫌髒了他的眼睛呢，冷冷問道：「讓富安進來，都拉出去賣了，賣之前每人先打二十大板。」

富安覺得自己這個總管的位置是做到頭了，主子們嘔氣倒楣的還不是他，偏四少爺的話他不敢不聽，他是當年王妃留下來的老人，算起來四少爺是他的正經主子。這些年來，若不是自己辦事小心謹慎，只怕這會子還不知被發落到哪個角落裡呢。

王爺愈加生氣，「啪」地一下狠狠拍了桌子，起身喝問：「她們幾個做錯了什麼事，你一句話不說就是要賣了她們，王府何時輪到你作主了？」

「誰說她們沒錯，以下犯上不是錯？我娘子再不濟總是王府的主子，幾時輪到幾個下賤的奴才對她動手動腳了，傳出去我娘子還要不要見人了？何況，她們是奉了誰的命令，難道是王爺讓她們拿我娘子的？」他一看就知這幾個人是王妃的，他就是抓著這麼點漏洞不放了，王爺有吩咐自然有管家娘子帶人料理，豈會去動用王妃院子裡的人。

王爺回想了一下，發現自己確實不曾讓這幾個人動手，不過說是先把老四媳婦帶下去，瞧這幾人的架勢倒有些拿人的意味，禁不住掃了王妃一眼。

王妃低頭看著地面，只當不曾發覺，她也沒有發話，這幾個婆子只能認倒楣了，好在都不是心腹的。

杭天曜一擺手，拔高了聲音問道：「富安呢，沒聽到爺的話嗎？」

富安擦了擦額角的汗水，頭低得能埋到地上去，恨不得王妃看不到他，對著上首行了禮，趕緊讓幾個手下人帶婆子下去。

那幾個婆子完全沒有反應過來事情是怎麼發展的，不是要拿四少夫人嗎，怎麼變成她們被賣，當即哭求起來。

這裡是王府正院正堂，沒有大事輕易不開啟，杭天曜非常滿意的加了一句：「咆哮正院，罪加一等，發賣全家。」

撲通一下，有婆子癱軟在地，乞求地望著王妃，希望王妃可以救她們一救，可惜王妃哪裡願意為了她們幾個招王爺不自在呢，只怕王爺連她都一併起了疑。

輔國公夫妻都有些不大樂意，他們女兒受了委屈到現在還沒個說法，偏這個四少夫人，那婆子連她的衣角都沒搆到呢，就被賣了，這杭家到底是偏心的，都是嫡子嫡媳，憑什麼待遇就相差這麼多？

處置了幾個婆子，他才攏著風荷的手，在杭天瑾下首的座位上坐了下來，感興趣地問道：「這是哪兒來的，不像咱們府上的人，一屋子女眷的，居然讓個外人進來，不像話？」他瞇著眼看了看地上被嚇得哆嗦不已的夥計，要的就是這個效果，他忽然想起韓穆溪尚在外邊，忙起身笑道：「韓穆溪，實在是怠慢了，快進來坐。」

聽了他這句話，眾人才看到白衣飄然的韓穆溪猶自立在門外，雖然不太滿意杭天曜這會子帶了外人過來，但王爺知道沒有將人趕出去的理，亦是勉強笑道：「是小侯爺啊，你父親可好，快進來，上茶。」

韓穆溪一向是個很有眼力的人，不過今兒似乎有點沒有眼力，他不推辭，果真跟著進來了，對太妃等幾個長輩行了禮，才肯坐到杭天曜下首去。

風荷笑著對他點了點頭，便沒有看他。

輔國公礙於面子不說，他夫人卻忍不住了，十分不滿地問道：「太妃娘娘，我們女兒受了委屈一事，難道就算了不成，王府難道就沒個說理的地方了？」這杭家都什麼跟什麼，一個晚輩，沒有功名沒有爵位沒有官職，就能這麼囂張，若再這樣下去，即使有一日小五能得了王位，只怕還有一干人不服呢。太妃太過偏心，把個孫子縱得眼裡從來沒有長輩規矩，自已可得好生為女兒想個法子。

杭天曜笑看著風荷粉紅的小臉，不愧是他杭天曜的女人，都這分上了還能吃好睡好氣色這麼好，什麼時候也能看到風荷著急呢？他有點期待的壞想，卻接了話頭道：「我聽說五弟妹出了點事？」

「不只你五弟妹，連你柔姨娘都有不好，老四，你、你那孩兒沒了。」王妃一面說，一面拿帕子擦了擦眼角。

「柔姨娘？哦，這也太巧合了些。」杭天曜只是點了點頭，沒有多緊張或傷心難過的樣子。

王妃心中一咯噔，這老四的反應也太怪了些，不是一直都說他對吟蓉頗為寵愛嗎，而且那可是他的孩子，他竟這般不上心？她再次添了一把火。「母妃與王爺查到是你媳婦她娘家帶來的丫鬟銀屏做的，銀屏招認是你媳婦她指使的。這個夥計就是藥鋪裡的，他記得那日你媳婦身邊的丫鬟去他們藥鋪裡買了紅花。」

杭天曜假意打量著那夥計，玩味地問道：「你確定你記得我娘子的丫鬟在你那裡買了紅花？你可要知道，作偽證陷害皇親國戚，那可是要誅連的。」

夥計本就不是那見過大世面的，已被杭家一連串亂七八糟的事情嚇得慌亂起來，又在地上跪得久了，人都麻木了，聞言愣了一愣才反應過來，磕頭如搗蒜，咬著牙道：「小的記得清清楚楚，就是夫人身邊那位姑娘來買的紅花，不然咱們藥鋪的帳冊上不可能記著這麼一筆。」

進來之後一直沒有怎麼說話的韓穆溪，這時居然開口了，而且一開口就是震驚滿座——

「他在說謊。」

大家都怔了半刻，很快太妃就和氣地問著韓穆溪。「小侯爺怎知他在說謊？」

「因為，我親眼看見的。那日，我正在生藥鋪對面的書肆裡尋一本古籍，恰好看見王府的馬車，就留了意，後來看見少夫人身邊的那位丫鬟進了生藥鋪。我當時還訝異，府裡什麼藥沒有的，需要去生藥鋪裡買，後來才知丫鬟並沒有買藥，只是跟那夥計說了幾句話就出來了。從始至終我都沒有看到夥計抓藥給這位姑娘，所以他在撒謊。」韓穆溪說話的語調永遠都是平和而文雅的，像是在敘述一件再平常不過的事，眉眼都沒有動過。

夥計越發發慌，臉色變得慘白，偷偷瞄了韓穆溪一眼，只是連連辯解。「小的沒有撒謊，小的真的沒有，會不會是這位大爺看錯了？」

韓穆溪難得笑了，看著王爺與輔國公道：「王爺與國公爺可能不知，你們帶著這個夥計離開後不久，藥鋪就關了門，眼下只怕人都不知去了何處。」

這下子，王爺和輔國公再也坐不住了，唰地起身，一同問道：「小侯爺怎知？」

「今日我有朋友請我在知味觀吃酒，是看著王爺與國公爺來帶了人的，不過一刻鐘藥鋪就關門了。我滿心訝異，以為那藥鋪犯了什麼事，後來遇到四哥便跟了一起過來。」他的解釋有牽強之處，但是眾人此時也顧不得了，都盯著夥計看。

夥計實在熬不住，磕著頭哭道：「小的什麼都不知道，是掌櫃叫小的這麼說的，還給了小的十兩銀子。其實，那日，那位姑娘根本沒有買任何東西，就是這樣的，請大爺們饒了小的吧。」

事情就這樣水落石出了？就是這一連串的巧合證明了夥計的話是假的？可惜，王府眾人根本沒有心思去管這夥計了，現在關心的只是藥鋪到底是得了誰的意思，不然小小一家藥鋪沒有必要與王府過不去。但是至少，證明風荷沒有買過紅花，如今剩下的證據只有銀屏一人了。

杭天曜本來是要提了銀屏上來一併問清楚的，不過風荷對他使了使眼色，讓他按兵不動。他想到可能風荷有其他發現，就噤住了到嘴邊的話，換成：「既然我娘子沒有什麼事，我是不是可以跟她回房了，等你們蒐羅到了其他可信一點的證據，再來拉我娘子受審？」

大家自然聽出來了他話裡的諷刺意味，卻無法辯駁什麼，誰叫他們被一個夥計給糊弄了呢，弄得現在大家都沒臉見人。

杭天曜才不等他們說話呢，拉了風荷就往外走，韓穆溪一同跟著出來了，他的任務完成，自然要回去了。留下一屋子人你看我我看你，輔國公被臊得滿臉通紅，現在倒變得像是他們在故意陷害風荷一樣。

到了院外，韓穆溪告辭。

風荷對他行了半禮，淺笑道：「多謝小侯爺相助，不然我還不知如何說得清楚呢。」

「我只是恰巧看見，說上一句話有什麼了不起，上次之事還要多謝妳費心，不然還沒這麼容易解決。那幾棵桃樹妳可喜歡？」韓穆溪偏著頭，只用眼角的餘光看她，說話間似乎有幾分不自在。

杭天曜略微一愣，打量了二人一眼，卻沒有多問。

風荷忙笑道：「我也是偶爾想到，只望能有所幫助，以謝上次小侯爺對我的救命之恩。那幾棵桃樹長得很好，還請小侯爺代我多謝韓小姐的美意。」她狀似無意地加了這麼一句，點名桃樹是出於韓小姐之手。

韓穆溪眼神閃了閃，強笑道：「只是妹妹閒來無事想到的，世嫂不需特意致謝。」

「要不要再去我們院子裡坐坐？」杭天曜決定，果斷地打斷了二人說話，什麼意思，說的都是他聽不懂的。

「不打擾四哥與世嫂了，小弟還有事，告辭。」他的語氣突然間淡了下來，沒有與風荷說話時那種刻意的小心與溫和。

待他走得遠了，杭天曜才拉著風荷回院子，一路上走得飛快，風荷幾乎趕不上他。一進房，他就喝退了下人，一把攬著風荷進了內室。

風荷見他突然翻了臉，有些不明所以，坐在榻上發懵，然後看他黑著臉，自己脫了外衣，坐在床沿上不說話，越添了幾分氣惱上心頭。

她咬著唇，擰著帕子，時不時偷偷瞄他一眼，終於忍不住嘩啦一聲站了起來，委屈地問道：「你是什麼意思，對我鼻子不是鼻子、眼睛不是眼睛的。如果你也懷疑是我害了柔姨娘，那你只管說，不用給我甩臉子瞧。」她心裡終是有幾分委屈，他說了很快回來的，這下好，都兩個月了，自己沒有他的半點音訊，回來之後又這副樣子，什麼意思嘛。

杭天曜不知自己生的什麼悶氣，他不是擔心她才趕回來的嗎，還想著趁著這次討好了她，讓她乖一點，怎麼沒頭沒腦就煩悶得緊。他暗暗睨了她一眼，看她小臉通紅，顯然是不樂意，就冒出一句：「什麼桃樹？」

「什麼桃樹？」風荷不解地遲疑了一下，很快就道：「韓小姐知我喜歡他們府裡的桃花，就讓人送了幾株過來，種在後院呢。」

「那與韓穆溪什麼關係？」杭天曜一說出口，就後悔得想甩自己一個耳光，正事不說，都計較些什麼呢。

風荷越發疑惑，想了想就與他解釋了一番與韓家交往的經過。

杭天曜覺得實在挑不出什麼毛病來，可是心底有氣，不冷不熱問道：「小侯爺，妳叫得倒是親熱！」

「你！你若不肯信我，怪我害了柔姨娘，你大可以直說，何必拐彎抹角挑我的錯。別人不都是這麼叫的嗎，我叫了怎麼就不行，我看你分明對我有怨氣，既如此，還有什麼可說的？」她又氣又惱，該死的杭天曜，虧得自己還一心感激他，誰知根本就是虛情假意哄著自己，真當她樂意天天被人擺布來擺布去呢。

風荷越想越惱，跺了跺腳，猛地轉身就往外走。

杭天曜發誓絕對沒有懷疑她的意思，她那麼驕傲，豈肯去做那種卑鄙無恥的事情，更加不會傻得讓自己給陷進去。雖然相處時間不長，可是杭天曜就是覺得風荷是個驕傲的女人，不會為了他吃醋，不會為了名分去修理他那些妾室，不會為了權勢去不擇手段，那些她似乎都不屑做。她清淡似荷，卻不冷，總在不經意間讓他覺得溫暖，家常的溫馨甜美。

他曾有過兩個未婚妻，有過一堆小妾，看過無數的美人，但是，只有風荷，讓他覺得自己可恨可厭，他不喜歡自己的小心眼，不喜歡自己沒來由的煩躁，更不想與她嘔氣。他明明想說的不是那樣的，話到嘴邊就變了味兒，他討厭她與別的男子間有他不知道的交集。

不過，他知道，他若再不服軟，風荷就真的生氣了，他忙忙站了起來，追上前，一把握住了她掀簾子的手，從背後擁住她。

風荷只是輕輕掙扎了一下，就不動了，但是杭天曜感到自己手上有灼熱的燙傷，他的心一下子就化了。

他一把抱起她，看著她盈盈的淚眼，還有粉紅腮邊殘留的淚，癟著的紅唇。他試探著吻了吻她的眼角，她的淚痕，風荷越發低了頭，隨即兩手攀著他的脖子，把頭埋在他肩窩裡，低低泣道：「你以後再不許走這麼久了。」

杭天曜抱著她走到床邊，把她放在床上又憐又愛，軟了聲勢。「好，那妳不要再生氣了，還有，妳以後不准叫韓穆溪小侯爺。」

「那我叫他什麼？」風荷鬱悶，他怎麼還糾纏著一個稱呼呢。

杭天曜點著她小巧的鼻子，一字一句說道：「妳要叫他韓小侯爺。」

風荷暗暗翻了一個白眼，這有多大區別，何況見到人的時候難道還這麼指名道姓的不成，她卻笑著應了。「行，都聽你的。」她同樣捏了捏他的鼻子。

杭天曜非常得意，他真是喜歡極了風荷聽話溫順的感覺，那麼乖，乖得叫他心裡癢癢的，他忍不住覆上去，壓在她身上，看她細緻的眉眼。

風荷不知是急得還是嚇得，慌忙拿手捂住自己的眼睛，可是又偷偷從縫隙裡望出來，對上他笑得明亮如晨星的眸子，裡邊倒映著她。

他輕輕親吻她的手指，濕潤的觸覺讓風荷有些顫慄，她只得移開自己的手，反去捂住杭天曜的眼睛。杭天曜越發笑得燦爛，將身子整個壓到風荷身上去，摸索著親吻她。

風荷的臉紅得似黃昏天邊的一帶彤霞，豔麗絢爛，她拚命躲閃，終是被杭天曜在她臉上胡亂親了一氣，弄得她格格笑了出來，放開自己的手。

杭天曜愛死了她那樣嬌羞默默偏又嫵媚多情的樣子，恨不得一口把她吞下去，他故意將自己扎人的鬍子渣在她臉上拂過，引逗得她生氣卻又無可奈何。

不過，杭天曜生氣的是有人就是那麼沒有眼力，這個時候來壞他的好事，害得他想殺人——

寶簾前來求見，沈烟忖度著裡邊的情形，便沒有攔，反而領著寶簾到了隔壁間裡等候，自己上前叫喚。「四少爺、四少夫人，寶簾有事求見四少爺。」

風荷彷彿看到了救星一般，她第一次覺得柔姨娘主僕真是極有可取之處啊，忙對外高聲道：「四少爺即刻過來。」她知道自己搶了杭天曜的話，嬌笑著揉著杭天曜的頭髮。「爺，妾身服侍你起來，要不要梳洗一下？你趕了一路，全是風塵。」

「我何曾說了要出去？」杭天曜懊惱，惡狠狠地在風荷耳垂上吮吸了一下。

風荷驚呼出聲。「可是柔姨娘遣了寶簾過來必是有事的，你不出去看一下？若是爺累了，不如妾身出去替爺問一句？」她絕對是個賢慧大度的好妻子。

杭天曜愈加不是滋味了，連連在她耳垂上、脖頸裡吮吸親吻，弄得風荷想叫又不敢叫，憋紅了臉子，哀怨地瞪著杭天曜，被寶簾聽見了還當她是示威呢。

寶簾在外頭等了半日，沒聽見裡邊有動靜，不由急了，也不讓沈烟去請，自己來到門前高聲問道：「四少爺，柔姨娘聽說四少爺回來了，一心想要見您。」她就不信四少爺聽到自己的聲音還沒反應。

的確，她得到了四少爺的反應，只是不太如人意。杭天曜冷冷喝了一聲。「回去讓她安分待著，沒事別出來走動。」非得讓自己好不容易挽回的風荷一點點心又沒了，真是一群不省事的人。

「你何必與她生氣呢，回頭柔姨娘聽了這話，傷心之下身子更不好。」風荷決定認命，她今天是擺脫不了這個麻煩了。

「她愛生氣管我們什麼事，娘子，妳都沒有這麼關心我呢。」杭天曜無賴地賴在風荷身上，吃起他妾室的醋來。

風荷借坡下驢，討巧地笑道：「不如我服侍爺梳洗去，回頭好好歇歇。」

杭天曜有點不信，不過心急吃不了熱豆腐，她能這樣也不算很差，勉強應了。

風荷趕緊推了他起來，自己亦是起身理了理衣衫，帶他去淨房。熱水剛剛好，杭天曜才開始沐浴，就不知是哪個丫頭過來把風荷叫了出去，氣得杭天曜咬牙切齒，他又錯過了這麼好的機會。

一會兒，夫妻二人用了晚飯，上床安歇。

「你知不知道大廚房有個陸家的五嬸子？」風荷始終覺得五嬸子有問題，紅花或許根本就是她放進去的。

「陸家的？是不是做細點的？」他歪了頭想，繼而問道。

風荷愣了一愣，他對府裡一個普通下人都記得，看來平日的功夫沒有白下，忙道：「不就是她，我懷疑紅花就是她放進去的。」

杭天曜已經聽說了事情全部經過，點頭讚道：「妳說的很是，我看她極有可能才是那個下手的人。不過，我記不清她的那些瑣事了，明兒我找富安問一問，他必是清楚的，或許能從這裡邊找出幕後之人來也不定。再派幾個人去她家守著。」

「這個倒不用，我之前請了我表哥幫忙，表哥已經派人去盯著她了，一有消息就會來通知我們的。」她莞爾而笑，將頭埋在他胸前。

「是嗎？妳是怎麼把消息傳出去的？我倒是小看妳了。」他不由好奇，她還真是行啊，被禁閉了還能指點著一切。

風荷正要回答，就聽見窗外響起了熟悉的聲音，忙推著杭天曜起來，輕道：「是譚清來了，你去開窗讓他進來。」

杭天曜更是訝異，卻沒有遲疑，一個翻身披了外衣開了窗，躍進一個黑色的人影來。人影看到他，只是微愣了半刻，很快拱手為禮。

風荷已經穿了衣服，與杭天曜介紹道：「這是表哥給我的護衛，之前都是他幫我傳遞消息的，譚侍衛這個時候來，定是有什麼發現了。」

譚清臉上露出笑意，正色說道：「此事關係重大，原要早點通知少夫人，奈何一直找不到機會過來。事情是這麼回事，我昨晚半夜就一直監視著輔國公夫人，看到她今天早上接見了幾個婆子，我潛到她們後院，隔著窗勉強聽到一、兩句話。那個婆子好像帶了什麼東西出去請大夫看，然後帶了消息回來，把輔國公夫人嚇得不輕，我還看到她們桌上擱著一盞燕窩粥，應該不是新鮮的。

「然後有個老嬤嬤指天發誓說五少夫人用的是這一盞，但小的聽不太懂她們的意思。今日一天，小的都去打探了，查得昨晚夜間輔國公府裡請了京城最有名的幾個大夫，小的想方設法從大夫口中套出一、兩句話，說的是明明好好一盅燕窩粥，非要讓驗看，根本沒有什麼問題，哪兒來的紅花。」

風荷一面聽著，臉色已經大變，這篇子話模糊不清，語焉不詳，但是心裡有數的人都能聽出幾分不對勁來。如果她料得沒錯的話，輔國公府請大夫去檢查燕窩粥，而燕窩粥好端端的沒有問題。那盞有問題的燕窩粥在太妃那邊，那麼輔國公夫人送出去的肯定就不是那一盞了，而她不可能無故讓人檢查燕窩粥。

難道、難道是……

對了，那個趙嬤嬤之前一直不大對勁，幾次欲言又止的樣子，她到底想說什麼呢？莫非、莫非蔣氏所用的燕窩粥根本不是大廚房送去的那盞，而是趙嬤嬤另外自己準備的，那就表明蔣氏沒有服用紅花？如果她沒有服用紅花，她又怎會流產，是不是這個才是輔國公夫人受驚嚇的原因？

對，就是這樣的，趙嬤嬤換下了大廚房送去的燕窩粥，而蔣氏服用了他們自己熬的粥之後居然還會流產，所以輔國公夫人才會不信，才會讓人帶了燕窩粥出去檢查，又不敢請太醫，只敢請普通大夫。而他們，明明知道蔣氏不是因為燕窩粥的問題流產，卻依然一口咬定這一點，就是想藉此機會一併扳倒自己，那五弟繼位就少了一個阻力。

是不是因為這一點，蔣氏只是流產，但身子受損不重，還能再孕；而柔姨娘是真的服用了有紅花的燕窩粥，所以會比蔣氏嚴重很多，以致終身不育。這麼說來，蔣氏為何又會流產呢？還是哪個環節出了問題？

兩個男子都看著風荷皺眉沈思，有些不明所以，她發現什麼了嗎？

「風荷，妳想到什麼了？」杭天曜拉了拉她的手，看到她深思他就會失落，他喜歡她看著自己，眼睛又亮又美。

風荷恍然回神，笑道：「我有個猜測，不知對不對，你們聽聽看。」她便把自己的猜測敘述了一遍，聽得杭天曜連連點頭，他從前就聽說過蔣氏身邊有個趙嬤嬤是個最妥當不過的人，如果說她每日換下了蔣氏服用的燕窩粥，那是極有可能的。而她為免蔣氏一個不慎說出去，引起王妃不滿，就連蔣氏都沒有告訴，而是告訴了老主子輔國公夫人。

他不由說道：「我似乎聽誰提過蔣氏身邊的嬤嬤平兒沒事就在廚房裡忙活，不太出去走動，那她就有了足夠的時間，而且流鶯閣上上下下沒有不服她的，只怕她一句話比蔣氏還管用，估計沒人會把她的事洩漏出去。只是，若這麼說的話，難道孩子好端端就沒了？這似乎不大可能啊？」

風荷抿嘴不語，反是譚清想起一事怪異的說道：「你們府裡真是怪了，怎麼那麼顯眼的地方種著夾竹桃呢？」

「夾竹桃？有什麼不對嗎？」杭天曜不解，他對這些花花草草倒是沒有怎麼關注過，府裡每年都會請花匠來換下一批應季的花，這都成了慣例，沒有人會去費神。

風荷想起來上次在流鶯閣看到過夾竹桃，就種在院子裡，好像有四、五棵的樣子，亦是問道：「你可是在五弟妹院子裡看到的？」

「正是。少爺與少夫人可能有所不知，夾竹桃是有毒的，一個不慎吃了就有可能中毒。而且連它的味道都不能多聞，聞多了容易頭暈發悶。我們鄉下，那時候就有不少人家種了，有一次有個老農看著好看，就想著與桃花一樣，弄了來釀酒，誰知吃了之後就中毒沒了，還是後來事情鬧大了，請了一個有名的大夫看了才知道的，不然誰想到那花兒有問題。」譚清從小被曲彥帶在身邊，當年跟著寡母在鄉下住過一段日子，因此事發生得稀罕，便打小記在了心裡。

風荷與杭天曜聽了都是大驚，他們從來沒有想到過尋常種的花是有毒的，她猛地想起那日府中出事，她當時看了花就有些頭暈，還當是沒有吃飯的緣故，沒想到竟是夾竹桃的原因。府裡，種有夾竹桃的地方不多，她只在流鶯閣看到過，不對，茜紗閣也有，後花園沒有細看過。

風荷忙把這個發現與二人說了，三人都低頭沈思起來，如果這麼說的話，就是有人故意在那兩個院子裡種了有害的花，她記得今年剛開春的時候，府裡新弄了一批花木來種上。而她院裡因是去年準備的新房，許多都是新植的，便沒有大動。

「對了，還有一種花，我也覺得不對勁，但我不知它叫什麼，譚侍衛，麻煩你想個辦法，把蔣氏房間窗檯上那盆花取幾片葉子來。柔姨娘房裡，我也看到過這種花，香得出奇，而且也是只有她們兩邊有。」

「這個簡單，少夫人安心等著，明兒一早就能得了，我就放在少夫人窗外。」譚清笑著應道。

風荷看著杭天曜，欲言又止。

杭天曜輕輕捏了捏她的手腕，嘻嘻笑道：「是不是想讓我尋個法子，找人驗看一下那兩樣花，這有什麼，御醫天天都閒著。」

風荷扯了扯自己的手，沒有動靜，就沒再動，又道：「當日給柔姨娘與蔣氏兩人的太醫怕是有問題，蔣氏明明沒有服用紅花，而他偏說服了，一定有假，這個咱們也不能大意了。」

「都有我呢，妳就莫要太操心了，小心都操心老了。我知道，妳接下來要讓我去查與花木有關的人了，是不是，估計幾日後就有消息了，妳安心等著吧。」杭天曜摸了摸她的頭，語帶寵溺。

「哼，你說得好聽，先時我都嚇壞了，也沒見你出來吭一聲，這回我都有線索了，你就來跟我搶功勞，不過借你幾個人用用而已。」風荷撇撇嘴，神氣地瞪了杭天曜一眼，就會在外人面前裝得對自己多好似的，安的什麼心眼。

譚清覺得自己呆著好像有點不大好，忙問風荷沒有其他吩咐，就趕緊去了。

杭天曜關了窗，抱了風荷上床，就要給她脫衣服，急得風荷滿臉通紅，終於禁不住輕聲啐道：「還不放手，我自己來。」

「不嘛，為夫知道娘子是怨我這些日子沒有伺候妳，為夫今兒好好表現表現，一定彌補這些日子的疏忽，好不好？」他涎笑著臉，偎到風荷臉上，手探進了她的衣襟，揉搓著她胸前的豐盈。

風荷慌得一把滾進床裡邊去，抱了被子在胸前，然後再不肯放手，任杭天曜如何哄她都死死抱著被子不放。

杭天曜無法，賭咒自己與她玩笑的，才把她哄轉過來，二人歇息不語。

第二日一大早，杭天曜就看到窗外放著幾片葉子，一種是夾竹桃，一種是別的，他拿帕子包了袖在袖裡，與風荷一同用了早飯，就匆匆出去了。

風荷雖沒有再被禁閉，但她懶得出門，就當自己被關了起來好了。可是，前頭卻傳來消息，說是三少夫人的病勢越發重了，請了兩位太醫來看，都沒有什麼好轉。

之前不是說傷風嗎？怎麼小小一個傷風兩個太醫都沒看好？風荷猶豫著，要不要去看看？

第八十章　初有頭緒

賀氏這病已經有了十來天，當日蔣氏二人流產之時好似聽說好多了，如今居然加重了，最近大家都只顧著流產一案，便沒有多想到她那邊。

早上，三少爺杭天瑾就請了太醫來給她請脈，太醫說的話還是那麼著，讓好好休養。風荷過去看她時，房裡已經沒有其他人了，杭天瑾沒有出去，一直陪在屋裡。

一聽風荷來了，杭天瑾忙出來迎接，勉強笑道：「四弟妹來了，瑞宜她身子不適不能出來，倒是怠慢四弟妹了。」杭天瑾眼圈發青，容顏憔悴，瞧著倒像是他生了一場大病，渾沒有平日的謙謙君子風。

風荷心中暗暗詫異，三爺對賀氏的感情如此之深，賀氏不過病了幾日他就成這副樣子了，昨日見他的時候還不錯啊。不過她面上絲毫不露，淺笑道：「三哥說的什麼話，自己人哪兒來的這麼多客套。何況我本是來看三嫂的，若叫她為了起來見我而不顧身子，那才真正是我的罪過了。丹姊兒不在房裡嗎？」

杭天瑾一面領著她往屋裡走，一面回道：「她年紀還小，瑞宜怕過了病氣給她，讓她跟著嬤嬤去五妹那裡玩耍。四弟一早就出府去了嗎？」

「不正是，一日都閒不下來。走得早，並不知道三嫂的身子不好，三哥可別與他一般見識。」丫鬟打起簾子，風荷邁步進入裡間，臨窗設著大炕，梅瓶裡供著幾枝玉蘭花，一副黑漆刻灰填彩人物圍屏隔斷了床邊的視線。

繞過圍屏，映入眼簾的就是一張黑漆透雕的羅漢床，掛著天水碧的雲煙帳幔，此刻掛了起來。

賀氏無力地歪在秋香色的迎枕上，蓋著薑黃繡花的緞被，鬆綰了一個髻兒，只插了一支白玉的簪子，別無他飾。

她的臉色的確不大好，本就不甚豐腴的身子漸漸瘦削下來，能隱約看到凸起的鎖骨，雙頰雪白，沒有一絲血色，目中無神，薄薄的嘴唇白得有點發青，懨懨地躺在床上懶怠說話。她的手擱在被子上，瘦骨嶙峋的樣子，十指尖尖，教人心下害怕。

風荷不由大吃一驚，不過幾日沒見，賀氏如何就成了這副樣子？她緊走幾步，輕喚了一聲。「三嫂。」

賀氏好似發怔，聽到風荷的叫喚才醒轉過來，視線望向床外，見是風荷嘴角浮起苦笑。「是四弟妹啊，教妳費心了。」

「三嫂怎就病得這樣重了，那兩個太醫不好，就再請了別的過來，咱們家又不是那等請不起太醫的。不是說是傷風了嗎？」風荷在賀氏的目光中捕捉到了一絲嫉恨，不過就那麼一瞬，她懷疑是不是自己看錯了。

「原就沒有什麼，只是身上懶懶的，想多歪著，祖母與母妃那裡還要四弟妹多伺候著了。」她輕輕點了點頭，似乎是讚賞，瞥了杭天瑾一眼，沒有與他說話。

丫鬟搬了一個黑漆的小圓凳過來，風荷就勢坐在床頭，輕聲勸道：「三嫂就是素日太用心思，咱們人活著，就這麼一世，若不能痛痛快快了，還有什麼意思。依我說啊，三嫂只管好生保養身子，旁的都不用想，不是還有三哥嗎，閒來無事領了慎哥兒、丹姊兒去給祖母、母妃請個安。身上懶怠就多躺幾日，誰沒個病痛的。」

風荷時常覺得賀氏活得太憋屈，從不敢多說一句話多行一步路，每日就像王妃的跟班一樣，王妃到哪兒她就在哪兒，王妃說什麼她都讚好。半年來，沒有見她開懷笑過，沒有聽她喜歡過什麼，永遠都是賢妻良母佳媳的模範，只是未免太累。

賀氏看著風荷的眼神空虛而飄渺，似乎透過風荷看著什麼，搖頭苦笑。「我沒有四弟妹的福分，挨日子罷了，咱們這樣的人家，哪兒由得人想幹什麼就幹什麼。說句不該說的話，我是真心羨慕著四弟妹，人人都說四弟不好，可是看他待四弟妹，卻是真心的，出了那樣大事都沒有疑過四弟妹。四弟妹生來就比旁人多了一段福分，禁不得我都眼紅了。」

她的話聽著有那麼點不對勁，整個杭家，要說羨慕風荷的怕是只她一人。如果說夫婿好，五少爺那才是真正的好榜樣，成親一年多，房裡還沒個通房，三爺也不錯，就一個妾室姨娘，並不常去。比起來，風荷過的實在是十分悲慘的日子了，每日自己夫婿去了哪裡都不知道，院子裡還有一群姨娘們等著看她的笑話。

可是，風荷聽得出來賀氏的話是真心的，所以她更加詫異。她不由回頭去看立在一邊的杭天瑾，杭天瑾的神色有點不大正常，像是不悅又像是無措，他沒有發現風荷在看他，只是盯著賀氏，滿面哀愁。

風荷對這對夫妻不大看得透，就懶得再去琢磨，笑道：「三嫂這話說得我都不好意思了，非要論出個好歹來，三哥待三嫂那才是沒話說的。四爺能有三哥一、兩分，我都阿彌陀佛了。」

杭天瑾的面色可疑地泛起紅暈，假作回身去問丫鬟。「咳，怎麼這麼久還不上茶，都磨唧什麼呢？」

很快，就有一個綠衣的丫鬟捧著茶上來，她身段苗條，瓜子臉型，皮膚嬌嫩得似能掐出水來，一身衣飾都是上等的，不像是丫鬟，倒像是主子。只見她行了個標準的禮，聲音清脆悅耳。「請四少夫人吃茶。」

當她出去時，背影讓風荷熟悉，偏又想不起來，她蹙了眉。

賀氏眼中好似從來沒有見過什麼丫鬟，她的興致比開始好了不少，主動與風荷說笑起來。「丹姊兒聽她五姑姑說四弟妹的字寫得好，還纏著要我送她去跟四弟妹學呢，我在這些上面都不大通，不過是個睜眼的瞎子罷了，日後四弟妹有閒心就幫我督促丹姊兒幾句，別讓她跟她母親一樣。」

風荷不好推辭，只得應道：「丹姊兒那麼可愛乖巧，願意與我玩兒我高興還來不及呢，就怕沒本事教她，反害了她正經上學。」

「四弟妹太謙了，我雖沒有看過四弟妹的字，但想著四弟妹這樣伶俐的人兒，寫出來的東西一定是極有靈氣的。倘若四弟妹早幾年來咱們家，興許我還有機會跟著四弟妹學點風雅之事，哎，如今卻是不能了。」她雖是與風荷說話，可是眼神總是有意無意瞟向杭天瑾，而杭天瑾看著屏風發呆。

風荷待得渾身不舒服，就有意告辭離去，可賀氏居然長篇大論起來。她一向寡言罕語，輕易不肯開口，半年來風荷聽她說過的話加起來都沒有這一會子的工夫多，不得不教人疑心。

直到杭天瑾開口打斷。「妳身子不好，說這麼多做什麼，還是好生歇歇吧，四弟妹院子裡也有事，等她得閒了再說不遲啊。」她強笑著止了話頭，卻上下打量風荷。

風荷忙趁著機會告辭，杭天瑾一直送她出了院子。

待到她走得遠了，杭天瑾才快步回了房，摒退了所有丫鬟僕婦，坐在床沿上，握了賀氏的手，嘆道：「妳這又是何苦？」

賀氏用力抽出自己的手，眼角滑落清淚，偏過頭去望著床裡，低聲嗚咽道：「我是何苦，我是何苦你還不知嗎？」

「我、我那日不過信口一說，妳怎就當了真？咱們夫妻十年，我待妳的心意莫非妳還不明白，何苦至此呢？」杭天瑾輕輕扳著她瘦削的肩膀，語氣已經哽咽。

「你的心意？你的心意我應該早就看清的，可恨我傻了十年笨了十年，我以為我那樣能博得你一分半點的情意，孰不知我竟是大錯了。我每日小心做人，委屈自己，我是為了什麼，我不過為了你平平安安，為了丹姊兒有個好歸宿，為了慎哥兒能有個將來，我何曾願意那樣了。母親說的話，我一句不敢駁，她吩咐的事，我盡全力做到最好，可那又有什麼用，抵不過她待別人一個笑。你說，我有什麼意思？」

她猛地推開杭天瑾，背身伏在迎枕上，抽抽噎噎，哀戚慘傷。

杭天瑾輕柔地將她攬在懷裡，低聲訴道：「不是的，不是那樣的。我當時只是想起了妳，想起妳初嫁給我時，那麼單純而羞怯的笑，我對她絕沒有別的意思。

「我知道，是我沒用，是我讓妳日日費神，沒有一日安生日子過，是我害得妳變成這樣。這些年來，妳心中的苦我比誰都清楚，可我不得不去爭，不然咱們都是死路一條。母親是個固執的人，妳在她那裡受了委屈，可她是我母親，我能說什麼，妳多擔待她一些。」

賀氏哭了半晌，抬起頭來，一雙淚眼直直盯著杭天瑾，字句清晰地問道：「我為你受任何委屈我都心甘情願。但你敢發誓，你對她果真沒有半點非分之想嗎？她的才情、她的聰敏、她的美貌，你果真沒有一絲一毫的動容嗎？你吟詩作畫時，從來沒有指望過旁邊站的人是她而不是我嗎？

「我配不上你，我根本就配不上你，你是京城出名的瑾公子，才名遠播，而我算什麼，我除了會奉承王妃教導孩子，我還會什麼？我不能陪你春花秋月，不能陪你煮雪論茶，不能陪你彈琴作畫，我恨她你懂不懂？我恨她啊！

「當她第一日來，我就不可遏止地去恨她。她為什麼可以笑得那樣燦爛，她為什麼可以不理會杭天曜的眾多美妾，她為什麼可以不怕王妃我行我素，她為什麼不用看人眼色過日子？她有的，我都沒有；她敢做的，我都不敢。每一見到她，我就覺得那是對我巨大的諷刺，我縮著身子做人，十年來在杭家淡漠得就像空氣；而她一來就光彩照人，她隨隨便便就能成為杭家誰都不敢惹的四少夫人。你說，我焉能不恨她？」

杭天瑾的臉色蒼白而淒楚，有淚湧上他的眼圈，他被賀氏的一句句淒涼之語壓得抬不起頭來，他不敢看她的眼睛。她的話，他一句都駁不了，她的所有痛苦，他不能替她承擔，而最讓他不能承受的是，他自己才是賀氏真正痛苦的根源。

他只能囁嚅著道：「雖如此，妳也不該動手啊，一切本來可以不被任何人發現的，妳何必為了她而搭上妳自己呢。現在，只怕有人心中開始起疑了，到時候事情將發展到不可收拾的地步啊，妳懂不懂？」

「你怪我是不是，你怪我自作主張，壞了母親的好事。你放心，一切我都會承擔起來，絕不會連累到母親與你。我只求你尋個脾氣性子能容人的，丹姊兒與慎哥兒都小，你要好生待他們啊，不要因為我而怪責到他們頭上。其實，我寧願以後代替我的人是她，至少我相信她不會為難了兩個孩子。」說罷，她再一次掩面痛哭。

她當年亦是如花歲月，她當年亦是對未來充滿了憧憬。然而，不過短短幾日，她就發現，她這輩子都不能隨意的笑、隨意的哭，那個她滿心願意託付終身的人的母親對她嚴詞告誡，而她為了這個男人，心甘情願把一切都忍下來。

大嫂是青春守寡，而她與大嫂有什麼不同，她的日子能比守寡好到哪兒去。偏偏她對這個男人死心塌地，為了他什麼都願意做，為了她不惜自己的青春年華。到頭來，她又算得了什麼，他的目光停留在了別的女人身上。

杭天瑾終於將她緊緊擁在懷中，他泣不成聲。「求妳，別這樣……妳知不知道，我對妳……有多少愧疚。妳是我明媒正娶的妻子，是兩個孩子的母親……無論如何，我都不會放棄妳的，我一定會救妳的……」

他卻不知，他這句話來得太晚，對這樣的日子，賀氏早就不存任何念想了。她孤注一擲地去搏了一次，就做好了失敗的準備。

風荷蹙眉看著春光燦爛，對賀氏，從來沒有過多關注更沒有多少瞭解，只知道她是刻意地守拙。但今日，賀氏的舉動太奇怪，有一種如釋重負後的勇敢，是不是她的身子真的不行了？還是她……？

午後歇了半晌，杭天曜回來了。他的面容沈鬱，讓沈烟守著門口，自己拉了風荷回房。

風荷心中一個咯噔，猜到了是花有問題，越發緊張起來。「是不是花的問題？」

杭天曜撫摸著她的後背，快速啄了啄她的紅唇，輕道：「是。宮裡有個積年的沈御醫，專給皇上、皇后看病，他說夾竹桃的確有毒，而另一種花是晚香玉，開花時極香，對人身體不好。

「幾十年前，宮裡有位頗得聖寵的貴妃有了身子，後來都五、六個月了，孩子居然沒了。一時間，宮裡的太醫挨個診了脈，都看不出什麼問題，後來聽說是聞多了晚香玉，時常頭暈心慌，以致流產。一開始，聖上不信，後來太醫們拿了貓狗試，果然在晚香玉叢中生活的貓狗幾乎沒有一個能平安生下後代來，就是有那麼一、兩個，最後都沒多久就死了。

「所以，宮裡是嚴禁這種花的，但礙於當時情勢此事並沒有外傳，是以外邊的人們都不知道這一點，時日一久就淡化了下去，也沒什麼人記得。晚香玉是外來的貢品，尋常人家見不到，咱們家人中都沒有幾個識得，不料就出了這樣的差錯。

「只怕府裡也就祖母認識這樣花，可惜祖母不愛香花，花沒有送到她房裡，不然興許能夠避免這樣的結局。」

風荷聞言，先是嘆了一口氣，隨即正了臉色，說道：「照這麼說來，起初那人是想神不知鬼不覺地害了五弟妹與柔姨娘的孩子，卻不知為何後來改了主意，添了紅花一節，難道是為了陷害我不成？」

那人一開始利用花來行事，一定是經過深思熟慮的，而且不想被人發現疑到自己身上，可是後來的行事顯得魯莽而粗糙，全沒有開始的嚴密細緻，是不是中途才起意嫁禍自己的？

杭天曜亦是點頭稱是。「我也這麼想，紅花的計謀仔細推敲起來非常不嚴謹，很容易被人看穿，不過是利用了大家心中的恨意而已，時間一長就會發現裡邊的不對。比起利用香花，簡直不像出自一個人的手筆，教人納悶。」

「這個先別猜了，關鍵是誰在背後導演了此事？花的來源有沒有打探清楚了？又是誰分別把這兩樣花弄到了二人房裡？」只要能查到這個，真正背後主使的人就有眉目了，雖然她心中有了那麼點頭緒，但沒有證據之前，她是不會胡亂猜測定罪的。

「事情複雜散亂，估計要到明日才有消息。尤其是那晚香玉，是王妃親口說得送到二人房裡，只怕沒有這麼容易呢。」杭天曜首先就排除了是王妃陷害風荷，以王妃的手段心計，不會使出這樣低級的計謀，她若想動手，一定會有十足的把握置人於死地。

風荷原想與杭天曜說說賀氏的病情，話到嘴邊又住了口，她還要想想。

夫妻二人正要開口說其他，外面卻報道太妃請二人去前頭，小二姑奶奶來了。

杭家子嗣繁多，幾代同堂。凌秀的娘是大姑奶奶，是太妃女兒輩的，她下面還有一個妹妹，亦是姨娘所出，閨名杭明燦，遠嫁福建提學使，是二姑奶奶。這一輩中，最小的女兒就是當今皇后，但無人敢喊她三姑奶奶。

而今日前來的小二姑奶奶，是與杭芸、杭瑩一輩的，生母方側妃，是三少爺的同胞妹妹，娘家小名作杭芙，嫁於忠勤伯陳家嫡子為妻。杭家這一輩中共有六個女兒，居長的是二房老爺嫡女杭芊，遠嫁山西，從未回過京城，二房老爺還有一個庶女叫杭莞，同樣嫁得極遠。

小二姑奶奶夫家老夫人去年沒了，陳家祖籍川中，就由小二姑奶奶夫妻扶著靈柩回鄉，這一去近一年時間，前幾天好不容易回來的。回來之後，把家中諸事交代清楚後，就先回娘家來拜見。

杭芙長得可以說是很美，她身材偏於嬌小，比風荷低了有大半個頭，小巧的瓜子臉，紅唇似櫻桃般，一雙眼睛溫婉柔順，不太會正眼看人。比起杭芸、杭瑩，她不像是王爺之女，倒更像出自小家碧玉，有江南女孩兒的清麗乖巧。說話行事小心謹慎，輕易不會有褒貶之語從她的口中出來，一味的含笑點頭。

風荷與杭天曜過去之時，她已經拜見了太妃、王妃，正回答著二人的詢問。

見了風荷二人，她微愣了半刻，很快上前見禮。細細打量她，會發現她眉間似乎縈繞著一縷撥不開的愁緒，整個人有點不快樂，是的，風荷感覺她一點都不快樂。

以她一個庶女的身分，能嫁給伯府的嫡子，應該是極好的歸宿了，而她臉上半點瞧不出來。不過，她大婚應該有三、四年了，至今未有子女，想來日子過得並不順遂。

屋子裡，還有杭天瑾、杭瑩在座。因為之前的事情，杭瑩總不肯相信是風荷做的，但有王妃的話在前，她不好再去親近風荷，這會子見了人頗有幾分訕訕的，低頭不好意思地扭著衣帶。

風荷卻似什麼都沒有發生，笑著與杭瑩打招呼。「五妹妹也在啊。」

杭瑩的臉越發紅了，不過很快仰起笑臉，歡喜地過來挽著風荷的手輕聲低語道：「四嫂，我是相信妳的。」她過來之時，王妃只顧著聽太妃的指示，沒有什麼反應。

「咱們先前怎樣，往後還是怎樣，沒必要生分了。」風荷攜了杭瑩的手將她送到太妃跟前坐下，對太妃笑道：「祖母今兒的氣色真好，可見是來了心愛的孫女兒。」

太妃推她道：「去坐在老四身邊，猴在我這兒算什麼回事？」眼角滿是笑意。

杭瑩聽見，噗哧笑出了聲。「祖母原先最疼愛四嫂，怎麼反而還趕她走呢。」

太妃揉了揉杭瑩烏黑的頭髮，笑道：「你們小孩子家的不懂，妳四嫂心裡明白著呢，不過跟我裝幌子。」

風荷聽得羞紅了臉，越發扭著太妃的胳膊不依，卻是杭天曜上來拉了她去下首坐著，嗔道：「妳爺我在這兒，妳不伺候著做什麼去，祖母跟前一堆人服侍，哪兒要妳插手。」

杭芙正在詢問杭天瑾賀氏的病情，聽到這邊的動靜不由轉了頭過來，訝異地看了她四哥一眼，隨即看向杭天瑾的眼神中滿是疑惑。

風荷從來沒有見過杭芙，所以太妃才特地喚了她過去認認親，其實並沒有什麼要緊事，待大家見過了，就道：「老三，你帶你妹妹去見見庶母吧，回頭過來一起吃個晚飯。」

杭天瑾忙領命，帶了杭芙去方側妃的院子裡。

側妃的院子在王妃安慶院東邊，只她一人居住，是個小小四合院樣式的。側妃素來愛禮佛，在小院裡設了一個小佛堂，每日不是讀書就是禮佛，日子很是清閒。

王爺固定得每月去她房裡五、六回，平時都是歇在王妃房裡，偶爾也在書房住幾日。先前，王爺也曾有過幾個通房妾室的，但並沒有特別喜愛的，甚至都沒有生下一個子嗣的，後來年紀漸長，於女色上越發淡了，除了王妃、側妃，倒把其他姨娘都打發了。

方側妃年輕時應該也是挺受寵的，不然不會生下杭天瑾與杭芙。她娘家贛州，是當地的名門望族，家中子弟不論男女都要上學堂，方側妃尤愛詩詞，是以算得上一個才女。起初，她父親只是一個縣令，她到杭家之後是庶妃，後來生下了兒女，她父親的官職也升為九江知府，她被升為側妃。

比起北邊女子的闊朗爽直，她身上獨有的江南女子的甜美嫵媚尤其得王爺之心，即使她這些年深居簡出，在府中的地位從來沒有墮過。

杭芙在方側妃的院子裡並沒有待多久，也就半個時辰左右，就跟了杭天瑾去臨湘榭看她嫂子。杭芙似乎與賀氏的感情不錯，略說了幾句就小聲嗚咽著，估計她沒有想到一向身子結實的嫂子就這樣一病不起了吧。

「三嫂，妳可要快點好起來，丹姊兒和慎哥兒需要妳照料呢。」她握住賀氏的手，禁不住落下淚來。她出生不久，先王妃就沒了，後來魏王妃過門很快有了身孕，沒有時間再把她帶在身邊，是以，她一直是跟著方側妃長大的。小時候，方側妃待她雖好，只是偶爾有些嚴厲，她心裡是怕著生身母親的，把性子都養得拘謹小心。倒是賀氏進門後，與她幾年姑嫂關係頗為融洽，她待賀氏一向很親密。

賀氏強笑著，反握住她的手。「我不過小小風寒，小姑不需焦心，過幾日就好了。」她雖這麼說，但臉色那麼差，由不得人不疑心。

杭芙抬起淚眼，問著自己哥哥。「三哥，三嫂這到底是什麼病，好好一個人幾時成了這副樣子，可有請好太醫？」

杭天瑾擺手，坐在床沿上，低聲嘆道：「太醫院的太醫都看過了，只怕是妳三嫂她素日裡太操勞了，好生調養著，慢慢就能好起來。」

「是呀，別說我了，妳在陳家如何？」賀氏接過話頭。

「我，我挺好的。」杭芙只是回了這麼一句，就低頭不語，眼中的落寞任是誰都看得出來。

杭天瑾愈加不快，沈聲問道：「是不是陳家待妳並不好，我聽說你們一回來，陳夫人就給妹夫房裡安排了兩個姨娘，一個還是他從小一處長大的舅舅家庶出的女孩兒。顧家雖算不得名門望族，但好歹在東鄉也是有頭有臉的人家，怎麼肯把女兒給人作妾，不會有什麼隱情吧？」

對於這個妹妹，杭天瑾有點恨鐵不成鋼，性子太過綿軟，又是庶出，去了陳家之後總覺得自己低人一等，處處聽從婆婆丈夫的話，自己從不肯有一句辯駁反對之語。這次，陳家一下安排了兩個妾室，明顯是不將她看在眼裡，可是杭芙在陳家幾年沒有所出，杭家不能為她出頭，只能眼睜睜看著。

「沒有，夫君他對我還算敬重。他與顧家表妹是青梅竹馬長大的，能在一起也是緣分，我只有祝福的理。」她動了動唇，囁嚅著回道。

「妳呀，越是這樣妳越該阻止才是，他們既有多年的情分，若進了門生個一兒半女的，妳說妳日後指望誰？妳若凡事都硬氣些，陳家亦不敢這麼欺妳，如何就一口答應了呢，連父王想為妳說句話都被人家堵住了。」

陳家的意思，杭天瑾早就猜到了。只怕表兄妹早做了什麼出來，可是陳家又嫌顧家女兒身分低，當不得正妻，就娶了杭芙，先攀上了王府，等過了幾年再把顧家女兒迎進門，人家兩邊得了好處。只是這樣，未免太不把杭家女兒看在眼裡了。

賀氏見杭芙被說得眼淚都出來了，忙止了杭天瑾，自己溫言勸慰。「好了，已經這樣了，再說又有什麼意思，不如幫妹妹想想，怎麼應付往後的日子吧。」杭芙沒臉，杭天瑾同樣沒臉。

杭芙抽抽噎噎哭了半晌，勉強成言。「三嫂，我……這也是沒辦法啊，我若……不應，他就整日整夜與我鬧，這是何苦來呢，我還不如……痛痛快快讓他們過日子去，不然顧家表妹年紀實在太大了，耽誤不起。反正我也就這麼著了。」

杭天瑾氣得瞪圓了眼睛，拂袖問道：「人家耽誤不起，那妳呢，妳以後不過日子了，妳就不能硬一回？」

「你以為人人都是四弟妹啊，想如何就如何，我們誰不是忍氣吞聲就過了呢。」賀氏心中有氣，不意就把話說了出來，臊得杭天瑾面皮紫脹。

杭芙聽著話中有話，止了淚，睜大了雙眼去看自己哥哥。杭天瑾避過她的視線，望著窗外不語。杭芙只得問道：「四嫂？這與四嫂什麼關係？」

賀氏不願太讓杭天瑾沒臉，聞言趕緊岔開了話題。「沒什麼，只是羨慕四弟妹，妳一會子還要去五弟妹房裡走一遭吧？」

「嗯，是呢，祖母留了晚飯，時間充裕著。」杭芙果然沒有再提起風荷，不過眼前卻是浮現那個女子絕美的容顏。

送走了杭芙，風荷與杭天曜一同回房，卻在半道上遇見寶簾等著，她一見杭天曜，忙跪到腳下哭訴。「四少爺，求您去看看姨娘吧，姨娘這幾日都瘦得不成樣子了。姨娘每日都自責沒有好好護著四少爺的孩子，四少爺心裡怪她，她不敢有一句怨言，只求著見了四少爺能親自請罪。」

杭天曜嫌惡地攬著風荷退後了一步，怒斥道：「也不看看這裡是什麼地方，容得妳撒野不成，給我滾回院裡去，免得一會兒受皮肉之苦。」他是打定了主意日後遠著這些姨娘，免得風荷生氣冷淡他，想想他活得還真憋屈，怕妻子算了，還要躲姨娘。

風荷趕緊出面。「罷了，柔姨娘的心情可以理解，寶簾擔心主子又有什麼錯呢，你何必動氣。」一想衝姨娘們發火什麼時候不可以，非得當著自己的面，讓人見了還以為是她挑撥的呢。

「四少夫人，求您為我們姨娘說句話吧，那日的情形您是看見了的，姨娘拚了命想要保住孩子，最後還傷了自己，可那也是沒有辦法啊。」她哭得梨花帶雨，一面與風荷說話，一面卻拿眼睛瞟著杭天曜的方向。

對於柔姨娘此刻的心情，風荷真的可以想見，失了孩子不算，日後都不可能有孕了，她若不趁著這次的機會留住了杭天曜的心，那她的將來都能想見了。一個沒有子嗣不得寵的姨娘會有什麼下場？風荷雖然同情柔姨娘，但她同樣不想把自己這輩子要依靠的男人送給別的女人，她沒有那麼崇高、沒那麼看得開。

頓了頓，方與杭天曜說道：「你是什麼個意思也該讓柔姨娘肚子裡有數，讓她終日懸著心，那身子怎麼好得起來。」她的意思很明白，杭天曜必須作出選擇，要嘛是她、要嘛是成群的美人，如果選了她就該有個表示，她可不想再與他玩這樣的猜謎遊戲。

杭天曜不是不明白風荷的想法，也不是不願意，而是他此刻只想陪著風荷，而不是去應付別的女人。

誰知，這個時候卻突然傳來消息，柔姨娘上吊了，好在丫鬟及時發現救了下來。很快，這事就驚動了王妃等人。

王妃顧不著歇息，帶了人匆匆趕到茜紗閣，柔姨娘是從她房裡出去的，關係到她的臉面，她不能不管。

本來對柔姨娘還是有三分同情的，不過她的做法讓風荷徹底厭惡了她，原先挺聰明一個人，最近變得笨起來，莫不是丟了孩子人也傻了。她請了太醫來診脈，杭天曜黑著一張臉坐在上首，一哭二鬧三上吊，看來，這些女人，再不解決是不行了。

王妃過來時太醫已經到了，她看見杭天曜，難得露出了不悅的神色，口氣不好地說道：「老四，吟蓉從前在我房裡的時候，你幾次求我我才把她與你，你如今就這樣待她。她沒了孩子，正是最傷心的時候，你不但不知安慰，連面都不露一個，你這樣叫她怎能不寒心？」

「我堂堂男子漢大丈夫，難道就整日沒事陪著一堆妾室不成？她身子不好，就該好生調養著，這鬧的什麼事。這都什麼時辰了，經她這一鬧，府裡多少人不得安眠，連我娘子都被她帶累了。」杭天曜譏諷地暗笑，王妃終於忍不住了啊，估計這些天的事情把她的機敏勁都用完了，現在怕是焦頭爛額了吧。

王妃被他的話噎得回不出話來，她總不成勸著杭天曜多寵幸妾室冷落正妻吧，可是心中一口氣還就是嚥不下去。本來可以藉那機會扳倒董風荷的，他一回來壞了所有的好事，銀屏那蹄子的話估計也做不得準。經此一事，從今往後，不但太妃，連王爺待他們夫妻都多存了一分歉疚，而小五媳婦的孩子是白掉了，那可是小五頭一個孩子啊。

風荷從裡間出來，看到王妃與杭天曜劍拔弩張的，就知不妙，忙與王妃行禮。

柔姨娘並沒有什麼問題，醒來之後哭著要見杭天曜，也不知杭天曜進去與她說了些什麼，她就不再鬧了，乖乖吃藥歇息。

見此，王妃不好多說什麼，囑咐了丫鬟幾句，就回了房。她這些天的心情確實不大好，孫子沒了，媳婦要靜養，在府裡沒個膀臂，而老四一家開始坐大，這叫她不得不憂心。王爺那裡，她不敢多說，生怕王爺疑心自己。還有賀氏的病，有一個賀氏在，多多少少能牽制一點風荷，如今這個擋箭牌出了問題，容易造成風荷與小五媳婦直接對上的麻煩，偏偏小五媳婦還不是風荷的對手。這些加在一塊兒，使得王妃心緒都亂了，沒有平時沈穩。

晚間歇著時，風荷待杭天曜親熱不少，喜得杭天曜半宿沒睡好，只顧翻來覆去了。

第八十一章 浮出水面

第二日一早，杭天曜出去溜了一圈就回了房，神情嚴肅，面色不善。

風荷打發了伺候的丫鬟，為他奉上一盞茶，軟語問道：「是不是有什麼眉目了？」

「嗯，花木都是家中莊子供上來的，夾竹桃卻是管花木的紀凡去年無意間添加進去的，送到五弟與吟蓉房裡也是他作的主。他是府上老人了，一直忠心耿耿，不該做出這樣的事來，可是除他之外，並沒有旁人插手過此事。

「晚香玉是南邊一個官員孝敬的，是潯陽縣令杜懷德，他科考那年是王爺主考，算得上王爺的弟子，每年都會遣人孝敬些小東西來。他一共送了近十盆晚香玉，除了送去五弟、吟蓉房裡的，剩下幾盆還在暖房放著。他此舉或者無意，或者就是受人主使的，可又該是誰主使了他呢？」杭天曜想不到事情會這麼瑣碎，都查到花木上面，可是對背後主使之人卻沒有一點動靜，這個人真不簡單啊，估計動用的都不是自己心腹之人，這樣反而教人想不到。

風荷聽了杭天曜的話，不免驚異，能布下這麼長的線，可不是一下子能做到的，這些人這些事估計早就想好了，只是找機會用吧。府裡老人，外頭沒多大牽連的，都能被利用上，這樣的心計手段可不是尋常人能有的，而且他把一切做得無人發覺，哎，若不是這次牽連自己，自己也不會去查，說不定下一次突然沒了孩子的就是自己呢。

「紀凡的情形都查清楚了嗎，府裡他最可能受到誰的指使？」這也是眼下唯一的突破點了，要去查一個千里之外的官員，肯定沒有自己家中的僕人便宜。

杭天曜悶悶地看了風荷一眼，回道：「王爺。他是王爺手下的老人，當年近身伺候王爺十來年，前些年腿腳不好領了花木的差事。除了王爺，真想不出來還有誰能指使得了他，而且他的忠心是可以保證的，怎麼會投向了別人呢？」

「啊？不可能，父王是絕對不會做出這樣的事來的，一定還有人。」風荷只是稍稍愣了一下，迅疾說道，除非王爺瘋了。

「是啊，就因為不可能是他，我才疑惑，到底是誰，紀凡還能聽誰的命令啊，會不會是王妃？」他雖然不信王妃會拿自己親孫子陷害風荷，可不得不懷疑一下。

風荷低了頭，撥弄著手上的翠玉鐲子，搖頭嘆道：「不會是她，花木一事做得那般隱蔽，顯然是想暗中害了五弟妹與柔姨娘的孩子，王妃沒有理由這麼做，而且她的傷心難過不像是假的。」

杭天曜坐到風荷身邊，扶了她肩膀，勉強笑道：「妳說的我何嘗不知，只是急糊塗了。看來，還是要再去打探紀凡啊，這個，就不用偷偷摸摸了，直接喚了富安來問吧，府裡的事沒有誰比他更清楚了。外人打探不到的秘辛都在他肚子裡呢，而且咱們是不是該給他一點意思了？」

富安的確會是一個好幫手，而且據這些日子的觀察看來，他至少沒有害自己這一邊的心，這樣的人非常可用，關鍵是如何收服他了。風荷點頭笑道：「那爺就再辛苦一番了。」

「來人，請富管家。」杭天曜高聲對外邊喊著，隨即按了風荷躺下，低聲笑道：「我這麼辛苦，妳是不是應該犒勞？」

「爺辛苦是為了自己，如何要我犒勞呢。」春天過去了一半，天氣漸漸熱起來，風荷身上只穿了一件水藍緞子繡銀色暗紋的薄褙子，下著煙水裙，玲瓏的曲線愈加顯露出來，隨著她說話起伏不定。

杭天曜看得渾身發熱，挽了風荷的手到頭頂，輕輕吹拂著她的脖頸，時輕時重。

風荷奇癢，笑出了聲，嘴裡求饒。「我的爺，你不是喚了富安過來嘛，回頭他就到了，下人們看見像什麼話。」

「怕什麼，誰敢不經通報就進來。放了妳也可以，不過妳得先表示一下。」他在她如玉般白膩的脖子上流連忘返，將整個身子壓到她身上，想要感受她的柔軟與甜美。

杭天曜生得高大，風荷不算弱小但絕對禁不住杭天曜這麼重的身子，她感到自己胸腔裡的氣快被他壓了出來，忍不住就呻吟出聲唏噓起來。杭天曜本是逗弄她玩兒的，可是聽到她那樣蠱惑人心的聲音就真有幾分把持不住了，喘著粗氣摟住她的頭，將自己滾燙的唇覆了上去。

風荷大驚，猛地睜大了雙眼，忘了驚呼出聲，都沒有掙扎一下。杭天曜濃厚的男性氣息在她唇齒間纏綿，包圍了她整個理智，她開始發懵發暈，不自覺地去回應他，甚至將手摟住他的脖子，攀著他。

這樣的舉動對杭天曜而言無疑是巨大的肯定，他愈加投入愈加溫柔，用帶著薄繭的手挑開風荷的衣襟，摩挲著她柔滑細膩的肌膚。

風荷是未經人事的女孩兒，她有那麼一刻想要反抗，可是她一個字都說不出來，完全沈淪在杭天曜的引逗下。她的身上微微發熱，原先白膩的肌膚泛出嬌嫩的粉紅色，豔麗眩目。每當杭天曜的手滑過她身上，她都會顫慄般的收緊，繼而將自己的呻吟聲消失在杭天曜沈重的呼吸中。

細膩的膚質讓杭天曜的慾望空前強大，他心裡掙扎著，手上卻是不聽使喚，一把扯開了風荷胸前水紅色的肚兜，滾圓而豐盈的雙乳躍入他的眼簾。不過一瞬間，他就將頭埋在風荷胸前，吮吸挺立的蓓蕾，像似品嚐著什麼比蜜還甜的東西。那樣充盈的感覺擊潰了他，他渾然忘了各種顧慮，不住的去點燃她的熱情。

風荷幾次用手去捶杭天曜的肩，可惜她的力氣太小，根本沒有任何效果，反而有一種欲拒還迎的錯覺。她覺得自己快被燒了起來，禁不住挺了挺身子，想要尋找他給與的慰藉。

門外傳來踢踢踏踏的腳步聲，繼而響起嘩啦啦的雨聲，接著是丫鬟的嬉笑聲。

雲碧似乎拍著自己的衣服笑道：「主子呢，富安管家過來了，在前廳等著呢。這雨，說下就下，沒個預兆的。」

沈烟把自己的帕子遞給她擦拭臉上髮上，一面回道：「在裡邊說話呢，妳急什麼，借把傘回來也使得啊。」

「我哪敢啊，少爺親自吩咐的話，弄不好了就得挨打，還不如淋幾滴雨呢，又死不了人。」她笑得明媚，轉身就要往裡間走。

沈烟趕緊扯住她的手，啐道：「妳就這樣冒失地闖進去，好歹回一聲。」

雲碧抿了嘴笑。「姊姊幾時這麼重規矩了，那日少爺與少夫人在房裡說話，妳不還把寶簾領了進來，我倒去不得了？」

沈烟掩了她的嘴，低低道：「那如何能比？妳要進去只管進，出了什麼差錯我可保不住妳。」

「我今兒就不信了，這是少爺讓我辦的事，辦完了還能不許我去回一句。」她理直氣壯地甩開沈烟的手，蹬蹬蹬就到了門邊，高聲喊道：「少爺、少夫人，富安管家來了。」沈烟看得好笑，人卻往迴廊上站遠了些，寧願被雨絲飄到身上。

杭天曜與風荷早聽見了外頭丫鬟的說話聲，可他正在情動時，哪裡止得住，反而撩了自己衣服下襬，與她親密接觸。

風荷慌得抱著他的頭上揚，口裡小聲道：「你還不起來。」

「唉，妳的丫鬟怎麼都這麼不知趣呢。」杭天曜咕噥著抱怨了一句，卻不肯就此罷手，繼續埋首在風荷雙峰間探索。

風荷已經聽到雲碧在外頭喊她的聲音，真是又急又氣，偏她身上壓著一個人，說話不暢快，悶悶地。「妳先讓富安等一下。」

雲碧聽風荷聲音有些不大對，就有點擔心，又問了一句：「少夫人，妳沒事吧，要不要奴婢進來？」

「不要進來。」風荷咬牙喊道，狠狠在杭天曜腰間掐了一把。

杭天曜吃痛，不免叫出聲，把雲碧嚇了一跳，不知該不該進去，沈烟忙笑著拉了她離開。

風荷羞惱不已，臉色紅得就如六月裡的石榴花，能滴出血來，啐道：「你再不起來，我就跟你急了。」

杭天曜不敢逆了她，意猶未盡地起身，順便扶起她，風荷偷眼瞥見自己胸前的紅紅紫紫，臉燙得發燒，趕緊扯了衣衫擋住自己。再一看，肚兜的帶子斷了，忿忿瞪著杭天曜。

杭天曜狗腿地笑道：「我去給妳拿新的，這是放在哪個櫃子裡？」

風荷指給他地方，把頭埋到衣服裡，再不肯抬頭。杭天曜選了一件粉紅的肚兜，拿到鼻尖輕嗅，感嘆著好香，氣得風荷柳眉倒豎，一雙素手握成了拳。穿衣服之時，不免又被杭天曜輕薄一番。

杭天曜暗暗想著，原來女人的味道這麼好，虧了他以前怎麼那般厭惡呢？

富安不安地立在堂屋裡，府裡暗中的爭鬥他不是不明白，可他不過一個小小管家，什麼事都聽主子的安排，能有什麼辦法。四少爺不會是興師問罪吧，他畢竟是先王妃帶出來的人，如今這樣看在別人眼裡難免有投靠魏王妃的嫌疑，天地良心，他絕沒有投靠魏王妃啊，魏王妃如何肯信任一個先王妃手底下的人呢。這些年，若不是他凡事小心，又有太妃在上頭坐鎮，十個他估計都沒了。

唉，主子們的想法真難猜。早點定下王府世子難道不好，這樣弄得大家都沒安生日子過，一個個急著占隊，又怕站錯了隊。

杭天曜大踏步進來，面上容光煥發，春風滿面，見了他都頗為和氣。「富管家坐吧，站著怎麼回話？」

他心中嘀咕，一向陰鬱或者胡鬧的四少爺居然還有這樣的時候，很有些上位者的架勢啊，他忙請了安，規規矩矩立著。

「今兒讓你過來也沒什麼事，不過問點府裡的小事，紀凡是管著府中的花木吧，我記得他一家子老小都在府裡。」他擺手，吃了一口茶潤潤喉，剛才一鬧還真有些口渴。

富安不解，老實回道：「紀凡老弟是三年前接管府中花木的，他老子、娘都沒了，只一個兒子，並不在我們府裡當差。」

杭天曜一聽，微有些怔住，府裡家生子一般都會安排差事，紀凡的兒子怎麼就不在府裡當差呢，他很快問道：「這是為何？」

富安看了看杭天曜，欲言又止，神色間頗為猶豫害怕。

「你只管說，這裡就咱們兩個人，出了你的嘴入了我的耳。你在咱們府裡一幹幾十年，沒有功勞也有苦勞，你這些年的作為我都是看在眼裡的，果然不忘本。」杭天曜知道，富安擔心的不過是自己下半輩子，只要給了他這句承諾，不怕他會不靠向自己。

果然，富安眼神一亮，下一刻已經跪到地上哽咽著道：「當年娘娘待我們一家的恩情，老奴一輩子記在心裡不敢忘，見了四少爺就跟見了娘娘一般親近。老奴沒福氣伺候娘娘，如果能伺候四少爺也是一點念想。」他想得很清楚，王妃是不會重用他的，他若沒有家小，那就安安分分服從主子的安排當好這個管家就好，可他還有一家子老小呢，不能不管，他是勢必要站在一方的。

既然如此，四少爺肯示好，他不如順水推舟跟了四少爺。雖然眼下四少爺在府裡威望不足，可他有太妃支持，又有皇后娘娘暗中扶持，四少夫人更是個難得的，跟著他們也能尋條出路，總比半死不活好一些。

這些年來，家中幾個兒女他都不敢給他們安排像樣的活計，就怕日後被牽連了。自己投向四少爺，既是無奈之舉，亦是順應形勢。

杭天曜威嚴地掃了掃地上，笑道：「你能想明白最好。你在府裡這些年，沒少見世面，想來你那兩個兒子都是不錯的，不怕將來成不了材，你放寬了心吧。還不起來說話。」

富安得到了這句保證，心下妥貼許多，微笑著起身，說起之前杭天曜所問之事。「紀凡老弟的兒子在府裡曾當過回事處的小廝，後來有一次喝多了酒衝撞了貴客，好似還誤了王爺的事，王爺一怒之下就把他逐出了王府，還說要賣去當苦力奴。紀凡老弟得知後，又氣又急，他就這麼一個兒子，終究捨不得，就覥著老臉去向王爺求情。

「誰知王爺當時氣急了，沒有答應。直到第三日，氣消了好些，才放了他兒子，不過說明往後都不能到府裡領差事，是以現在都在外頭，靠著他老子吃口飯。這原也算不得什麼秘密，只是時間久了，大家都不大記得，尤其王爺顧著紀凡老弟的面子，就把這事壓了下去，也就幾個人知道。」

紀凡的兒子？好似平日不怎麼聽說，杭天曜無意接了一句。「王爺是念舊的人，不然不會那麼輕易放了他兒子。」

「可不是這麼說的。不過老奴依稀聽聞當時王妃娘娘懷了十少爺，王爺多半都歇在側妃娘娘房裡，側妃娘娘心善，菩薩心腸，或許勸了王爺消氣也說不準。」他當然清楚是側妃求的情，但這種話不能隨便說，不然側妃娘娘質問一句，她憑什麼替一個奴才的兒子求情，他就沒話回了，所以他暗示了一句。

杭天曜注意到了富安對他笑得不一樣，心中有數，點了點頭讚道：「正是這話。聽說有個叫杜懷德的潯陽縣令，年年都會送點小玩意兒來孝敬，他倒是知恩圖報啊。」

富安愣了一愣，不知杭天曜怎麼突然轉了話題，不過很快接道：「很是呢，記得去年底送了些花草過來，前年送的幾隻翎鳥與了幾位小少爺、小姐玩，大前年好似什麼當地特產的水酒，也記不大清。」

「他可是潯陽人，側妃娘娘豈不是他的老鄉了？」杭天曜笑道，語帶不經意。

「這個老奴卻不甚清楚，大致就是了。」富安以前倒沒有怎麼注意過方側妃，何況每年來府裡孝敬的人太多，他根本記不過來。要不是這個杜懷德不比其他人愛送金銀財寶，專門送些小巧的玩意兒，他還不能記下來呢。

杭天曜有點豁然開朗的感覺，屏退了富安，迅速回了房與風荷說。

風荷之前就有一點懷疑側妃與賀氏，如此一來，就能對照得上了。府中其他人的疑點都不大，只有側妃與賀氏給她的感覺不對，偏偏沒有一點得力的證據。

如果富安所記屬實，紀凡很有可能為當年之事對側妃感激在心，側妃讓他弄幾棵花木進府，他在不知情的形勢下極有可能應了。而那個杜懷德，是側妃父親九江知府方檜下屬，家世又在潯陽，是奉了上屬的意思，送了別有居心的晚香玉過來就合情合理了。

可是，如何能使這兩個人指證側妃呢，這怕是不容易。而且單憑著花木與御醫的話，還不一定能取得大家的信任。如果花木一事是側妃所做，那麼紅花呢，是誰從中又插了一腳進去？陸家五嬸那裡，為何沒有一點動靜呢？是不是需要從太醫那邊著手，可那是太醫，不是普通人，他們可不能亂來啊。

就在一籌莫展之時，傳來一個驚人的消息，銀屏沒了。

自指證風荷之後，銀屏一直由人看管起來，關在下人房裡。這些天，也沒有提審她，她的心一直很安定，她並沒有聽說杭天曜回府的消息，更不知道杭天曜那般護著風荷，她就等著風荷與她一般淪落。

因有王爺的命令，任何人都不能去看她，而她，下人送早飯去的時候還好好的，剛才去收碗筷，卻發現人死了，身上都沒有傷痕，可是七竅流血，顯然，是中了毒。

府裡接二連三發生大事，如今都鬧出了命案，王爺一聽，就扔下了手底下的公務，匆匆趕回了家裡。這個家，再不整治，還不知明兒要弄出什麼天大的事情來呢。太妃說得對，朝中之事雖緊要，家裡的未嘗就是小事了，這個家不管好，外頭的事也不能安心應付。

當日銀屏曾承認過自己下了紅花，又指證是風荷主使的，看起來她一死風荷最得益，難免引人懷疑是風荷派人毒死了銀屏，欲要殺人滅口。

事後查證，銀屏中的只是簡單的砒霜之毒，來自於飯菜，下毒的卻不是廚房及送飯之人，沒有一點眉目。

王爺雖然也曾疑心過風荷，但這一次他謹慎許多，沒有即刻命人去拿風荷，而是繼續著人查證。上次那樣的笑話有一次就夠了，再有第二次，他莊郡王的臉面就徹底沒了。

輔國公夫妻二人沒有一點罷手的意思，每日必要追究一番，話裡話外提醒王爺、太妃盡快為蔣氏討回冤屈。蔣氏的身子略有好轉，但仍然每日啼哭，一心認定風荷是害她的凶手。

看過銀屏的屍體，杭天曜出了府，風荷一人去給太妃請過安，然後回房。

下了半日的雨，空氣中濕漉漉的，迷濛的水氣飄到人面上來，有微涼的味道。樹上的葉子碧綠碧綠的，沾著水珠，清亮得很，讓人心曠神怡。

風荷的心卻不能放下來，事情剛有了一點線索，那人就要毀滅證據了，倘若他們的速度慢些，很快，所有的證據都將消失。她不能再坐以待斃了，一定要主動出擊。

側妃能在王府二十多年，歷經兩任王妃，而沒有倒下，手段必然厲害，尋常的招數絕對難以制伏她。可是短時間內，她無法安排行之有效的法子讓側妃落網。甚至，即便有足夠的證據指證了側妃，都不一定能扳倒她，關鍵是王爺的態度。

王爺此人，平日公務極為繁忙，難以顧及家中瑣事，對身邊的女子都是深信不疑的，看王妃便知。王妃可是太皇太后親自下旨賜的婚，而王爺待王妃似乎沒有一點芥蒂，兩人夫妻感情頗深。何況是那個深居簡出一心禮佛的側妃，估計王爺心中是當作了紅顏知己來待的。

屋子裡換上了春日的擺設，銀紅的紗窗透著綠汪汪的水映子，清新而旖旎。繡鞋上沾了幾滴泥水，沈烟取了家中穿的輕軟繡鞋來與風荷換上，淺草斟了茶上來。

「去看看廚房裡有什麼吃的，早上吃得少，走了這一路倒有些餓了。」風荷靠在鬆軟的靠背上，舒服得閉上了眼睛。

道。

「方才青鈿去廚房尋吃的，說是王嬤子做了珍珠翡翠湯圓，準備一會兒送來給少夫人，不如奴婢這會子就去取一碗來，少夫人墊墊肚子。」淺草端著紅色的小茶盤，立在一邊笑道。

風荷點頭笑道：「這個就不錯，有許久未吃了。」

聞言，淺草忙笑著下去了，不過一小會兒，就捧了一盞碧玉碗過來，裡邊盛了六顆珍珠大小的淺碧色湯圓。每一口恰好能吃掉一顆，風荷看著可愛，食指大動，嚐了一個。表皮又軟又糯，綿綿的，裡邊裹的應該是芝麻餡，滿口餘香，襯著碧玉的碗煞是好看。

她把一盞都吃了，覺得身子骨暖和起來，笑著吩咐沈烟。「讓王嬤子多做一些，院子裡每人都嚐嚐。雖是春日裡，下了雨還是有些涼涼的，正好祛祛寒氣。妳再拿一吊大錢賞了王嬤子。」

「少夫人最是大方，打賞從來不斷，咱們院子裡的人那是趕她們都不捨得出去。」淺草收了碗，笑過之後轉身出去了。

雲暮穿了一件淡紫色的比甲，抱了一堆鮮亮顏色的衣物進來，展開指給風荷看。「這是少夫人吩咐給夫人做的夏衣，少夫人看看好不好，有不好的奴婢再去改了，離端午還遠著，也不怕趕不及。」

這是兩套的夏衫，一套天水碧的杭綢，一套淺玫紅的緞子，天水碧的適合家常穿，淺玫紅的作客穿最好。風荷略略翻了翻，展顏道：「妳的活計我有什麼不放心的，過兩天就交芒種了，妳帶著芰香送回去吧。整日窩在房裡做活計的，腰瘦背疼，正好出去散散，外邊有什麼喜歡的只管買，找沈烟支銀子去。

「還有咱們院子裡人的夏衫，也可以開始準備了。我的不急，左右去年做的都沒有穿過來，先給妳們爺做兩件，最好素淨些，屋裡穿，外頭的自有針線房的人忙活。下人們每人一套，倒不用妳們親手做，妳只管從咱們庫中選了衣料出來送去針線房，讓她們照著做就好，府裡的分例由他們外頭鬧去。」王府下人都有自己的分例，每季一套新衣衫，逢年過節另有打賞，那些得寵的大丫頭，光主子賞的都穿不完。

雲暮一一應著，淺笑道：「少夫人的活計已經開始準備了，先裁了兩套，都是上次太妃娘娘賞的南邊的供緞，不過十來日就能得了。其餘的卻要少夫人自己揀了顏色樣式來，咱們好照著做，免得跟不上京城的風氣。」

風荷不由莞爾，欲要再說，聞聽曲彥來了，忙止了話頭，出去相迎。

曲彥一下朝，匆匆交代幾句衙門的瑣事，就打馬趕來。身上還穿著朝服，顯得威嚴無比。風荷讓了座，詫異地道：「表哥如何這個時候過來，家裡可知道？」

他一連灌了兩盞熱茶，才喘了氣說道：「走得急，沒顧上讓人去報，下午翰林院還有事，等會兒我就自己回翰林院去。」

「既然有公務在身，我的事緩緩也使得，倒叫表哥好趕。」她含了歉意。

「咱們還有這些客套不成，我怕下人說不清楚，又露了口風出去，還是我親自過來穩妥些。」曲彥不悅地瞪了一眼風荷，解釋道。

風荷撫了撫額，招手讓丫鬟去廚房加菜，隨即笑著與曲彥道：「既如此，就在我這邊用了午飯吧，省得讓外祖母與表嫂等著。就是三嬸與太妃那裡……」她沒有再說下去。

曲彥也不推辭，等他完了這邊的事，都過了午時了，回去用飯太晚，不如就在這裡一併用了，左右風荷也不是外人。

明白風荷話中所指，笑道：「已經去請了安，知道我在妳這裡。妳上次讓我打探的，一開始沒有什麼動靜，昨晚終於有了消息。」

風荷見他笑得神秘，亦是壓低了聲音道：「多謝表哥費心，我正著急此事呢。」

「昨晚二更都過了，有一個青布的小轎停在陸家門前，裡邊走出一位年輕的媳婦子來，瞧著打扮不像是下人，反像個小店鋪的老闆娘，但舉手投足間看著是在侯門裡頭待過的。她進去坐了有一刻多鐘的工夫，她走後陸家的臉色就不大對。今兒一大早，天還沒亮，陸家的就一個人偷偷出了門，直奔城東的東湖，居然跳了下去，好在咱們的人救得及時，沒什麼大礙，還把她送回家中。不過瞧她的模樣，顯然還有尋死的意思。

「那個去探她的人，是城中一家小鋪子的女主人，專賣南北乾貨的，生意不好不壞，一家人還算過得去。起初，我以為兩家是親戚，後來一查，發現兩家很少有什麼聯繫。那個女子，原來是從你們府裡出去的。」曲彥早就知道了杭家冤枉風荷的事，所以他對此事尤為上心，撥了自己心腹之人日夜監視打探，好不容易得了這麼點頭緒，連忙趕了過來。

風荷聽得心驚膽顫，那人還真的下手了，只是是不是側妃呢，如果紅花一事不是側妃主使，她應該不會替他人作嫁衣裳。要不是表哥的人盯得緊，只怕陸家五嬸這個線索又沒了，那此事就真真說不清楚了。

她忙問道：「杭家出去的？」

曲彥迅速掃了一眼門外窗外，聲音低得只有風荷一人能聽見。「正是，她原先是你們府裡三少夫人的陪房，後來你們三少夫人作主在外頭配了人，聽說逢年過節都不來給舊主子磕個頭，倒像是做錯了事被送出去的。但瞧他們一家子的生計，頗過得去，那麼家小鋪子只怕維持不了。」

杭家的水太深，過去曲彥是絕對不想攪進去的，但現在風荷在杭家，他就不能置之不理了。

「三嫂？三嫂的陪房？」風荷再次吃驚，看來這事確實牽扯到了賀氏，只是她是為了掩蓋側妃的所作所為呢，還是她自己從中插了一腳？

曲彥亦是有些意外，但他冷靜地加了一句。「你們知不知道，那個陸家的從前在別的院子裡待過，就是三少夫人院裡，直到六年前才抽調去了大廚房。」若是這位三少夫人有問題，那她的心思真夠深的，那麼多年前就開始到處安插自己人了，要說她沒有一點想法還真難相信。

風荷恍惚記起那日賀氏與她說話奇奇怪怪的，就有些不安，賀氏的樣子好似看破了什麼，難不成她自知自己保不住了？

因著銀屏的死、陸家五嬸的自尋死路，風荷的擔憂加劇了，她怕所有證據都會被人毀了，趕緊陪著曲彥用了中飯，就命人去請杭天曜回來。

杭天曜回來之時，曲彥剛走，二人在門前打了個照面。

送走曲彥，杭天曜笑嘻嘻進屋，摟了風荷道：「不過走了一個中午，娘子就想我了不成，那往後可如何是好啊？」

風荷斜睨了他一眼，啐道：「你別得意太早了，我找你可是有正事的。」

「娘子想我難道不是正事？」自從這次回來之後，杭天曜的心情一直很好，誰叫風荷待他比以前好許多。

風荷推著他坐下，一面給他脫了外衫，一面正色道：「表哥過來，是為了告訴我們陸家之事，看來咱們得提前動手了。」說罷，她將曲彥打探來的事情細細分說了一遍。

杭天曜的眉毛皺得死緊，好一個殺人滅口啊，這個人的心還真夠狠的，她不會打算把與此事有關的人一併殺了吧，那杭家在京城就別想有好名聲了。

風荷想了半晌，終於決定下來。「依我的意思，咱們不能再等更充分的證據了，必須現在就動手，把事情鬧到祖母與父王跟前去，好歹想法子保住了這幾個人的性命，不然就死無對證了。而且，憑眼下咱們掌握的證據，雖不能將人定罪，但至少有一半的可能。還能來個打草驚蛇，讓她自己先慌了手腳，露出更多破綻來。」

「妳說得可行，只是咱們現在只知道花木一事多半是側妃動的手，但紅花呢，又是誰的手筆，三嫂？」杭天曜有些躊躇，他可以派人保護那幾個人，但明槍易躲暗箭難防啊，若是那幾人存心尋死，就麻煩了。

「我猜，多半就是三嫂了。她是側妃娘娘嫡親的兒媳婦，對側妃暗中做的手腳應該是知情的，而她出於私心，導演了紅花一案，卻壞了側妃的所有計劃，使得側妃不得不替她收拾殘局。但我想不明白的是，我來杭家這些日子，與她並沒有什麼衝突，她為何針對我下手呢？」

風荷認為，為了世子之位使賀氏現在對自己下手，是很牽強的，畢竟她對杭天曜的世子之位幾乎沒有多大助益，除了太妃的喜愛，但太妃那樣不過是愛屋及烏罷了。

杭天曜把事情從頭到尾想了一遍，覺得沒有什麼錯誤的地方，才最終應道：「就依妳的，我現在就派人去請佟御醫，他的證詞很能取信於人，再把有關之人都帶回府裡，好好的問一問這個案子。」

說完，他起身準備出門。

誰料這時，沈烟來不及通報，直接闖了進來，震驚地回道：「三少夫人拖著病體去了太妃娘娘那裡請罪，承認了所有的事情。紅花、銀屏，她都認了。」

風荷唰的一下站了起來，她心知不妙，聯想到賀氏那日的反常舉動，她猜測她這是要攬了所有的罪名，保住側妃？

杭天曜與風荷對視一眼，顧不上多說，忙忙趕去了太妃院中。

王爺這兩天請了假，沒有出去，各房的人都到了，蔣氏夫妻與她母親一併到了，還有方側妃，從來不曾公開露面的方側妃也在。

方側妃年紀四十許，但看起來非常年輕，與王妃差不多，皮膚細膩而光滑，身量如少女一般窈窕，小小的唇，修長的脖子，一雙眼睛大大的，輕微泛紅，像是哭過的樣子。她的面相看起來極為單純而清麗，一身書卷氣，眉目清華。一看到她，浮躁的心靈就會平靜下來，她身上有似水的柔情與溫順，這一點，杭芙倒是很像她。

賀氏顯得十分平靜，筆直地跪在地上，一字一句敘述著自己謀害蔣氏與柔姨娘的全部過程，包括她利用紀凡、杜懷德送進來的花木，她指使陸家五嬸下的紅花，她攛掇銀屏誣陷風荷和銀屏的死。每一樣她都能說出當時的詳細情形來，對王爺與太妃的問話，她的回答沒有一絲半點的漏洞，由不得人不信。

杭天瑾被賀氏打發回她娘家送了點東西，當他回來之時，賀氏已經招認了全部事情。他跪倒賀氏腳邊大哭，而賀氏口口聲聲為他辯白。「三爺對此事全然不知情，都是我一手做下的，他是最後一個知道的人了。我本來是想掩蓋下去的，可是我受不了了，每晚我都會作噩夢，夢到兩個血肉模糊的孩子來跟我索命，我知道我的身子好不起來了，這是我的報應。

「太妃娘娘，一切都是我的錯，與丹姊兒、慎哥兒無關，與三爺無關，與側妃娘娘無關，還望太妃娘娘原宥幾個孩子無辜放了他們吧。有我這樣的母親，對他們而言已經是這輩子都抬不起頭來的恥辱了，太妃娘娘看在我這些年來精心孝順的分上，善待他們吧。」她不哭不鬧，平靜得如一潭死水，教人心中唏噓。

紀凡被帶上來了，一口咬定自己不知情，只是按照賀氏的話，說是五少夫人與柔姨娘有了身子，多看看花有好處，尤其夾竹桃對母親與孩子都好。他想著無傷大雅，又是上邊的意思，就照著辦了。

陸家五嬸承認自己是受了賀氏的要挾下了紅花，因為她當年有把柄在賀氏手裡，她不得不照做。太醫院當日的兩名太醫招認當時情形太亂，他們實在看不出來蔣氏為何流產，又怕傷了自己的信譽，恰好聽說另一個孕婦服用了紅花，就照著回了。

事情就這麼水落石出了?!

風荷與杭天曜自然不信，可是他們沒有證據，他們只是根據側妃與紀凡、杜懷德的關係推測出來側妃是幕後主謀，而這樣的推測不能成為有力的證據，根本敵不過賀氏自己認罪。

看到賀氏蒼白而虛弱的臉色，還極力維護著杭天瑾之時，風荷只覺得一陣悲哀，她忽然沒了興致，不想再把側妃也拉下來了。有些事，總有一日會水落石出，而有些人最後的一點小小心願，就成全了她吧。

側妃殷殷低泣的美麗容顏，那一刻，深深刺痛了風荷的心。她第一次發現，在杭家，有機敏有手腕還是不夠的，這一次，她終是輸了，卻不知輸給了什麼。

第八十二章　煙消雲散

天邊豔麗的雲霞倒映在水面上，像是一道橙紅色的橋，架在水中，泛起滿湖的波光粼粼。岸邊的垂柳由鵝黃色成了柳黃色，鬱鬱蔥蔥的，隨風搖曳擺動，低迴而溫柔，時而拂過風荷的裙角。

雲碧攜了青鈿，抱了一個秋香色素面的包袱過來，眉目間有些不忿。「少夫人，這是妳吩咐準備的幾樣藥材，有人參、燕窩，還有一百兩碎銀子。」她頓了頓，終究忍不住嘟囔道：「三少夫人如此待妳，妳為何還要送她這些，我就是嚥不下這口氣。」

「不過是舉手之勞而已，我亦是有用的。」風荷淡淡搖頭，有清淺的哀傷浮上她的嘴角，賀氏不過是別人的一顆棋子而已，而且她沒有做好一顆棋子的本分，她動了情、失了心，而成為廢棋。這聽起來多少有些可笑，這個地方就是吃人的，容不得人輕易動情，不然就有了弱點，別人就能置之於萬劫不復之地。

青鈿有些小心翼翼地問道：「三少夫人去了家廟，以後丹小姐與小少爺要靠誰呢？」她看過許多沒有娘的孩子下場淒慘，心下很有些不好受。

風荷微嘆了口氣，折了一枝細軟的柳條在手，冷笑道：「人為刀俎我為魚肉罷了，可惜他們年紀太小，沒了母親的庇護，三少爺卻是靠不住的。尤其是慎哥兒，這般年幼，最易被人引誘著走上歪道，丹姊兒是女孩子，最能拿來作文章的就是終身大事了。」

這就是大家族鬥爭，不是你死就是我活，受傷害的往往是無辜的孩子，當年自己不正是如此。好在董家不比杭家的水深，又有祖父的遺命，老太太、杜姨娘並不能把自己怎樣。

「那以後誰來帶兩位小主子呢，三少爺是男子，肯定不能常常在內宅。」雲碧聞言亦有些唏噓，她雖對三少夫人不滿，但不至於怪罪到兩個孩子身上。

「這個，太妃娘娘應該會有定論吧。王妃是他們的祖母，論理可以帶兩個孩子在身邊，但王妃家務繁重，只怕是抽不出身來，三少爺只有一個姨娘，而姨娘只是奴才，如何能帶主子呢，只怕最後要送到側妃娘娘那邊。」她笑得迷離，賀氏當時實在是太過衝動了，不過即便她今日逃過一劫，也避不過有一日被人推出來當替死鬼的命運。

風荷將柳條重重扔到水中，激起一層層波紋，慢慢往周邊散開，消失於平靜的湖面上。她拿帕子擦了擦手，笑道：「走，咱們去給三少夫人送行。」

主僕幾人尋了路出了後園，徑直往臨湘榭而去。臨湘榭與流鶯閣原是前後比鄰的，經此一事，大有老死不相往來的架勢了。雖然賀氏被送往家廟，而且極有可能這輩子都回不來了，但蔣氏心中的那口氣仍然沒出，流鶯閣的丫鬟絕跡臨湘榭。

比起上一次過來臨湘榭略微的蕭條，這一次絕對是蕭索寂寥了。院子裡的花草衰敗在地上，有風時飄飄灑灑的，無人來收拾，下人們戰戰兢兢做著手中的事，沒事都要做出忙碌的樣子來。

房子裡傳來嚶嚶的低泣聲，哭得淒慘而清冷，風荷一聽就知是丹姊兒的聲音，裡邊還夾雜著慎哥兒茫然的哭聲。

屋門口都沒有一個丫鬟守著，任由風荷主僕幾人進了屋，都沒人去裡邊通報。

「母親，為什麼要送您去家廟，母親身子不好，要靜養，可以去園子裡啊，為什麼要去那麼遠的地方？」其實丹姊兒隱約知道了一丁點事情始末，但她不過未滿十歲的孩子，乍一聞要離開母親，到底是被嚇住了。

慎哥兒哭得更加傷心了，他只有六歲，平日除了上學堂就是跟在母親身邊，沒有經歷過什麼大事，一下子根本不知該作何想法。

賀氏的聲音似乎一下子蒼老了許多，語氣卻極為和藹親切。「母親的病光靠藥物靜養是不行的，還要佛祖保佑，所以去了家廟離佛祖最近，能好得更快些，丹姊兒不想母親快點好嗎？以後母親不在府裡，丹姊兒是姊姊，要照顧弟弟，可不能隨隨便便就哭哭啼啼的，不然嚇壞了弟弟怎麼辦？」

丹姊兒聽了這話，忙擦了擦眼淚，抽抽噎噎的應道：「母親放心，我一定會照顧好弟弟的，等母親回來。」

風荷慘然，故意放重了腳步聲，嘴裡問道：「三嫂在裡邊吧，我可以進來嗎？」她一面說著，雲碧已經打起了簾子。

進了裡間，看見丹姊兒與慎哥兒伏在床沿上，拉著賀氏的手回頭望，都是滿臉的殘淚，沒有一個丫鬟伺候著。

「妳怎麼來了？」兩個孩子面前，賀氏一如既往的溫厚，強笑著。

風荷快步上前，握了握丹姊兒要起來行禮的手，笑道：「三嫂明兒要去家廟裡靜養，我來送行，正好有幾樣零碎東西，三嫂帶著用吧。」

賀氏動了動嘴唇，終是什麼都沒有說，反而與丹姊兒道：「母親與妳四嬸娘有話要說，丹姊兒帶弟弟回去玩好不好，回頭丫鬟、嬤嬤們找不到你們又要急了。」賀氏出事，下人們都是聞得了一星半點的動靜，臨湘榭的下人都在想門路自保，那一、兩個心腹的正在庫房裡收拾輕便易帶的東西。而兩個孩子的下人們，此時都擔心著自己的將來，哪裡還顧得到兩個孩子啊。

風荷見無人進來伺候，忙道：「青鈿，妳送兩位小主子回院子去，好生交到嬤嬤們手裡，不許偷懶。」

青鈿趕緊點頭應是，一手拉了丹姊兒一手攙了慎哥兒往門外走，兩個孩子有些不捨，但是母親的命令，不敢違逆，勉為其難跟著青鈿出去了。

雲碧左右掃了掃，知道是沒人來伺候的，只得放下包袱，自己搬了一個小圓凳過來讓風荷坐。

賀氏整了整自己的儀容，坐正了身子，譏諷地笑道：「四弟妹居然來看我，實在出乎我意料，我還以為四弟妹對我恨得咬牙切齒呢。」

風荷並不看她，只是打量了一眼屏風上的圖案，挑眉笑道：「三嫂，我一直不知，妳為何對我有如此深的恨意，從我入府至今，並沒有得罪妳之處吧。我今兒來，不是來看妳的笑話的，而是真心送妳一路，咱們其實又有什麼差別，妳是別人手中的棋子，而我，何嘗不是？」她笑得雲淡風輕，似乎並不把這樣的事實放在眼裡，整個杭家，誰又不是誰計劃中的棋子呢。

賀氏大怔，她的臉霎時白了白，很快滴下淚來，看著風荷的眼神和軟下來，捂唇笑道：「是啊，還是妳看得通透。我就是不肯認清這個事實，以為憑藉我的努力，有一日可以擺脫別人的束縛。孰料，世事無常啊，我能料到事情發展，卻料不到人心，更不該就那樣動了心。我從來就知道妳是不同的，當妳初來杭家，我就看到了妳身上我已經沈寂消失的勇氣，妳讓我覺得恐懼又豔羨。

「其實，妳比我好了不知多少，妳不是誰的棋子，誰又真正能掌握了妳呢。

「妳好奇我對妳動手，我自己又何嘗不好奇呢？妳有沒有發現，我們倆就是杭家反差最大的兩個女子，我是隱於地上的影子，妳就是光芒萬丈的朝霞；我是別人眼裡的啞巴，而無人敢小覷妳。因此，我不喜歡妳，而我恨妳，是因為我們爺。」說到最後，她笑得很大聲，有結束後的空虛茫然。

風荷愣了半刻，她對賀氏，還是不瞭解的。聽到最後，忍不住問道：「三爺？這與我何干？」

「妳一定想不到吧，我們爺喜歡妳，那是一種很奇怪的喜歡，連他自己都感覺不到，而我第一次聽他提起妳，就從他的語氣裡聽了出來，他心底是多麼渴望站在他身邊的是妳而不是我。妳說，這是不是天大的笑話，我曾欺騙過自己，可是，沒辦法，我比他都清楚，他喜歡的就是妳這樣的女子。

「他對我，從來沒有愛，只是習慣了，習慣我永遠在他身邊服從他，為他做任何事。在他心裡，我就是那個任他予取予求的人，而妳不同，若是妳，他一定會願意為妳付出的。

「當然，他確實在最後為我做了努力，可那又怎樣。他只是一時間接受不了沒有我的日子，他害怕而已，時日一久，我不過成了他想也想不起來的過往。妳說，為這樣一個男人，我值得嗎？是，不值得，而我有什麼辦法，我控制不住我自己。」賀氏蒼白的容顏配上她顴骨兩旁奇異的泛上來的紅暈，有一種教人心驚害怕的美麗。

風荷聽得有些呆住，男女之情，她沒有太多關注過，她不是很明白賀氏對杭天瑾的感情，但她願意理解，也許女子就是這樣的吧。心甘情願為一個根本不值得的男人誤了終生，是不是，到最後，賀氏還會滿足的離世，只因她這一生，沒有白來。就如母親，或許怨過、恨過父親的無情，但她心裡一定不曾後悔吧，只要有過一刻的幸福，都值得了？

她恍惚地笑，她與杭天曜，要怎樣，他們的將來，又會以何種結局呢？而除了杭天曜，她明白，自己這生，可能都沒有第二個可供想像的男子了，這就是女人的命。

賀氏見她不說話，低垂的眉眼美麗精緻，似玉的肌膚像是最上等的甜白瓷，她忽然笑了，輸給這樣的女子，也不是很慘。

賀氏點頭低語。「其實，那樣的日子我早厭煩了，能這樣結束也不錯，至少留給了他永難忘懷的背影。我是為了他而毀的，日後無論他與誰在一起，我都會成為他心中永遠的結，沒人可以越過我。妳說，我是不是很厲害，最後都要算計他一次，讓他一生都活在對我的愧疚中。」

外面起了風，透過開著的紗窗，吹拂起素色的帳幔，飄飄揚揚的。賀氏成了阻隔在紗幔後的隱約畫像，風荷扶了雲碧的手，三步併作兩步去了。這樣為情而生為情而死的女子，讓風荷覺得恐怖。

回了房，卻見杭天曜已經坐在炕上，眼珠瞬也不瞬地盯著她看。

風荷愣了愣，與他打了招呼，就帶了雲碧往裡間走，她要先換衣裳。

當她穿了衣服回過頭來時，發現站在身後的已經不是雲碧，而是杭天曜，他的面容有輕輕淺淺的鬱氣。他理了理她的鬢角，挽著她的手一起坐下，問道：「去臨湘榭了？」

「嗯，三嫂既然要走了，去給她送個行。你幾時回來的，不是說今天有事要晚些回嗎？」風荷不解他從何而來的不悅，以為是外邊的事煩心，就帶了笑顏。

「臨時想起點事，就回來了。三嫂都與妳說了什麼，去了這麼久？」他揉著她的玉頸，手指微涼。

風荷躲了躲，沒躲開，就低了頭，咬唇道：「不過是幾句閒話而已。對了，柔姨娘那邊，是不是需要撫慰一下？」她沒來由的想要轉移話題。

杭天曜皺了皺眉，親了親她的眉心，說道：「撫慰什麼，由她去，何必為了她們而招得妳受累。三哥不在屋裡嗎？」

風荷偷偷瞄了一眼杭天曜，她覺得他好似有點不對勁，忙道：「沒看見，估計是出去了。」

「是嗎？以後妳少去那邊，咱們也該避著些。」杭天曜沒再說什麼，擁緊了她。

屋子裡寂靜得能聽到針尖落地的聲音，三少爺筆直地跪在地上，上首坐著方側妃，抿唇不語。

她粉黛不施，一派天然，只是唇角低嘲的笑意與面容的溫婉不甚符合。「若不是她，事情照原計劃發展，沒有人會疑心到咱們身上。可是她都做了些什麼，被一點點小小的嫉妒迷得失了心智，即使她擔下一切罪名，保不準有人懷疑到咱們頭上。這樣的女人，你還想救她做甚？」

「瑞宜也是一時糊塗，她到底是孩兒的結髮妻子，為孩兒生育了兩個孩子，孩兒怎能不管她的死活呢。她這一去家廟，就是存了必死之心的，又有病在身，都不知能不能挨過今冬呢。母親，求您，想個辦法吧。」此時的杭天瑾全沒了儒雅公子哥兒的派頭，殷切地乞求著自己的母親。

方側妃若是那等心軟的人，也不可能同意賀氏一人擔下所有罪名的決定，在她心裡，賀氏只是她的障眼，沒了就沒了，只是麻煩些，日後再找一個這麼聽話的棋子不容易。她低聲斥道：「我看你還是省省吧，她的罪名留她一命已經不錯了，你最好想想你接下來要怎麼辦吧。

「你以為太妃沒有要她的命，沒有要你休了她，真是看在這些年的情分上，這分明就是要壓制你。你正妻尚在，自然不能他娶，可是這樣一個白擔了名分的妻子要來有什麼用，既不能周旋權貴，又不能掌家理事，甚至都不能教養孩子。你想想，日後你院裡，亂成什麼樣？還有忠勤伯府，咱們是失了他們的助力了。

「這些，才是你眼下要關心的，而不是賀氏一個女人。娘從小是怎麼教你的，你都忘了不成？在杭家，你要嘛當那個人上人，要嘛就是隨意被人踐踏，莫非，你都不管了。」

這些，杭天瑾當然是明瞭的，可賀氏是為了他而這樣的，叫他真的不管，他確實做不到。尤其賀氏還替他母親認下了所有的罪名，他心裡始終是虧欠她的。他再次求道：「母親，就當是為了兩個孩子，也求您救她一救吧。」

「放心，孩子我會替你教養的，那個女人，你就當是過眼雲煙吧。現在，我們已經引人懷疑了，最緊要的是把一切牽涉到我們的證據都消滅，別讓人隨著線索，再發現什麼出來，那就麻煩大了。」

方側妃對賀氏一向不大滿意，覺得聽話有餘計謀不夠，看看這次，要不是她那爛透了的計策，也不至於功虧一簣。可是，她又不願意尋一個太聰明的兒媳婦，那樣不好掌控，不然她當時也不會想辦法替兒子選了這一門親事。

杭天瑾清楚自己母親的脾氣，她說出口的話絕不會改變，他之前也是存了一點點希望而已，說到這分上，就知一切都沒用了。只得磕了頭，無奈地去了。

而他不知，賀氏從來沒有指望過他，許多年前，賀氏就明白，這個男人，是靠不住的。

第二日一清早，杭家三少夫人身子不妥，送去了家廟靜養，只帶了兩個貼身丫鬟和一些輕便些的隨身物品。看杭家的架勢，大概是不打算再把人接回來了。這件事，外人偶爾聽聞一句、兩句，在杭家刻意的壓制下，並沒有引起京城的波動。賀氏，就這樣無聲無息的消失在人們的視野中，杭家的人與事，一切照舊，日子繼續過下去。

賀氏一走，兩個孩子由誰教養的問題就被提上了日程。最後，是太妃發了話，慎哥兒平日由方側妃照管，仍舊住在從前的院子裡，而丹姊兒反而由太妃娘娘親自教養，一時間倒成了府裡的要事。

太妃雖喜愛孩子，但她親自撫育過的除了兒女三人，就只有四少爺杭天曜一個，丹姊兒是重孫輩裡唯一的一個。當然，讓大家不解的是太妃為何把小少爺交給方側妃，自己帶一個女孩兒，女孩兒日後都是要嫁人的，能有多少用處。

六角的紗燈透出橘紅色的光，溫暖寧和，太妃只穿了一身簡便的赭石色夾襖，藍色素緞馬面裙，依著大靠枕坐在炕上。

王爺坐在她下首的黃花梨四出頭扶手椅上，面容恭敬。「母妃，丹姊兒在母妃這裡可乖巧？母妃年紀大了，還是把孩子交給王妃他們去打理吧，何必親自煩勞呢？」

太妃抿了抿唇，沒有直接回答王爺的問話，只是道：「女孩兒嘛，自然應該嬌養著。我素日裡也是閒著，有丹姊兒在身邊，還能尋點事做，有什麼辛苦不辛苦的。莫非在你心裡，也認為咱們家的兒子都比女兒尊貴些？」

「兒子不敢。兒子只是覺得慎哥兒年幼，若能得了母妃的親自教導，於他日後的前程大有好處；不過慎哥兒太小，只怕比丹姊兒還要磨人，不如丹姊兒還能開開母妃的心懷。」王爺心裡其實也是不明白太妃為何要帶丹姊兒而不帶那個唯一的重孫，但不敢明著問出來只是拐彎抹角，卻被太妃一語點破。

「咱們家的兒子，日後總不至於吃虧，女孩兒不同，若不好生教導她為人處事的道理，他日去了婆家難免吃點苦頭，你看芙兒不是如此，就是性子太軟、脾氣太糯。」
太妃隔幾日才見到丹姊兒一面，不過印象不錯，是個乖巧可愛的女孩兒，如果將來沒有好日子過，太妃覺得可惜了，不如現在就教她一點子本事。慎哥兒不同，父親庶出，若由自己親自教養，無形中太過抬高了他的身分，對府中的平衡不利。丹姊兒既然在自己身邊，自然不會容她弟弟過得太苦。
想起那個大女兒，王爺亦是有些唏噓，他與先王妃只有三個兒子沒有一個女兒，後來方側妃為他生了一個女兒後他是百般喜歡的，直嚷著要好生把她育成一個大家閨秀。可惜後來一連串的變故，使得王爺根本沒有時間顧及這個女兒。當府裡一切安定下來之後，新王妃已經進門兩年，而杭芙都五歲多了。
杭芙生得很像側妃，都有北邊女孩兒少見的嬌柔，只是王爺沒想到的是這個女兒性子那般綿軟，甚至有些膽小怕事，他十分想不明白身為王爺之女即使不是驕傲的，至少也不應該這樣怕事才對。為此，王爺心中一直存著遺憾，後來杭瑩的出生緩解了些許，就把一腔慈父愛女之心漸漸轉到了杭瑩身上。
杭芙的婚姻不幸福，他是有所耳聞的，尤其最近陳家的表現讓他極為不快。但女兒自己答應了，他再去出頭反像是仗勢欺人，所以只能睜隻眼閉隻眼當什麼都沒看到。堂堂王爺之女過得及不上普通大家的夫人太太，終究是王爺面上無光。
不由垂眸低語道：「母妃言之有理，丹姊兒年紀不小了，再過兩、三年就要定人家了，是該好好考慮的時候。婦人太過毒辣是不好，但若過分懦弱也不像是咱們家的教養。說起來，都是她母親的不是，要不是野心太大心太狠，也不至於最後害了自己的兒女。」
太妃搖了搖頭，看來這個兒子還是不明白啊，還需要敲打。「王爺，有些事不是表面那麼簡單的。這些年來，你只顧著外頭的事，府裡之事都交給了王妃，偶爾問起家中之事，不是打就是罵老四的，對其他人都缺少關注。你想想，難道賀氏是一朝一夕之間變成這樣的不成，她剛來時，你也曾幾次與我讚她，溫婉有禮襄助夫婿，你以為是什麼致使她變成這樣？
「是你啊，王爺。你莫要忘了咱們是王府，不是尋常百姓家，你不可能要求大家都如普通百姓那樣和和樂樂。而且，你更不該忘了規矩，尊卑上下嫡庶之別，這是永遠不能逾越的規矩。
「你一味地捧著老三，難免給人留下浮想的空間。即便當初老三與他媳婦沒有任何想法，都會被你誤導的，以為他們也有機會執掌王府。若不是因此，老三媳婦會鋌而走險嗎？會狠心到以為小五、老四沒了子嗣，他們就能理所當然繼承王位嗎？嫡庶之別啊，王爺，你從一開始就不該為了生老四的氣而模糊了這一點。上位者，有手腕是一回事，但這一切都必須建立在規矩之上，只有規矩才能使人不得不服氣。」
其實，王爺已經一把年紀了，孫子都不小了，太妃並不願意再為了府中的事與兒子產生意見衝突，卻不得不如此。外頭的事，讓兒子每日都繃緊著心弦，一刻不敢鬆懈；回了家，他禁不住放鬆了精神，忘了王府與外面沒有不同，只是不同的戰場而已。每個人，都會為了自己的利益而費盡心思的，這本來就是人性。活了這些年，若還看不透這些，太妃就是白活了，也因著看透，她才對賀氏一案沒有太過震驚。

她多少年來屬意老四，但實際上沒有做出過多支持老四的舉動，想要有朝一日成為王府的主宰者，老四就不能靠自己的能力，而要靠他自己。不然，就算當了王爺又能如何，王府不需要一個沒有實力的人。

太妃的話的確讓王爺大吃一驚，自從老王爺過世後，除了杭天曜偶爾鬧鬧事，府裡可以算得上和睦了，比起京城那些整日烏煙瘴氣的府邸好了不知多少。王爺想當然的以為這一切是應該的，而忽視了平靜的表面下那滔天的巨浪。

當知道小五媳婦流產是有人陷害之後，他很是驚訝了一把，甚至是痛心疾首的。而賀氏的自承對王爺而言實在難以接受，他眼中那個敦厚老實的兒媳婦居然會為了一己私利而殘害弟媳，他萬萬想不到。如今聽太妃這般說，他才有恍然大悟之感。

一開始，他就應該讓老三一家明瞭自己的身分，庶出之子，無論才幹多強，都不足以繼承王府。這不是王爺自己注重嫡庶，而是形勢使然。老四與小五可以爭，因為他們都有合法合理的繼承權，更有強有力的母舅家支持，誰都不能輕易否認他們的權利。要不是因為這，王爺自己也不會一直在立誰為世子一事上躊躇不決，他就是擔心得罪了一方。

相對而言，老三是他從來沒有考慮過的選擇，立了老三，誰來平息朝野的爭論，誰來平息嘉郡王府與魏平侯府的不滿，王爺不想挑戰延續了千年的傳統。

不管老三有沒有起過爭權的心，王爺都下定了決心，要讓他自此後明白自己的身分，不要再為了那水中月鏡中花一般的王位而最終害了自己。

他終於慚愧的低了頭，言辭懇切地說道：「母妃，兒子知錯了。從今往後，兒子會用心料理府裡的事的，丹姊兒就辛苦母妃了，慎哥兒有方氏應該不會有問題的。」

這句話，表明王爺理解了太妃的選擇。太妃欣慰的點頭笑道：「說得很是。夜深了，你早些回去歇了吧，明兒一早還要上朝呢。這次平白無故叫老四媳婦受了委屈，只怕孩子心下轉不過這個彎來，王爺也該讓人撫慰一番。老四媳婦真是個好孩子，當日大家懷疑她，現在看來她一點都沒惱，待我跟先前一樣孝順，還去給老三媳婦送了行，在小五媳婦面前一點都不露，反是小五媳婦見了她頗為尷尬呢。」

「母妃說得是。那孩子是兒子先前看錯了，真是個難得的，也是母妃教導得好。」王爺臉上露出和氣的笑容。

明媚的陽光灑在地上，有金色的溫暖包裹。一眨眼，出了四月，過兩日就是一年一度的端午佳節了。每到這日，不但親朋好友之間喜歡包了粽子分送，連宮裡都會有分例賞賜下來。今年的分例一同往年，不過皇后娘娘賞給風荷的似乎比蔣氏的厚了一些，一般人可能看不太出來。

風荷對皇后的心意還是有幾分了然的，並沒有很當回事，這都是看在杭天曜的面上，與她無關。

丹姊兒在太妃那裡住了幾日後，人靈活了不少，說起話來有小大人的模樣了。今兒，她得了太妃的令，領著丫鬟們去各方叔叔嬸嬸們房裡送荷包，據說可以辟邪。

她先去的是凝霜院。當日賀氏臨行之前，似乎與她說過什麼，她待風荷比先越發親近了，而流鶯閣中就是以禮相待，太妃好似也喜歡她親近風荷。

是以，來了凝霜院，她並不陌生，笑著謝了領路的丫鬟，進了屋。

「大小姐來了，快請，少夫人在裡邊繡房裡呢。」雲碧笑著迎上前，攜了她的手往裡帶。丹姊兒這輩裡，她是最長的。

風荷想要做幾件夏日裡乘涼穿的簡潔的裙子，趁著這兩日無事，自己尋了料子，每日閒著就繡上幾筆。看見丹姊兒進來，笑著放下手中的針線，衝她招手。「大熱天的，讓丫鬟們來就使得，祖母倒是不心疼。」

今年的天出乎意料的熱，剛入了五月，就曬得很，在外頭走上一會子極易出汗。

「就幾步的路，我哪兒那麼嬌慣了，何況我自己也想來與四嬸娘說說話。四嬸娘在做什麼呢？對了，這是曾祖母賞給四嬸娘的，能辟邪，宮裡來的，我瞧著精緻得緊。」她穿了一襲鵝黃色的衣裙，越發把個明眸皓齒的小姑娘襯得粉雕玉琢起來，小小的臉蛋紅彤彤的。

「果真精緻又討喜，丹姊兒可得了，若是喜歡，這裡邊挑一個，我也用不著這麼多。」風荷翻了翻十來個小荷包，有尋常用的，有用銀雕的，還有桃木雕的，活靈活現。

「我已經得了兩個，四嬸娘留著賞人吧。四嬸娘這裡離園子近，彷彿要陰涼些，坐著繡活也不熱。」丹姊兒偎著風荷坐了，湊著她的手看正在繡的裙子。

風荷一面讓丫鬟收起荷包，一面笑道：「這是我讓下人們做的香濡飲，妳先吃一碗消消暑。」

丹姊兒也不客氣，果真從含秋手中接過蓮花碗，細細的吃了起來。吃了半碗，方笑道：

「真好喝，甜絲絲涼浸浸的，又不是很涼，正適合這個時令喝。」她忽地住了口，視線模糊望著窗外，呢喃道：「廟裡條件簡陋，也不知母親能不能喝到消暑的飲品，她素來不禁熱。」

風荷抬眸見她眼圈都紅了，不由感慨，到底是八、九歲的女孩兒，任是怎麼像個大人，心裡還是一個想著娘的孩子。她輕輕攬了丹姊兒的肩，低聲笑道：「姊兒長大了，知道關心母親了，三嫂知道一定很是欣慰。」現在的丹姊兒與當年的自己何曾相似，好在丹姊兒還有疼愛自己的曾祖母與父親，比自己當時好了不少。

不過自己那時還是可以見到母親的，這一點就比丹姊兒幸運。

丹姊兒尷尬地拭了拭眼角，強笑道：「瞧我，又犯糊塗了。母親是去養病的，誰敢虧待了她不成。我還要去五嬸娘那裡送荷包，就不打攪四嬸娘了，改日再來與四嬸娘說話，四嬸娘可不要嫌我煩。」她笑得極為乖巧，沒有娘的孩子，定是早熟的。

風荷拉住了她，讓沈烟取了兩盒糕點來，笑道：「這原是要送去給祖母與妳嚐嚐的，正好妳差人一併帶回去吧。」

丹姊兒忙謝了又謝，她何嘗不知道，太妃只是個藉口，其實是給她的。

剛送了丹姊兒出門，風荷還沒來得及回房，前頭就有小丫鬟來稟報。「回稟四少夫人，董家二小姐來看您了。」

風荷愣了一愣，董鳳嬌？她來做什麼，不是要選秀了嗎，難道是為了這事來的。她問道：「只有董二小姐一人嗎？」

丫鬟忙應是。

風荷雖不喜董鳳嬌，可這是在杭家，不能把兩人的矛盾公開化，勉強迎了出去。

第八十三章　短暫平靜

董鳳嬌的氣色不大好，白皙的皮膚近於透明般的雪白，紅唇點了點胭脂，算是有了點精神，瞧她衣飾尋常，不像作客的裝扮，似是臨時起意過來的。身後倒是跟了好幾個丫鬟婆子，那就不可能是偷跑出來的，至少杜姨娘會知道。

她雖然有點百無聊賴，但沒有忘記打量風荷住的院子，暗暗撇了撇嘴。凝霜院不大，不過比起董鳳嬌的院子是大了不少，丫鬟僕婦也多上一些，何況一路行來王府的恢宏壯麗呢。

見到風荷，董鳳嬌勉強扯出一抹笑，喚了一聲。「大姊。」

這一聲「大姊」差點把風荷驚得栽了一個跟頭，渾身豎起雞皮疙瘩，十幾年來，董鳳嬌一向是喚她全名的，連姊姊的邊都沒擦上過。既然人家示了好，當著一院子人的面，風荷自然不會做那個惡人，展顏笑道：「鳳嬌來了，只妳一個人嗎？誰送了妳過來的？」

「護院跟了來的，是老太太有話讓我跟妳說。」她於演戲一事上實在沒有天分，那笑容根本擠不出來，神情僵硬。

「快，有話屋裡說去。」風荷笑得越發明豔，在一邊領路，卻始終沒有去拉董鳳嬌的手，做做樣子還行，太過了她可受不了。

姊妹二人並肩進了屋。董鳳嬌留神看了看屋中的擺設，湖綠色的縐紗軟簾清爽得很，案頭開著濃麗的紫色牡丹，尤其是窗下寬大的黃花梨蓮花几上擺了一個白釉粉彩的大海碗，裡邊幾枝碧綠的荷葉又圓又亮。

董鳳嬌抽了抽嘴角。董風荷，妳真是時時不忘幾枝荷花呢！她亦是想到了風荷在杭家是頗受寵的，不然不可能這麼隨心所欲。落坐之後，兩人都是吃茶，風荷不打算主動去招了她的話頭，想說自己說去，還要自己提出來不成。

董鳳嬌暗暗瞪了風荷幾眼，見她沒反應，只得開了口。「妳知不知道，上個月我已經過了初選。」

選秀要分好幾次，初選只是走走過場而已，多半的達官顯貴之女都能順利通過，用不了一天時間。過了初選的女子會被送回家中，讓父母教導宮裡的規矩，等著參加五月中旬的再選，五月底就是決選了，選中的女子或者入後宮或者由皇上指給青年才俊們。董鳳嬌能過初選那是情理之中的，風荷並不驚訝。

但她依然笑道：「恭喜了。幾日再入宮呢？」這次入宮就要在宮裡住著，沒有選中的遣散出宮，選中的繼續等著。

「初十就進宮了。今兒老太太讓我過來的意思就是讓妳給我打點著，再選是一定要過的，若能留在宮中就最好了。」這話半真半假，董家老太太確實有這個想法，自己家在京城地位尷尬，上等人家看不上，下等的自己不願降了身分。如果鳳嬌能在宮裡立足，那董家就是皇親國戚了，還怕沒有好人家願把女兒配給華辰。董家幾個兒女，一個入宮，一個在王府，一個再娶了公侯家的小姐，那才是真真圓滿了。

當然，老太太絕對沒有想到讓董鳳嬌過來開這個口，但她自己又拉不下那個臉來，是以都拖到了今日。最近時日來，董鳳嬌依然鬧著要嫁給蕭尚，老太太被董老爺拿狠話嚇了幾嚇之後，不敢由著董鳳嬌心意來，還命杜姨娘好生拘緊了，不讓她出門，生怕鬧出什麼事來。

這次是董鳳嬌自己求著來的，她裝著放下了蕭尚的事，同意按老太太的心意辦，又加上杜姨娘連連作保，才允了她過來。

風荷從來就明白老太太、杜姨娘那類人，別想跟她們講理，平兒在董家囂張慣了，以為自己真有多麼了不起。她淡淡問道：「那妳也是這個意思不成？」

董鳳嬌頓了頓，拿眼瞥著風荷，咬牙道：「我自是不願意的，所以妳假意應了老太太的話，回頭卻不能把我弄到宮裡，我要去嘉郡王府，妳與……與你們表弟說一聲，讓他、讓他到時候求求皇上。」

在她心裡，她願意嫁給誰已經是天大的臉面了，從沒有想過蕭尚願不願意娶她。

風荷第一次發現董鳳嬌還有這樣的厚臉皮，連她都臊得慌，面都沒見過，就要人家冒著危險去求聖上指婚，虧了董鳳嬌能夠想出這樣的主意來。她正色拒道：「此事不可行。」

「怎麼不行了？妳不想幫我就直說。」她猛地拔高了聲音，就差沒去拍桌子。

風荷暗暗腹誹，她幾時與董鳳嬌交好過不成，憑什麼讓自己幫她，難道憑她過去的作為？真是天大的笑話。她亦是冷了聲氣。「妳早知我不會幫，妳又何必過來。」

「妳！我嫁給了他對妳只有好處，妳為什麼不幫我？」董鳳嬌唰的一下站了起來，她沒有想到風荷會這樣理直氣壯的拒絕，好歹也留點轉圜的餘地。

「呵呵，這對我有什麼好處，我倒想聽聽。」風荷悠閒地撫弄著翠玉的茶盞，這質地，還真不賴。

董鳳嬌擠到了一處的眉心強自鬆散了些許，她跺跺腳，坐了下來，緩了緩語氣。「只要我日後多在他跟前吹吹枕邊風，他自然凡事多幫著你們，妳說是不是？」

風荷表示強烈的質疑，董鳳嬌會是知恩圖報的人？她到時候別暗中使壞就行了，可不敢信了她。不過，她沒有再次否定，而是似笑非笑地問道：「妳確定蕭世子願意娶妳，他可是有了世子妃的，妳去了頂多是作小，妳願意？」

「我，作小就作小，只要他寵愛我，一切還不一定呢。」董鳳嬌把唇角都咬得煞白了，臉卻是紅了起來。

風荷略微詫異，這董鳳嬌，對蕭尚果然是動了心的，連作小都肯，難得啊難得，居然有人可以降服得了董鳳嬌，蕭尚，令人崇拜。

但風荷不想鬆口，董鳳嬌的婚事與她何干，蕭尚面前更沒有她說話的分，她何必去碰一鼻子灰，沒得丟人現眼。她正欲直言拒絕董鳳嬌，誰知杭天曜回來了，還帶來一名客人，正是董鳳嬌心心念念的蕭尚。

若是往常，杭天曜不會明知房裡有別的女眷還把蕭尚帶進來，可他想起上次風荷與他提過董鳳嬌對蕭尚的心思，不由起了捉弄的念頭，不知冷面蕭尚遇到欽慕者會是哪般形容啊？

兩個男子，一邪肆一冷漠，一含笑一板臉，俱是一色的黑衣，大步跨了進來。

風荷已經起身迎了上前，行了半禮，笑道：「怎不提前知會我一聲，我好吩咐下人做幾個表弟愛吃的菜。」

杭天曜攥了她的手。「表弟又不是外人，揀她們拿手的做來就行，我要與表弟好生喝一盅。」他眼裡的調笑意味頗濃。

就在他們二人進來之時，董鳳嬌傻在了原地，沒有起身行禮沒有躲避出去，一雙眼睛直勾勾盯在蕭尚身上，簡直能把蕭尚看出一個洞來。

蕭尚一開始並沒有發覺，直到要往裡走時抬頭，才對上了一個盯著他發花癡的女子。他隨即厭惡起來，什麼女人，不守婦道，盯著一個外男這樣看，他冷冷哼了一聲，偏了頭去看荷葉。

杭天曜夫妻二人自然沒有忽略這一切，兩人強自忍住笑，風荷故意問道：「這是我們家二小姐，你是認識的，今兒來看我。你們在這兒吃呢，還是去前頭小書房，若在這兒，我們就去繡房裡說話。」她放開杭天曜的手，走到董鳳嬌身邊推了推她，又道：「這位是嘉郡王府的世子。」董鳳嬌再看下去，丟的就是她的臉面了。

董鳳嬌愣了愣，忽地通紅了臉，低頭看著地磚，沒有動身隨著風荷去繡房，眼角的餘光一直掃著蕭尚的方向。

蕭尚不悅地看了看杭天曜，就欲抬腳往外走。

杭天曜趕忙拉住了他，笑道：「你這是做甚，小書房太小，不好敞開了喝，咱們還是在這裡便宜些，丫鬟們伺候起來也方便。」

蕭尚掙不開他的手，面上的怒氣隱隱浮現出來，風荷也有點惱了鳳嬌的沒有見識，狠狠拉了她衣袖，低聲道：「不是才說老太太等著嗎？我這就送妳出去吧，別教他們等急了。」

鳳嬌猶自發愣，被風荷拉著出了房，到了門外才反應過來，還要回頭去看。

「妳幹麼不讓我待在那裡？」她怪責風荷壞了她的好事。

「妳再看下去人都走了，那麼多下人，難道妳就不要臉面了？」風荷保證她絕對不是為了董鳳嬌的面子，她是為了自己，她們總是姊妹，董鳳嬌的閨譽不好，她能好到哪兒去。都是杭天曜，幹麼使壞捉弄人。

董鳳嬌兀自往屋子裡瞥，喃喃道：「他真的很好看。」

風荷差點被她這話給嗆暈了，發花癡也不是這麼個法啊。她怕董鳳嬌做出什麼來毀了董家的聲譽，只得哄她道：「正好這會子人來了，我得趁著機會替妳問問，妳先回去，得了消息就使人去知會妳，可好？」拜託，快走吧。

董鳳嬌猶疑地看著風荷，頓了須臾，又道：「妳不會騙我吧，我自己問他？」

「妳瘋了不成，妳一個閨閣女孩兒，主動去問一個大男人這種話，妳的清白體面還要不要了，便是他原有心也得被妳嚇了回去，妳說是不是？我絕對不會騙妳，白問一句話，我又不會少根頭髮。」風荷第一次發現董鳳嬌這麼難纏，若是去了嘉郡王府，不知蕭尚會不會被她磨死。

董鳳嬌就這樣被風荷連哄帶騙的送了回去。一送董鳳嬌離了杭家，風荷長吁一口氣，董老爺真是生的好女兒啊。

風荷先去小廚房吩咐了幾句，然後轉回正廳，杭天曜已經帶著蕭尚到小花廳裡說話去了。她分派了幾個小丫頭進去伺候，自己就想回房歪歪，誰料杭天曜讓人來請她過去，只得去了。

一見她，杭天曜就向她招手，風荷走到他跟前，被他推著在旁邊的凳子上坐了，還笑問她道：「她來做甚？」

風荷明知杭天曜的用意，暗暗在他腿上掐了一把，恨恨道：「自然是來看我了，不然還能幹什麼？」

「哦，難道沒有說別的，我瞧她看著表弟不對勁呢，表弟，你可別告訴我你與人家姑娘暗中有過往來啊。」杭天曜這兩天的心情頗為不錯，好不容易逮到一個打趣蕭尚的機會，他不想白白浪費。

蕭尚白淨的臉黑了黑，嘴角發抽，冷眼迫視著杭天曜。「王爺幾日不打你，你就皮癢了是不是？」

噗哧一聲，風荷沒忍住，笑了出來。她趕緊拿帕子捂住了唇，還裝著什麼都沒聽見的樣子命丫鬟上酒菜。

杭天曜笑嘻嘻與風荷道：「娘子，妳上次還與我提過妳娘家妹妹似乎有事求我們，不如說出來聽聽。」

風荷推開他依上來的身子，想了想，左右她都答應了董鳳嬌，替她傳句話也不是不行，只是蕭尚的冷臉實在有點嚇人。她小小醞釀了一下，在杭天曜的鼓勵眼神下說了起來。「她呀，也是糊塗。不瞞表弟，她是偶爾見了表弟一面之後就被牽動了心思，奈何咱們家那是什麼門第，怎麼敢妄想王府，被我狠勸了幾句。只是少女心腸，不是幾句話就能打消的，倒讓我好一場煩難。」

她說著，又故意嘆了一口氣，瞟見蕭尚的臉果然黑了又黑。

「哦，可是真的，我看著不錯哎。生得好相貌，表弟以為如何，若是喜歡就納了吧。」

哼，蕭尚，讓你裝，府裡的姬妾們一個都看不順眼，偏還不好男風，分明就是為了襯托自己的陰暗面來的。你既這樣，做表哥的就操心替你物色一個小美人吧，那還是我小姨子呢。

風荷對蕭尚不熟，聽到杭天曜這樣直白的話，渾身抖了抖，坐得遠了些。這兩人，不知打什麼擂臺，只要不把戰火引到自己身上就好。

出乎大家意料的，蕭尚平靜地掃過杭天曜笑意滿滿的臉，掃過風荷小小緊張的臉，一口應了下來。「好。」

他一個「好」字剛出口，風荷覺得自己的心臟狠狠跳了幾跳，不解地看向杭天曜，同樣看到他發怔的眼神，才確定自己沒有聽錯，不可思議的看著蕭尚。

孰料蕭尚似乎不覺得自己說了什麼不該說的話，自顧自斟酒吃了一口，讚道：「好酒，清香甘洌，暢快。」

杭天曜揉了揉自己的額頭，哀怨的看著風荷，表示此事與他無關，若是董鳳嬌去了蕭家沒有好日子過，可別怪他今日成全了她，他真是一片好心呢。

風荷決定，自己堅決不再插手此事，尋了一個藉口溜了出來，回了房間發呆。董鳳嬌啊，妳可千萬不要怪我啊，這都是妳自找的，去了蕭家之後聽天由命吧！

即便不熟，風荷也能看出來蕭尚對鳳嬌沒有一丁點的感覺，他這樣一口答應不是有目的的就怪了，真是個怪人。

董鳳嬌當天晚上就收到了風荷派人送去的消息，印證了一遍又一遍，歡喜得一夜未曾睡，滿腦子盤算著自己的嫁妝、以後的幸福生活。

晚上歇息時，風荷忍不住纏著杭天曜問道：「表弟究竟是什麼意思，不是都說他不好女色嗎？」

杭天曜勾了風荷的脖子擱到自己肩窩裡，用力嗅著她身上的香味，笑道：「他確實是個怪人，有人說他的世子妃善妒不讓他去妾室們房中，有人說他潔身自好，每月算下來有二十日會獨自睡在書房。我們拉了他吃酒耍樂他也去，但是從不沾惹女人，妳妹妹那可是頭一個他親自鬆口納進府的。」

「那你們倆居然還能交好？應該是相看兩厭才是啊。」風荷往杭天曜脖頸裡吹著氣，自己格格笑了起來。

杭天曜抓了她的手，假意板了臉道：「妳這話什麼意思？難道我就不潔身自好了，妳想想，這些日子來，我可有去過誰的房中，連門都沒踏進過，又有哪一晚沒有回來歇了？」他可是清清白白的啊，卻被世人潑了一身的髒水，比起來，蕭尚都沒他清白呢。

風荷忙笑著往他懷裡拱了拱身子，嬌聲道：「好，只要你從今往後改了，從前的事我都不計較，可好？」

杭天曜豈會沒有聽出她話裡的意思，不忿道：「那妳還是懷疑我了，妳若不信，就自己試試。」一生手熟手試試就知了，可惜他看的豬跑太多，不會也會了。杭天曜自然不是那等有原則追求守身如玉的男子，他只是為了安全，為了他好不容易撿回來的小命，那些女人，誰知道誰是誰的人，他哪敢消受啊。

他一個翻身壓到風荷身上，左右動起手來，不給風荷一點招架的機會。燭影搖紅中，唯能聽見風荷低低的求饒聲，帶著夜的魅惑。

端午佳節，皇后宣了太妃、王妃進宮說話，還留了午飯。府中下人們都分了粽子，一個個歡歡喜喜爭著粽子吃。

雲碧、含秋、芰香幾人，都被風荷放了回自己家與家人團聚。雲碧只一個兄長，仍在董家當差；含秋父母俱在，並不是府中家生子，如今家中做了點小生意，頗能餬口；芰香尚有一個寡母，去了半夏莊裡領些閒雜小事。

自上次風荷出去看鋪子已經有一段時日，因著蔣氏之事耽擱了下來，不然這回鋪子都快開起來了。好在幾個家人遵著風荷的吩咐先把鋪子盤了下來，粉刷修整過，貨源也尋好了，只等著開業。依風荷的意思，日子選在六月初，現今先在外頭傳揚開來，做足勢頭，到時候一舉得力，她並沒有刻意隱瞞自己是鋪子的主子，連太妃那裡都提過的，太妃似乎還很讚賞。

京城權貴大家雖不屑於從商，但誰家家裡沒幾個鋪面的，貴婦們玩玩賺幾個脂粉錢也是常事，反正又不要她們自己出面，一切都有家人夥計料理。風荷的鋪子還沒開起來，已經鬧得沸沸揚揚了，能在京城最繁華熱鬧的地段開鋪子，絕對是大手筆。

屋子裡，只有風荷與沈烟二人，一個坐著寫字，一個一邊磨墨。

「周勇回來了，還帶了沈征的閨女一同來的，暫安置在臨江院，等著少夫人得閒了來回話呢。」沈烟微微笑著，這是剛送進來的消息。

「他好快的手腳，正月底去的，三個多月就趕了回來，估計是掛念著他媳婦的肚子吧。」風荷擱筆，輕輕吹了吹字跡，細細回想著還有什麼忘了的地方。這是她給新店鋪制定的條陳，往後都要按著這個來行事。新店鋪取名作「嘉木茶樓」，只做上等生意，不賣普通茶。她原先那家是茶鋪，專門針對小老百姓們賣中低檔茶葉，而「嘉木茶樓」不僅賣茶葉，更主要是喝茶。

葉嬤嬤那口子為著年紀大了些，下邊的人又練了起來，之前他一直閒在家中，新茶樓開業，年輕一輩的管事們都閱歷淺，鎮不住場子，風荷重新請了葉管事出山，當了茶樓的大掌櫃。連帶著葉嬤嬤這幾日都在家裡照顧忙活的老少爺們，沒了時間進府。

沈烟小心接過字紙，晾在一邊，抿嘴笑道：「一來是掛念他媳婦，二者想來也是南邊的事料理妥了，那本就是小莊子，之前有沈征使壞，眼下沒了阻礙，憑周勇的能耐很快就能理順了。少夫人打算安排周勇什麼新活計呢？」

風荷揉了揉發痠的胳膊，信步到窗前，回眸笑道：「莊子出息小，我本就不放在心上，尤其路遠不好照管。但此時賣了價格肯定低，等到那邊出息好了再賣更划算。周勇嘛，自然有他的去處，葉管事那邊不是還差個二掌櫃嗎？我看他歷練幾年也是一把好手。那個沈征的閨女，我先前只是隨口說說的，既然沈征聽話，我也不想將人逼入死角，就讓她跟在葉嬤嬤身邊吧。」

沈烟在門前喊了小丫頭打水進來，自己上前挽了風荷的衣襟袖口，嘴裡說道：「少夫人的主意妙。沈征的女兒只怕很有些嬌寵，交給嬤嬤管教最合適。何況嬤嬤年紀大了，身邊不能沒個使喚的丫頭，傳個話跑跑腿的正合適，免得每日都要嬤嬤來來回回走一趟。」

「何嘗不是？嬤嬤奶了我，也沒有享過一日福，還要她時不時操心，我這心裡過意不去得很。」青鈿半蹲著身子，高舉著銅盆，風荷拿香胰子淨了手，用帕子拭去水珠。

「少夫人又說笑了，咱們能跟著少夫人都是幾輩子修來的福分，苦日子一日沒過過，比寒薄人家的小姐過得還好，哪一日不是享著福。」沈烟取了滋潤的膏子來，風荷挑了一點點在掌心，慢慢揉開，有淡淡的幽香瀰漫開來，恰似蘭花的味道。

青鈿不及去放下手裡的東西，揚眉笑道：「前兒我在院外遇見雪姨娘跟前的姊姊，說了兩句話，她聞到了這個味，還直說好聞，說雪姨娘素來不愛香花香草，只愛蘭花。問我有沒有多的，勻一點給她，她好叫人照著配了，給雪姨娘使。我哪能有，那日還是湊巧髒了手，沈烟姊姊給我用了一點點，便不敢應。」

雪姨娘跟前的，記得有個面相普通氣質清冷的，好似喚作什麼梨素，倒是好個名字。雪姨娘、江雅韻？

風荷怔了半刻，隨即道：「既如此，沈烟妳回頭命人給雪姨娘送一些過去，再取其他幾樣不同香味的給另外幾位姨娘也拿些，讓她們喜歡什麼自己拿。」

沈烟沒有一刻遲疑，很快點了頭。「少夫人放心，奴婢這就使人送過去。」

媚姨娘受罰、柔姨娘流產之後，幾位姨娘都很是沈寂，每日前來請安都不敢多作停留，反是純姨娘閒來無事會來這邊坐坐，但多半時候不敢打攪風荷，只是幫著雲暮做點簡單的針線。

這不，今兒用了午飯歇了晌之後又來了，純姨娘年紀最大，看著卻最單純，一雙大大的眼睛清澈無比，只是偶爾閃過一星半點的憂鬱。聽說她從前是每日嘻嘻哈哈的，後來兒子沒了，人才淡了下來，只與端姨娘交好。

「雲暮姑娘這手法可是蘇繡裡的，我竟從未見人使過？」她大睜著雙眼，看著雲暮的手指靈巧的上下翻動。雲暮做的是風荷一件夏衫袖口的花樣，銀紅的紗衣上繡著一朵朵碧玉色的小花，栩栩如生。

雲暮手下不停，笑著道：「什麼姑娘不姑娘的，姨娘喚我雲暮就行。不正是，我母親是姑蘇人，會點簡單的蘇繡技藝，統共只教了我這麼幾種針法，若能多跟著她學點就好了。」

純姨娘認真瞅著雲暮的動作，讚嘆道：「我從前在家時也學過一點女紅，可是比起雲暮姑娘的來實在是上不得檯面，偏妳還這麼自謙。現在人閒了下來，又不會讀書識字的，只能學點女紅打發時間。」她說著，輕嘆了一口氣。

雲暮收了最後一針，展開細細檢查了一遍，笑道：「我多虧了跟著我們少夫人，勉強識得幾個字，不然連自己的名兒都不會寫。而且讀書識字，做起女紅來畫花樣都要好看。」

「姑娘真是好福氣，能跟著少夫人這樣的主子，我當日若能被賣到少夫人身邊那該多好，也不會由著人送來送去的。」說到這兒，她不免低了頭，垂頭不語。

雲暮愣了愣，不好接這個話茬，說出來就是非議主子了，卻真心同情純姨娘。雲暮不是董家家生子，家中有幾畝薄產，偏她父親不爭氣，愛個吃酒賭博的，漸漸把家中一點產業都揮霍盡了，靠著她母親做針線度活。她母親操勞太過，一病不起，又沒銀子看病，不到一個月就去了，她亦被父親賣給了人販子，後來轉賣到董家。

純姨娘不知是單純還是一下子忘了戒備，喃喃起來。「我也不大記得父母親人的樣子了，九歲那年，我們家鄉那邊遭了災，家中幾畝薄田顆粒無收，還有弟弟妹妹要養活，爹娘無法，把我賣給了那邊一個財主家中。那財主倒是個積善家庭，沒有很為難我，算是過了一、兩年平靜日子，後來財主家裡來了一個遠方親戚，居然把我要了去。我稀裡糊塗到了京城，在那人家裡學了些粗淺的歌舞技藝，一次四少爺去看了之後讚了一、兩句，就被送來了這裡。

「好在府裡都是和氣人，我算是過上了少見的好日子，原該滿足了，奈何少年離家，多年來不知家中可好，父母可安康，弟妹可成材，終是不滿足啊。」她長嘆一口氣，很快拿帕子掩住眼角。

純姨娘是圓圓的臉兒，看著就像個和氣人，一向得丫鬟們喜歡，雲暮也不討厭她，甚至覺得她過得太憋屈，每日小心翼翼的，不像其他幾位姨娘招搖。

她心中微動，勸道：「哎，說起來咱們也是運氣好的，運氣不好的還不知怎麼死的呢？家人自有家人福，妳若實在擔心，不如求求四少爺，派個人去妳家鄉看看，或許有線索呢。」

純姨娘聽了這話彷彿受了驚，不可思議地看著雲暮，小聲道：「那怎麼可以。路遠迢迢的，四少爺是做大事的人，豈能為了我一個下人浪費精力，我也不過是偶爾唸叨幾句而已，即便真的尋著了又能怎麼樣。」

「妳說的也是，雖然主子們待我們寬和大方，但我們也要知恩圖報，那樣才不枉費了跟著主子一場。常聽人說幾位姨娘中，數媚姨娘才藝最好，歌舞樣樣行的，我們也沒見過，可是真的？」她不經意間轉了話題。

純姨娘也不覺，點頭道：「確實，我並沒有看過她跳舞，不過歌喉是聽過幾回的，聽人說是京城頭一份。左右我是粗人，不大會辨，聽著很好聽就是了。但若說才藝最好，只怕也不對，媚姨娘略識得幾個字，到底沒有雪姨娘滿腹詩書的，連身邊的丫鬟都取了那麼好聽的名字。當然，少夫人是不用說的，咱們不敢拿來比。」她憨憨地笑著。

「妳說的可是梨素？聽人說她也識字？」雲暮來了興致，笑著問。

「正是她。我在家時哪有什麼名字，就叫丫頭，後來主子賞了『朱顏』兩個字，我也不懂。反正覺得梨素好聽得很，一次還聽雪姨娘與梨素說起，雲暮姑娘幾人的名字都出自什麼詩啊詞的，竟是真的不成？」她笑著拍起手來，把方才的不快拋到腦後。

「那都是少夫人賞的。」雲暮笑吟吟說著：「不過好記好叫而已。」

兩人說說笑笑著，就過了大半個下午。

風荷卻沒她們悠閒，才寫完了字，就聽說順親王世子妃來探望妹妹蔣氏，府中長輩不在，風荷只得梳洗了前去迎接。

第八十四章 風波初起

蔣氏還未出小月，每日在房裡靜養，她母親已經回了自己府中。

順親王世子妃長得與蔣氏挺像，但氣質截然不同，一個溫柔可親，一個活潑俏麗。看那順親王世子妃，一身玫瑰紅的夏裙，綰了彎月髻，幾件白玉的首飾點綴著，溫婉大方，氣度雍容。

皇后宣了太妃、王妃進宮，旁人不知，順親王家理應會得了消息才是，而她偏偏這個時候上門，難免引人詫異。依她的身分，杭家剩下的幾個人都沒有她高，齊去迎接也是使得的，但二夫人推病，三夫人吃齋，四夫人回了娘家，五夫人略微中了一點暑氣，只有一個風荷，沒辦法，硬著頭皮前去迎接。

順親王世子妃態度很和藹，不讓風荷拜下去，親自扶住了她的手，笑道：「我早想來走走，奈何一直脫不開身，正好今日得閒，不料太妃娘娘與王妃都不在，倒是我疏忽了。」

風荷也不堅持，起身淺笑道：「我年紀輕，不大知事，怠慢了世子妃娘娘，還請世子妃娘娘看在祖母的面上多多包涵。」

世子妃留神去看風荷的穿著打扮，淺碧色錦紗百合如意夏衫和水綠色繡碧綠煙柳的長裙，整個人裊裊婷婷清清爽爽的，看著讓人滿腹的燥熱都消了。纖腰緊束，不盈一握，就如初春的柳條一般，偏她容色美豔，氣度嫻雅，半點都沒有輕浮之氣。世子妃心中暗讚，點頭笑道：「這是怎麼說的，都是一家子親戚，哪兒來的這麼多規矩，況且我一向是個簡便的人。」

恰好蔣氏打發了丫頭來前頭探聽消息，風荷順勢相請道：「弟妹許久不見世子妃，怕是想念得緊，咱們不如去她那裡說話，只是怠慢了。」

「我正是來看她的，那咱們就走吧，回頭有的是時間說話。等三妹好了，還請四少夫人與她一同去我們府裡作客呢，也讓我好生招待四少夫人一番。」世子妃也不介意，笑著應了。

風荷命人前頭領路，自己陪笑請世子妃前行。也不知是不是她的錯覺，她覺得世子妃與她說話時賠了不少客氣，不知這是世子妃的本性呢還是故意的，她心下狐疑。

沿著甬道往北，越過臨湘榭，前面就是流鶯閣了。院子裡到處飄蕩著粽子的糯香與粽葉的清香，偶爾夾雜著雄黃酒淡淡的醇香味，溫暖的午後有家常的溫馨，可惜風荷一點都不能自在。

順親王世子妃似乎挺看重風荷，一直與她說話，或是家中瑣事，或是穿著打扮，不一而足。風荷打起了十二分的精神應付她，同時也發現世子妃比蔣氏博學多才，什麼都能說上一二來，尤其見的世面多，更顯大氣。

世子妃頭上那支白玉銜流蘇的鳳釵成色極好，流蘇上的紅寶石散發出耀眼的光華，襯著她裙角上繡著的牡丹，富麗堂皇，雍容華貴。

「聽三妹說過四少夫人於打扮一事上獨具眼光，不想果然如此，連我見了都愛得不行。」她朱唇輕啟，語笑嫣然。

「都是五弟妹說笑的，其實也不過這麼著，按著府裡的分例來，娘娘才是真正的氣度雍容呢，我是萬萬不及的。」風荷不解蔣氏之姊為何這般示好，亦只能虛與委蛇，不欲現在惹惱了她。

世子妃自然聽出風荷話中的客氣疏離之意，輕嘆了口氣，強笑道：「家父家母疼愛么女，難免衝動行事，卻不是故意疑心四少夫人的。如今事實俱清，他們心裡悔得什麼似的，只是年紀大了，拉不下那個臉來，我在這兒替他們向四少夫人致歉了。」她說著，果真要行下禮去。

風荷嚇了一跳，趕忙攙住她，正色說道：「娘娘可是折煞我了。國公爺與夫人心疼女兒一時焦急是人之常情，何況當時形勢如此，叫人不得不疑，究竟我並沒有受什麼委屈，如何敢怪責兩位長輩呢。五弟妹出了這樣大的事，別說國公爺與夫人了，連我都心下難受得緊，娘娘快別這樣說了。」

世子妃聽了，神色極為感激，居然握了風荷的手，驚喜地笑道：「妳說的當真？阿彌陀佛，那敢情好，家父家母先還在家中懊惱不已呢，都沒臉面再上府裡來，有了四少夫人這句話就放心了。」

「自然是真的，五弟妹怕是等急了，咱們先去看看她吧。她每日在房裡無聊，正盼著娘娘能來陪她說說話呢，見到娘娘定是高興。」風荷不想在這個話題上與她糾纏，笑著扶著她往裡邊走。院子裡早有下人們看見，迎了出來。

蔣氏歪在床上，戴了秋香色的抹額，容色比前幾日好了些許，有淡淡的粉紅，只是精神依然萎靡，再看不見從前的嬌笑俏麗。

王妃憐她身子虛弱，心傷難癒，竟沒有給五少爺房裡安排人，由著五少爺每晚歇在蔣氏房裡。這一點，風荷是挺佩服王妃的，沒有被孫子沖昏了頭腦，還是明白嫡子嫡孫才是正統，庶出的再多又能頂什麼用呢。

世子妃看見妹妹容顏憔悴，就是一陣心酸，緊走了幾步，拉住她的手嘆道：「妳呀，怎麼就把自己弄成了這副樣子呢。孩子沒了，以後還是會有，只妳身子弱了，那就真的麻煩啊。妳年紀也不小了，都是人家的人了，怎麼還由著自己性子來，母親也不勸著妳。」

因蔣氏最小，國公夫人最寵，蔣氏也就這個大姊的話能聽幾句，她委屈地癟了癟唇。

「大姊，再有幾個孩子，他們都不是那一個啊。我日日感受著他在我體內成長，與他一同分享這初為人母的喜悅，孰料他會突然棄我而去呢，妳叫我心下如何不難過？」她說罷，就伏在世子妃肩頭嚶嚶啜泣起來。

風荷不由心中暗嘆，或許蔣氏是最真的人。旁人多多少少將這個孩子當作一個籌碼，沒了就當失了個籌碼，以後還會再有。只有蔣氏，她是母親，每一個孩子對她都是不同的，她是真心愛那個孩子，才會比他人的痛苦更甚十分。從這點而言，她的確是無辜的受害者。

世子妃聽得心中也是酸楚，但此時不能順著蔣氏的話說，以免她鑽了牛角尖，反而勸道：「雖如此說，他既然走了就是你們的緣分太淺，妳將養好了身子，說不定一年半載的他重新降臨了呢。妳一味這樣傷心難過，他便是想來看妳都不成啊。」

說實在的，世子妃確實很能勸導人，她幾句話一說就把蔣氏的心神收攏了過來，聽得蔣氏來了精神，篤定地道：「大姊放心，我明白了。我一定會好好保養著身子的，不再傷懷了。只求大姊閒來無事多來看看我，我在這裡連個說話的人都沒有。」

蔣氏只是一時口快而已，而且她一心都撲到自己姊姊身上，幾乎忘了風荷就在房裡。而世子妃不同，趕緊打斷了她的話，衝風荷笑道：「瞧她，一見了我就愛胡說八道。什麼沒有人，你們府裡太妃娘娘、王妃娘娘不說了，妳還有這麼多的妯娌弟弟妹妹呢，怎麼就沒人說話了？」她對蔣氏連連使著眼色。

蔣氏恍然發覺風荷也在，眼神黯了黯，客氣地道：「四嫂別怪我糊塗，四嫂快坐啊。」

屈冤了風荷，雖然一切已經過去了，但大家不可能當作什麼都沒有發生過。現在每次見到風荷，蔣氏的表情都有些訕訕的。

「我豈是那等是非不分的人，五弟妹望著有個娘家的姊妹說說笑笑是常理，有何不可的？」她忙笑了，瞧不出有半點不對勁的感覺來。

「多虧了四少夫人大方，我這個妹妹啊，在家裡得寵，小霸王似地，換了旁人還不定能與她合得來呢，不過聽她說與四少夫人倒是不錯。」世子妃抿嘴笑著，似乎在等風荷一句肯定的承諾。

風荷自問與蔣氏關係不好不壞，也算過得去，莞爾笑道：「都是一家子妯娌，抬頭不見低頭見的，有什麼話不能說開。而且我雖年小，到底比她長一些，理應有做嫂子的樣子。娘娘說是不是？」

「是，正是。三妹若能有四少夫人一半，家母也不會日日唸叨著不放心了。」她呵呵笑著，寵溺地揉了揉蔣氏的頭髮。

風荷陪著笑。「娘娘與弟妹先說著，我去下邊看看，回頭再來。」她們姊妹必是有體己話要說的，自己在這兒她們反而不便，正好趁了這機會下去也好。

兩人都沒有多作挽留，笑著看她去了。

待她走遠了，蔣氏才鬆了心弦，抱怨道：「大姊，我哪有那麼不堪，妳就會在外人面前抹黑我。」

「妳還說呢，當日那麼衝動，連帶著父親母親都發了懵，冤枉了人家，如今見了面都沒有一句抱歉的話，虧了她氣度大，若是別人早拂袖而去了，還肯替妳去迎我？妳想想，妳要被人冤枉了，妳見了人還是沒有一點顧忌不成，只怕鬧得什麼樣呢。

「唉，不是姊姊愛說妳，妳已經成婚有了自己的家人，就不是孩子了，許多事要多聽多想，不要被人牽著鼻子走。妳看這次，你們不是差點被人利用了，這分明是一石三鳥、借刀殺人之計，偏妳只顧難過傷心，半點理智都沒了。當日事情鬧得那般，妳試問誰心裡沒個疙瘩的，她半點不表示出來，難道就代表她不介意不成？

「越是這樣的人妳越要小心，妳看我，為何待她這般客氣，就指望著她能不與妳太過計較，不然憑妳和妹夫兩個的心機，十個都不是她的對手。妳還不肯承認，瞅我幹麼，自己用心想去，我這話說得有沒有理？」

世子妃說著，就著了幾分氣惱，以這個三妹的心性，自己當日就說過應該嫁去比自己門第低的人家，方能憑著娘家有好日子過。父母只是不聽，一心念著榮華富貴，榮華富貴難道沒有盡頭，以柔玉的脾性根本不適合杭家這潭渾水。

蔣氏聽得咬了唇，低頭不語，眼中卻是含了淚，低泣道：「我何嘗不懂大姊是為了我好，可我就是拉不下那個臉來嘛。她本來就樣樣都好，經此一事更是得了王爺的心意，這府裡是沒有我的活路了。」

世子妃氣得狠狠戳了戳她鬢角，沈聲喝道：「妳都渾說什麼，沒有活路，有王妃在，有妹夫在，妳只管好生當妳的少夫人去。妳若覺得自己及不上人家，那就多跟著人家學習啊，何必還故意遠了人家，這與妳又有什麼好處？」

蔣氏越發低了頭，臉微微泛紅，呢喃道：「我也不敢瞞姊姊，起初我也是一心與她交好的，多一個朋友總比多一個敵人來得好，她的性子更不是那等掐尖要滑的。只我沒料到她出身一般，卻是那般品貌，為人處事皆比我老道，比我得人緣，連她身邊的丫鬟都個個能幹，與府中人交好。

「我眼睜睜看著她一步步獲得王府人的心，焉能不著急？小五他的將來與我是息息相關的，我與她勢必要成為水火不容之勢，姊姊妳叫我怎麼辦？從前杭瑩與我多要好，閒了就來我這邊閒話半日，如今，姊姊妳看，都是往她那兒去了，我都分不清究竟她是杭瑩的親嫂子還是我。照這樣下去，我在這府裡是半點地位都沒了。」

世子妃是聰明人，這些她早想到了。她自然希望蔣氏夫妻能順順當當繼承了王位，那樣對她也有好處，但若不成也沒有什麼，杭家也不會虧待了自己妹妹。可是，她亦是清楚，一旦嫁進了杭家，這些就由不得人了，不是妳願意不爭就能退出的，終究會被情勢逼著，不得不去爭去搶。

蔣氏與董風荷，總有一日會成為對頭，那只是時間早晚而已。這樣，她才愈加擔心這個妹妹，她心思簡單，三言兩語就能被人看透了，憑什麼去和那個四少夫人鬥呢，如果沒有強有力的支持，她勢必會輸。而且以她對董風荷的瞭解，那個女子，要嘛不出手，一出手就是斃命的狠招。

兩人都沈默了下來，走到這一步，就沒有了回頭路，還怕多一個厲害的敵人嗎？

出了流鶯閣，風荷決定先去前院，讓人到宮門口打探一番，看看太妃什麼時候能回來。照往常的規矩，太妃與王妃應該已經回府了才對，今兒晚了，會不會是皇后有事留著她們商議呢？

選秀在即，只怕就是為了這事了。

即使後宮不會充實太多人，即使皇上皇后鶼鰈情深，皇后也不能不做任何防範，在宮中受寵近二十年的女人，絕不是什麼簡單的角色。尤其還牽涉到太子立妃，這可是關係到朝堂，關係到江山，更關係到杭家的百年大計啊，禁不得皇后會慎重再慎重。

韓穆雪，能不能順利當選太子妃呢？私心上而言，風荷是希望韓穆雪一舉成功的。不管後宮會有多少風雨，不管太子待她是什麼情狀，那都是韓穆雪不得不接受的未來，誰讓她生於那樣的家族，誰讓她受了家族十幾年的重恩呢，她必須用自己的一生來回報。

不是風荷勢利俗氣，她們都是庭院深深中成長起來的少女，都將無奈而勇敢地肩負起她們的責任。婚姻或是情愛，都沒有可供她們退縮的後路，她們只有義無反顧的前進。

風荷輕輕搖搖頭，笑著甩去那些紛亂的思緒，那些事，她想不想都無法決定，還是顧著眼前的事吧。

吩咐完了下人們話，她看看時間還早，晚飯還有一段時間，親自去了一趟大廚房，讓她們預備一桌上等的席面。世子妃下午過來，想必是要留飯的，不然寧願等到改天再來。

做完這些，她忖度著時間差不多了，準備回流鶯閣去照顧著，蔣氏臥床，她再離開太久就不大好了。誰知剛走到半路，卻撞見匆匆而來的杭天曜，二話不說，笑咪咪拉了她往凝霜院的方向走。

她只得囑咐沈烟去流鶯閣說一聲，杭天曜找她應該是有事才對，這個人，在外面，就不能注意一點，就會給她招麻煩。

院裡少了幾個丫鬟，一下子感覺冷清不少，都沒了往日的嬉笑打鬧聲。

小跑著回了房，風荷身上有些微的薄汗，黏在衣服上，膩味得很，她有些不悅，嗔怪地瞪了杭天曜一眼，噘嘴道：「你這麼急拉我回來做甚，你看看，才上身的新衣裳，又沒了。回頭要去五弟妹那裡，出了一身汗過去也不像，偏沒時間沖個澡。」她喜歡夏日，但不喜歡出汗，只是喜歡夏日黃昏的晚風，喜歡澄淨如緞子的夜空。

杭天曜知她怕熱，忙命小丫頭打了溫水來，自己揀了一把山水畫面的摺扇給她搧著，口裡問道：「還熱不熱，要不要再大一點？」他笑得比驕陽還要熱烈幾分。

風荷立時不熱了，反而發起冷來，杭天曜忽然這麼體貼定有緣故，別在外頭做了什麼壞事出來，等著自己去求情吧。

風荷上下打量著杭天曜，眼神裡滿含著戒備，淺笑道：「爺今天與往常好似有些不同啊。」她一面說著，一面靠近杭天曜，在他肩上嗅了嗅，搖頭自語道：「沒有酒味啊？」

杭天曜被她可愛而迷糊的表情一下子逗得開懷大笑，雙手使力打橫抱起她，一連轉了有十來圈，直到風荷攀緊了他的脖子驚呼時才勉強停了下來。

風荷仍然害怕，天旋地轉壓迫著她，而她彷彿江中沈浮的小船，煞白了小臉，在杭天曜後頸上狠狠掐了一把，怒道：「叫你使壞，放我下來，不然我不客氣了。」

「娘子要怎麼不客氣呢？小的任由娘子處置。」他越發得意，用力在風荷臉頰上親了兩口。

「小心我咬你啊。」風荷拚命瞪圓了眼睛，只是說出口的話很沒有殺傷力，倒像是撒嬌。甫一出口，她就後悔地想要咬掉自己的舌頭，到底捨不得，換了個方向往杭天曜臉頰上咬下去。這一口不輕不重，印上了淡淡的粉紅牙印。

看著杭天曜又惱又笑的表情，風荷自己先撐不住了，笑得軟到在他肩頭。淺碧色的夏衫輕薄順滑，因著風荷的手上舉捧著杭天曜的頭，就滑了下來，露出小半截雪白的玉腕，臂上戴著瑪瑙串，通透的紅，把一段玉膚襯得白而潤。

杭天曜被她笑得醺醺然，落眼在她皓腕上，喉頭發緊，就將火熱的吻密集印在她臂上，繼而輕輕嗜咬吮吸著。

風荷略略受驚，倒沒有很躲，只是順勢揪著杭天曜的雙耳，嬌笑道：「幾天沒吃肉了不成？讓丫鬟給你上去，都餓成這般了。」

「娘子，妳不說我竟忘了，我今兒都沒吃過東西，妳快讓人給我送點吃的來，越快越好。」他說著，垮下臉來，委屈的嘟著唇。

風荷訝異，先不問他，高聲吩咐下人揀幾個熱熱的粽子，配上幾樣小菜送進來，才轉而心疼地問道：「早上叫你吃了東西再走，你說趕不及，一直到這會兒都沒用飯嗎？身子怎麼受得住。」

杭天曜抱著她久了，手臂有微微的痠麻，可捨不得放開她，索性抱了她一起坐到新換的錦煙蓉覃湘妃榻上，隨意地笑道：「這有什麼，幾年都這麼過來了。現在有了妳，比起先時好了不知多少，至少衣食無憂。」

風荷聽得噗哧笑出了聲，仰起頭歪在他肩膀上，細細說道：「照你這麼說，從前你都是食不果腹、衣不蔽體的不成，叫人聽了都要懷疑你是不是王府的公子哥兒呢。只是我彷彿聽人提起你花天酒地花錢如流水呢，跟你說的竟不像是一個人啊。」

她話音剛落，雲暮就領著小丫鬟送了吃食上來，風荷令她們擺在了小花廳，自己跳下榻來，挽著杭天曜的胳膊轉到花廳去，一面道：「既如此，今兒就讓我好生伺候你一番。」她忽地拍了一下自己的額角，懊惱地對杭天曜道：「瞧我，都忘了，五弟妹那裡怕是離不了人呢，祖母如何還不回來啊。」

杭天曜愛憐的在她額角上揉了揉，嗔道：「管她們做甚，前兒是怎麼對妳的，妳倒是不記仇啊。姑姑只怕有不少話與祖母說，一時半刻是回不來的，妳不拘使哪幾個婆子們在那兒伺候著就夠了，反正她們有體己話說呢，妳去了反不便。」

「話雖這麼說，到底是世子妃娘娘，太過簡慢了也不是我們莊郡王府待客的禮數，回頭母妃回來也會怨我不懂事。」她抿了唇，眉心皺了又展開。她不是怕王妃，而是身為王府僅剩的主子，她不能不擔起事情來，倘若蔣氏那邊出了事，她亦不能推了責任。

「那妳陪我吃了再去吧，看著妳我才能吃得香，不然沒胃口。」杭天曜並不動筷，拉了拉風荷的衣袖。

風荷知他是故意如此，便暫時拋開蔣氏那邊的情形，笑著替他挾了一塊粽子餵到他唇邊，還道：「行，你是大爺，我都聽你的，巴巴地把我拉了回來就是指望著我服侍你呢，我哪豈敢不盡職？出去了一整天也不知去哪兒鬼混了，都沒與我說一聲，這回倒想起有我這麼個人來了。」

杭天曜嘴裡被她塞得滿滿的，好不容易嚥了下去，忙灌了兩口茶入肚，點著她鼻子笑語。「小沒良心的，人家為妳忙活了一天，就得了妳這麼句話，看我得閒了怎麼收拾妳。」說完，他又迅速吞了半個粽子下去，狼吞虎嚥的樣子一點都不像是吃穿不愁的王府子弟。

「哦，那我倒要聽聽，你若不說出個所以然來，可沒這麼容易糊弄過去。」風荷笑看他的吃相，時而給他加點茶，溫婉得如所有普通的貴婦妻子們。

「什麼叫做糊弄，我幾時哄過妳不成？明兒妳就知道了，現在可不能說與妳，」他不失時機捏了捏風荷膩白似玉的粉頰，有簡單的滿足，隨即收了嬉笑之色，正色問道：「順親王府的世子妃待妳如何？妳小心些，人家那可是真正的皇親國戚呢。」

他臉上的嘲諷之色一閃而過，卻沒有瞞過風荷的眼睛，同樣認真應道：「我省得的，五弟妹與我是妯娌，一家子人沒有什麼不能說開的，可世子妃不同，身分尊貴，我有一星半點的不敬就是冒犯皇親了。我上次也曾見過她一次，就覺得她與五弟妹不像，方才說了幾句話，發現真是個寬容和善的娘娘呢，難怪能嫁入皇家。」

杭天曜吃得幾分飽了，放下筷子，喝了一碗湯，譏笑道：「可不是嘛，京城誰不知順親王府的世子妃娘娘是個和善大方的人呢，雖然出身國公府，卻比那許多王府出來的郡主們都要知書達禮。對了，這月下旬，照規矩，順親王妃會舉辦一次賞荷會，咱們家是一定會收到請帖的，估計也有妳的，妳去是不去呢？」

風荷也不含糊，很快就笑了起來。「這樣大事，我能作什麼主，自然要聽祖母與母妃的意思了。」

京城歷來有些不同尋常的習俗，比如一年四季都有各個級別的賞花會，其中聲譽最廣人數最多的是幾大王府舉辦的。這些賞花會，名為賞花會，實際上可能是相親會，或者有別的不可告人的目的。依以往的慣例，春季，都由和親王府辦桃花宴；夏季，是順親王府的賞荷集；秋季，是恭親王府的菊花會；冬季，則是頤親王府的梅花探。

去年夏開始，和親王妃的身子就一直不大好，連今年春的桃花宴都取消了，是以順親王府這次的賞荷集尤其受到閨閣小姐、年輕婦人們的期待。京城大家子的小姐夫人們，尋常也有機會出門，但不如那一日自在，而且能見到的大人物多，最易獲得出頭的機會。往年也有略低門第的小姐被哪位王妃或者王孫公子們看上的，或者納為妾室甚至有迎娶為正妻的。

當然，對於杭家這樣的人家，自是沒有這個心思的，頂多替子弟們尋合適的小姐們，所以，杭家也有去的，也有不去的。

但杭天曜估計，今年應該會去參加，一來杭瑩的婚事不能耽擱下去了，二來有必要給杭天瑾尋一個家境寒微但清白的女孩兒做二房。說實在的，太妃、王妃都不會看著杭天瑾房裡沒個人伺候，外人看著也不像啊。

杭天曜忽然提起這個事情，也是由順親王世子妃身上想到的，他私心裡是不欲風荷去的，都成了親的人了，他們又沒有到年紀的孩子，去那樣場合做甚。那些輕薄浮滑子弟們最愛在那等時候占便宜，這個沒有人比杭天曜更清楚了。幾年前，就發生過一次貴族小姐被一個紈袴子弟輕薄了，最後兩家不得不結了親的事例。

風荷看杭天曜吃得差不多了，命人收了下去，起身摸了摸自己頭上的髮飾，自語道：「可以嗎？時間不早了，我得去前頭了，祖母該回來了。」

杭天曜漱了口，動手扶正了她的玉簪，湊近她耳邊涎笑道：「妳什麼時候都好看，還打扮什麼，就這樣足以把我迷得暈頭轉向了。人都道女為悅己者容，妳莫非也是為了我？」

「沒正經，我走了。」風荷白皙的臉蛋上浮現出可疑的紅暈，輕啐了一口，一扭一扭邁了出去。

杭天曜望著她搖搖的背影，摸了摸自己的下巴，快步追了上去，握了她手道：「急什麼，我跟妳一起去。」

風荷感到他指腹的薄繭摩擦著她的手心，有酥麻的發癢，她怔了一怔，沒有甩開他的手，唇角翹了起來，低低道：「大熱天的，也不嫌熱。」

她的頭低著，眼睛看著地上的磚面，有滿滿的笑意。淺綠色的衣裙被風吹起一角，有窸窣的響動，淡淡的香味瀰漫在杭天曜心頭，清淺若無，幽幽似蘭。

兩人出了院子，剛到太妃後院，就聽到前邊不小的聲音，估摸著是太妃回來了。兩人忙加快了腳步往前行，恰好趕在太妃等人進院前到了。

太妃畢竟年紀不小了，累了這大半日，精神就有些不濟，面容疲倦，見到他們倒是露出了笑，問道：「你們莫不是聽說了我們回來的消息，要去迎我們？」

「那卻沒有，只是娘子掛念了祖母半日，實在等得急了，我就陪了她一同來看看，沒想到來得早不如來得巧，恰被我們撞上了。」杭天曜說著攙了太妃的手，眼睛卻總往風荷身上瞟。

風荷被他看得不好意思起來，假作去攙扶王妃，並不回他的話。

太妃高興起來，拍著孫子的手笑道：「果然娶了媳婦的人像個大人了，沒怨祖母白疼你，如今天氣熱，你正要少出門，多在家裡陪著你媳婦。」

「祖母放心，孫兒決定明日起就不出門了，都在家裡守著祖母與娘子，祖母看好不好？」他說著曖昧的話，偏偏一點都不臉紅，一副理所當然的樣子。一路隨行的丫鬟僕婦反倒忍不住低笑了起來，弄得風荷好沒意思。

唯有王妃面無表情，只是偶爾隨著太妃一起笑笑。

風荷就乘機將順親王世子妃前來探望蔣氏的事說了，又稟報了自己的安排。王妃頓了半刻，臉上終於帶了笑意，依然不開口。

太妃並沒有意外，笑讚著她。「妳安頓得很好，小五媳婦心情不暢，有娘家人來陪她說說話正好能開解開解她，小五出去了不成？」

自從蔣氏出事後，五少爺就不大出門應酬，多半時日都陪著蔣氏，生怕她想不開。

王妃聽問，快走了一步，笑著道：「昨兒晚間聽到消息，說是侯府我母親胸口悶悶地，不太順，我囑咐他今兒得了閒去看看，想必是去了。或者遇到他舅舅表弟們留他說話，耽擱了。」

太妃腳步不停，點頭應是。「那是該去走走，這也不是什麼大事，妳作主就好，親家母若是想妳了妳儘管去，我這把老骨頭在這兒，府裡也出不了什麼亂子。」她說得和藹可親。

王妃忙感激著稱是。「母妃體諒媳婦是媳婦的福氣，只母妃正該安享的時候，媳婦豈能還讓母妃為家中瑣事操心的。」

「這也沒什麼大不了的，如今小五媳婦身子不好，妳一個人忙不過來就交給老四媳婦吧，我看她還行。」太妃說著對風荷笑點了點頭。

順親王世子妃果真用了晚飯才回去，而五少爺直到入夜才回來。不知是因他回得晚還是身子不舒服，蔣氏發了一通脾氣，還把他攆到了書房去，當然這是人家小夫妻之間的事，外人並沒有聽說。

屋子裡昏黃的燭光明明暗暗，映襯得蔣氏蒼白的臉越發慘白，她靠在床頭嚶嚶哭泣。

趙嬤嬤既心疼又無奈，雖知自己只是個下人，終究忍不住開口勸道：「大小姐才勸了少夫人半日，少夫人怎麼就忘了呢。如今咱們沒了孩子，正該好好抓住少爺的心，如何反把他趕出去了呢。自少夫人進了杭家門至今，少爺待少夫人尊重體貼那是沒得說的，連一個通房妾室都沒有，少夫人為何還與少爺嘔氣呢？

「少夫人心裡難受嬤嬤明白，可行事還要多多顧慮後果呢。眼下王妃少爺憐惜少夫人受了委屈，事事依順著，只是未必沒有一點疙瘩，若將來有個好歹，想起今日之事那就是雞蛋裡都能挑出骨頭來呢。」

蔣氏聽了，止了哭泣，卻猶有些不忿。「嬤嬤，妳沒聽見，妳知他今兒怎生這麼晚回來，那是他舅舅留著他說話。說話倒也罷了，不該攛掇著他納妾，什麼三、五年內沒有子嗣是為不孝，什麼怕我身子不好太過勞累，分明都是藉口。他們就是擔心沒有子嗣耽誤了他前程，就不顧我了，嬤嬤妳說，我在他們家受了這些傷痛算得了什麼。」

趙嬤嬤原先就猜到了是為著這種事，蔣氏夫妻成婚一年多，正是你恩我愛情濃時，蔣氏沒有主動開口往房裡放人，杭天睿也沒有說話。可是這次發生了這樣大事，杭家不可能背地裡沒有旁的心思，一來著急要等三、五年，二來擔憂蔣氏肚子不爭氣，總會有個成算。這會子雖不提，估計也等不了多久，長則一年短則幾月，必有動靜。

像杭家這樣的人家，納個一、兩房妾室算得了什麼，四少爺有整整五個妾室呢，便是三少爺亦有一個姨娘。當時蔣氏剛懷孕時，趙嬤嬤以為杭家會乘機往五少爺房裡放人，不想他們居然沒有，但以後就說不準了。杭家嫡系的香火，可是一直不旺呢。

但趙嬤嬤不敢此時火上澆油，只得緩緩勸解。「少夫人都說了那是魏平侯府的意思，五少爺並沒有這個想頭，少夫人正該與他齊心協力，豈能先把他惹惱了呢？五少爺一怒之下真的納了妾室通房的，那時候少夫人後悔可就來不及了。」

蔣氏雖然將人攆了，心裡未嘗沒有一點悔意，只是拉不下那個臉來。杭天睿性子溫和，凡事都能聽她的話，兩人門當戶對才貌相當，確有一點真情意，不然蔣氏也不會遷怒於他，實在是心裡沒把他當了外人。

彼時聽趙嬤嬤一說，也是滿心放不下的，欲待使個人去請他回來又不好意思，扭捏著不肯言語。

趙嬤嬤忖度她的心意，笑著轉身出門吩咐人去請少爺回來，再看蔣氏紅了臉低著頭只作沒聽見，就知成了。

誰知今兒卻是怪了，丫鬟去了小書房，杭天睿竟然不在，但燈燭是亮著的。

蔣氏一聽，幾分不快再次浮上心頭，計較起來。他們院裡的丫鬟，都是她或者趙嬤嬤親自挑選留下的，俱是容貌尋常敦厚老實的，連那伶俐清秀的都少見。只有一個她娘家陪嫁來的丫鬟生得不錯，名喚新綠，是她母親特意給她作通房用的，以蔣氏的脾氣不到最後關頭是不會用她的。是以一到杭家，新綠就被蔣氏冷凍在了針線房，等閒不用她伺候跟前，五少爺連面都未照過幾次。

她本就不痛快，難免疑神疑鬼起來，又怕杭天睿被人勾引了去，又不想自己弄錯了，鬧了笑話出來。就咬牙在房裡等著前頭的消息，這越心急時間過得越慢，半個時辰好比一天一夜那般漫長，蔣氏終於坐不住了，喝令丫鬟滿院子找尋杭天睿。

流鶯閣就那麼點大，根本不用找，杭天睿顯然是不在院子裡邊。

這一來，蔣氏手足無措起來，若鬧哄哄去找人，必定鬧得整個杭家都聽說了，她沒臉，王妃也會對她不滿意。不去找，她嚥不下這口氣，只能可憐巴巴望著趙嬤嬤。

趙嬤嬤心中也是驚訝，五少爺是個顧家的男子，很少有三更半夜不歸家的先例，至少也會送個信回來，難不成真是氣大了？但焦急是無用的，尤其蔣氏不能操心太過，她強笑著勸道：「或許少爺被王爺娘娘叫去了也說不定，只怕很快就會回來，少夫人快歇了吧，少爺一回來保管先過來跟少夫人賠不是呢。」

「嬤嬤，妳也不用哄我，倘若是父王母妃使人請去的，院門前的婆子們一定會回到我這裡來，定是他自己出去的。」蔣氏一面說著，禁不住滾下淚來，她這些日子確實傷心太過，對杭天睿難免有些聲氣不好的時候，如果因此而使夫妻離心，她並不願意。

「少夫人懸心，不如讓丫鬟們出去暗暗尋一尋？」趙嬤嬤其實不贊同這個主意，事情鬧大了，吃虧的總是做人媳婦的。蔣氏在杭家的日子看著風光，實則一般，她在太妃面前沒有董風荷受寵，而王妃的心思不是常人能猜到的，而且兒子媳婦間，她必是選擇兒子的。

「我看，還是算了吧。我再等等。」蔣氏一急，反而恢復了幾分理智，明白此刻不是胡鬧的時候，勉強按下了滿腹的委屈。

不說蔣氏這邊憂心忡忡，只說杭天睿其人，他上有嚴父慈母，下有嬌妻，生在富貴窩中，心性單純沒有主見，凡事都由長輩替他作主。此去魏平侯府，魏平侯破例問了他幾句內院中事，他自是一一回答的，卻沒想到自己舅舅會存了那樣的心意。

納妾？納妾？這種事他看得多了，並不以為意，自己倒是還沒有起過心思，也沒把魏平侯的話放到心上去，只是當作笑話說給蔣氏聽。誰料蔣氏會大怒，又哭又鬧的，甚至一氣之下把他趕出了房門。

他錦繡堆中長大，除了偶爾王爺說他幾句，還沒人敢當面斥責他呢。過去與蔣氏嬉鬧間也會被蔣氏無意笑罵幾句，只當是閨房之樂，很沒當回事，今日聽來卻不大樂意。

別說杭家了，就是那尋常百姓家中，凡是有幾個閒錢的，就愛納個妾買個丫鬟的，富貴人家更是不消說了，誰沒有三妻四妾的。他於這些上本不甚在意，又當蔣氏是個賢慧大方的，不意她會為了他人一句戲言就那樣大鬧，太不給他留點臉面了，不免存了氣惱於心，就出了院門閒走。

恰好遇見杭天曜與風荷從太妃那邊回去，就上前問了好。

杭天曜看他氣色不大對，有心一探究竟，笑問道：「五弟用過飯了不曾？這麼晚去哪兒？」

杭天睿被他說得一愣，他只是漫無目的走著，原來走到太妃後院後頭去了，訕訕道：「用過了，許久沒與四哥說話，三哥又忙著，什麼時候咱兄弟一起聚聚？」

「這有何難，你若不急，咱們這就叫人去請了三哥過來，一同去我院裡，小酌幾杯。初夏的天氣一到晚間就涼爽得很，咱們正好迎風對月，反正長夜無聊。」杭天曜清楚杭天睿身上沒有什麼秘密，但他是王妃的親兒子，是一個極好用的籌碼。他對杭天睿的感覺，說是兄弟吧太過陌生，說是普通人吧他們始終有血緣糾葛，不是輕易能了斷的。

杭天睿正在氣頭上，倒是樂意跟杭天曜吃酒打發時間，又見風荷也在，怕打攪了他們夫妻，就推拒道：「時辰不早，還是改日吧，四哥與四嫂也要歇了吧。」

風荷一眼就看出杭天睿眉目下的鬱結，便溫柔笑著。「這才戌時二刻，歇息還早著呢。何況大家一塊兒住著，幾步路的距離，就怕我們院裡沒有什麼好招待五弟的東西。」

杭天睿忙擺手笑道：「自家兄弟，這是怎麼說的，四哥既有雅興，就一起喝一杯何妨。」

杭天曜笑著邀他前行，又命下人去臨湘榭請杭天瑾一起過來。

風荷讓人直接在院裡擺了一個黃花梨木的小圓桌，廚房上了清淡的酒菜上來，不過一盞茶工夫，杭天瑾就到了。

他穿著家常的月白杭綢夏衫，手中一柄檀香木的摺扇，神色間有淡淡的疲倦之色，估計院中沒個女主人確實不方便，還有兩個孩子要操心，見了三人露出溫和的笑容。風荷原以為他不會來，愣了半刻，即刻命人上杯盞。

兄弟三人一處住著，但已經有許久不曾這樣一塊兒坐下來吃酒賞月。雖說是賞月，不過一彎新月，無甚可賞處，借個名頭罷了。

院子裡點了幾個明亮的琉璃燈，一點也不顯暗。風荷將一切安頓停當，笑著告辭。「三哥、五弟慢飲，我有事不多陪了。」一家子骨肉，女子依然不好與男子同桌而飲。

也不知道兄弟三人說些什麼，直喝到亥時才散，風荷時不時聽見前院傳來笑語聲。

杭天曜回房時，風荷已經沐浴好換了淺紫色的薄紗睡衣，卸了釵環坐在床頭看書。

杭天曜吃得不少，身上酒味頗濃，香而醇，聞了使人綿綿軟發暈。他笑著一把撲到了床上，雙手環住風荷的腰，嘟囔道：「娘子這回還不睡，可是等我？」

風荷聞不慣酒味，偏了頭躲著，推他道：「先去梳洗了再來，我讓她們給你備著熱水呢，這個時候去水溫最好，不冷不燙。」

杭天曜知她的癖性，也不與她廝纏，搖搖晃晃去了淨房，傳來嘩嘩的水聲。

天氣微熱，杭天曜不耐煩穿什麼寢衣，下身搭了條綢布遮住了重要地方，就裸著身子進來了。風荷抬頭看到他這番形容，臉上熱辣辣的紅了，趕忙低頭，口中啐道：「還不穿了衣裳再過來，像什麼話。」

「這有什麼，房子裡只有娘子與我兩人，難道還有外人看了去不成，若說娘子的話，連我的人都是娘子的，看幾眼又有何妨。」他望著燭光下嬌媚紅暈的粉頰，很想上去咬一口，不管不顧走近前來，奪了風荷手中的書，直接跳上了床。

風荷纖腰被他緊緊摟住，愈加燥熱，氣息有些不穩起來，忙斂聲道：「爺，我口渴，想喝水。」

杭天曜與她挨著坐著，環著她的腰，還沒來得及有其餘動作，就聽到了她這句話，忍不住失笑出聲。「娘子莫非飢渴了？」

「你、你胡說，我才沒有，我是渴了但我不餓。你要不要去給我倒茶，你不去我自己去。」風荷想不到杭天曜會說出這麼露骨的話來，又羞又惱，臉已經紅得似蘋果，沁出了汗。

「好，我胡說，娘子妳等等，我下去給妳拿。」他寵溺地親了親風荷唇瓣，起身下床。屋子裡有湯婆子裡溫著的茶水，杭天曜取了杯子，頭遍水倒了，第二杯才送到風荷唇邊，風荷就著他的手吃了兩口，就搖頭不要了，剩下的被杭天曜一口喝盡了。

他方上床，風荷就搶著開口道：「都與三哥、五弟說些什麼呢，我聽著你們聊得不錯啊。」

「他們一個愁煩著三嫂歸期寥寥，一個鬱悶著五弟妹脾氣漸長，正是需要人訴說的時候呢，哪兒還擱得住我幾句話掏心掏肺的，吃得越多說得越多。」他攬了風荷一起躺下，將她的頭抱在自己臂彎裡，輕輕摩擦著她胸前的肌膚。

風荷被他說得好氣又好笑，湊近他耳朵笑道：「那你都說了哪些掏心掏肺的話，是不是與他們傳授多納幾房妾室的好處來了？」

昏暗的光線透過帳幔射進來，只有斑斑駁駁的影子，還有隱約的亮光，杭天曜看到風荷胸前的衣襟散了開來，露出一半雪白的酥胸與肩膀，細膩如玉，香豔旖旎，不由喘了粗氣，強道：「自然不是，我只是向他們訴說了一番娘子妳的大方體貼、溫柔寬厚，把他們都說得無比唏噓，話中無不羨慕我娶了個好娘子呢。」

——未完・待續，請看文創風047《嫡女策》4

嫡女策

謀劃精巧・膽大機敏・
爾虞我詐之中猶有夫妻鶼鰈情深

宅鬥不簡單啊！

文創風 047 4

夫妻之間，計較的不是一時的得失，
而是長久的拉鋸戰。
她只在關鍵時刻強硬，至於平時，
她願意溫溫柔柔伺候那個男人……

他們夫妻成親至今尚未圓房，王府裡從上到下，
這明裡不說，暗裡都是極關切的。
她自然不是因為兩人沒有愛情而拒絕杭天曜，而是因為時候未到，
於她而言，圓房這事也是得經過精密計算的，要發生在最適當的時間，
從未見過面新婚初夜就把自己交給男子的女子，第一步就失了先機。
她可不願如此，更何況這王府裡「危機四伏」，需要她提著心拿捏分寸，
她不想滿盤皆輸，尤不願輸給自己的夫君……
任是杭天曜再腹黑，也想不到他的妻子從新婚當日就給他設了一個局，
他卻一步步陷進去，化為她手心的繞指柔。
對風荷他並不是完全沒有私心的，但他亦想等待去感動風荷，
想看到她心甘情願在自己身下的魅惑風姿……
不然，以他一個成熟男子，夜夜對著喜愛的妻子早就忍不住了。
過去，為了自身安全他對所有女子都是避而遠之，
只有風荷讓他覺得安心，因此他不得不忍耐著，只為了得到更多……

文創風 050 5

即便莊郡王府是刀山火海，
不到最後，她是不會放棄的，
更不會放棄他們之間的感情……

風荷自從嫁了大家認定扶不起的杭家四少這位紈袴子弟後，
於上，她要鬥王妃，鬥王爺，鬥各房叔叔嬸嬸；
於中，她要鬥夫君，鬥妯娌，鬥圍繞她夫君的鶯鶯燕燕；
於下，她要鬥姨娘，鬥丫鬟，鬥各路管事。
一入王府，她還真是沒幾天風平浪靜的日子可過。
就連中秋佳節杭家團圓家宴上，還衝著風荷上演著一齣大戲——
她這四少夫人，不僅得了太妃疼寵，連風流浪蕩的夫君也改了性子，
這王府世子的位置眼看就快落入杭家四少身上，
看不過眼的居然拿風荷的身世作文章，把髒水往她身上潑，
污了她的身世，就等於絆了杭家四少成為世子的可能，
前兒那些算計使絆，比起這回僅能算是小奸小惡小伎倆了，
杭四與風荷這對小夫妻才剛剛恩愛好上，
卻要面對上自太妃王爺、下至奴僕們的懷疑，
還要想方設法阻斷杭、董兩府家醜外揚、聲譽大壞……

藝界人生大揭密！
古代明星不能說的情與愛……
青好記
一半是天使㊔
她的前世如此卑微孤寂，能夠再活一次，
來到這個陌生的時代，不但成為紅遍京城的傾世名伶；
還有幸遇到廝守終生的好男人，她，絕不再放手……
這一世她一定要活得足夠精彩，
才不辜負上天的眷顧！

文創風 032 8之1〈逆天〉

即便秦歌不愛她，但在王墓考古遇見盜墓者時，他捨命救了她是事實，
於是，當那個神秘的女子說他的前世是千年前榮瑞皇帝以後繼位的東陵王，
說若當時不修陵寢，秦歌就能重生時，她毫不遲疑地同意回去逆天篡改歷史，
當見到東陵太子時，那與秦歌一般的容貌讓她確定了他便是下任東陵王，
他承諾娶她，不料後來成為太子妃的卻是她的異母姊姊——傾城美人翹眉！
為了當面問他一問，也為了讓東陵派兵援救她母親陷入爭戰中的部族，
即便被下毒毀去絕世容顏，她仍攜二婢逃出，前去參加皇八子睿王的選妃大典，
八爺上官驚鴻，一個左足微瘸、鐵具覆面的男人，她無論如何都得成為他的妃……

文創風 033 8之2〈醜顏妃〉

翹楚在太子府等待出嫁前，她的夫婿睿王卻親眼目睹太子吻了她，
而在隨後發生的行刺太子事件中，她為救太子，讓刺客誤以為他才是太子，
結果他因此受了傷，也一併褪去人前溫和不爭的假面，露出陰騺狠戾的模樣，
她這才驚覺，他以前所有的溫情以待都是在作戲，娶她也不過是別有目的，
不過無妨的，此生只要完成來東陵及救母的任務，其他的都不重要，她不需愛情，
誰知她意外發現書房的秘密，進入一處地穴，看見一個俊美無儔的男人，
那分明是太子的臉，但他身邊不離身的鐵面卻昭示他是她的爺、她的丈夫！
老天，秦歌的前世究竟是太子上官驚灝，還是遭她背叛過的睿王上官驚鴻？

文創風 036 8之3〈佛也動情〉

他是萬佛之祖飛天，本該心如明鏡、無慾無求的，
不料在親手接生了翹家二女若藍後，命運之輪便啟動了，
明知不可，他卻悄悄對貼心善良的她動了情，
他很明白這是不被允許的，因此他一直掩飾得很好。
對誰都好、看似有情卻無情，是他向來給眾神佛的印象，
直至他的佛殿祝融肆虐，她為救寶貴典籍而喪命，
至此，他再做不來喜怒不形於色，
為免她魂飛魄散，當下他使計讓兩大古佛施展捕魂咒救她，
事後，他及天界一干動了愛恨嗔癡念的眾神佛皆得下凡歷劫，
他成了睿王上官驚鴻，而若藍則化為翹楚，
倘若再愛上她以致歷劫失敗，那她將灰飛煙滅，於是，他只能對她狠了……

非我傾城

那一世，他轉山轉水轉佛塔，不為修來生，只為途中與妳相見；

那一瞬，他墜凡成魔，不為劫滿再生，只為佑妳平安……

《非我傾城》隨書附贈東陵王朝人物關係表

文創風 037　8之4〈爺兒吃飛醋〉

大婚前先是與他的太子二哥曖昧不清，大婚後又和九弟夏王眉來眼去？
想不到翹楚這姿色平平的女人，還真有活活氣死他的本事！
她那破敗身子毒病一堆，沒幾年命好活了，竟還有閒功夫到處勾搭他的兄弟？
民間姑娘、勾欄場所的花魁，幾時看九弟真心對待過一名女子了，
而今不僅一直戴著她給的荷包，還贈她千年白狐做成的名貴狐裘，這算什麼？
怎　著，難不成九弟這次竟看上了自己的嫂嫂、看上他用過的女人嗎？
只是，他這個好弟弟似乎忘了一件事——翹楚是他的女人！
即便他上官驚鴻不愛，他上官驚驄也休想染指她一分一毫，
不論是死是活，這輩子她翹楚都只能是他八爺的妃！

文創風 040　8之5〈衝冠一怒〉

翹楚失蹤了！
上官驚鴻知道，必定是太子將她縛走了，
為了立即救出她，他不顧五哥勸阻，點兵夜闖太子府，
他很清楚，此行若搜不出翹楚，父皇必定大怒，
而這些年來他辛苦建立的一切也將毀於一旦，但他管不了這許多，
毀了便毀了吧，他無法慢慢查探，他絕不讓她再受一點苦！
為著能早點救出她，甚至連九弟他都找來幫忙了，
只因他曉得夏九素來喜愛翹楚，定能完成所託，
然則，他終究是慢了一步，她被灌了滑胎藥，大量出血！
他早已立下誓言，必登九五之位，遇神殺神，遇佛弒佛，
自降生起，他從沒畏懼過什　，如今，他卻怕極了失去她……

文創風 042　8之6〈赴黃泉〉

翹楚曉得，現如今的上官驚鴻是愛她的，很愛很愛，連命都能為她捨，
為了專寵她、得她信任，他甚至允諾不碰其他女人，他們要永遠在一起，
然則，她總會先他離開這世界的，哪能陪他到永遠呢？
她的身子幾經毒病，早便是懸在崖上的，若她死了，他怎麼辦？
或許他們不該在一起，不該要求他唯一的愛，畢竟她根本陪不了他多久……
宮裡傳來的消息，説翹楚昨夜在宮裡沒了，守護著她的老僕瘋了般見人便砍?!
一派胡言！她腹中還懷著他的孩兒，好端端的怎可能就沒了？
……是父皇！父皇不喜翹楚，定是他下的殺手！
母妃和妹妹都教父皇害死了，為何連他心愛的女人都不肯放過？
誰殺了翹楚，他就殺誰，便是當今聖上、他的父皇亦然！

文創風 044

嫡女策 3

國家圖書館出版品預行編目資料

嫡女策 / 西蘭著. --
初版. -- 臺北市 : 狗屋, 民101.10
面 ; 公分. --（文創風）
ISBN 978-986-240-924-4（第3冊：平裝）

857.7　　101018267

著作者　西蘭
編輯　王佳薇
校對　黃薇霓　邱淑梅
發行所　狗屋出版社有限公司
地址　台北市104中山區龍江路71巷15號1樓
電話　02-2776-5889～0
發行字號　局版台業字845號
法律顧問　蕭雄淋律師
總經銷　知遠文化事業有限公司
電話　02-2664-8800
初版　101年10月
國際書碼　ISBN-13　978-986-240-924-4

原著書名：《嫡女策》，由瀟湘書院科技有限公司〈www.xxsy.net〉授權出版。

定價230元
狗屋劃撥帳號：19001626
網址：love.doghouse.com.tw　E-mail：love@doghouse.com.tw